Knaur.

Knaur.

Über den Autor:
Günter Krieger, Jahrgang 1965, ist gelernter Krankenpfleger und freier Buchautor und lebt in Langerwehe bei Düren.

Günter Krieger

Mönchsgesang

Roman

Knaur Taschenbuch Verlag

Die deutsche Originalausgabe erschien 2000 unter dem Titel
»Mönchsgesang« bei Pandion Verlag, Simmern.

Besuchen Sie uns im Internet:
www.knaur.de

Vollständig überarbeitete Taschenbuchausgabe
Oktober 2006 Knaur Taschenbuch.
Ein Unternehmen der Droemerschen Verlagsanstalt
Th. Knaur Nachf. GmbH & Co. KG, München

Umschlaggestaltung: ZERO Werbeagentur, München
Umschlagabbildung: Artothek, AKG, akg-images
Satz: Adobe InDesign im Verlag
Druck und Bindung: Clausen & Bosse, Leck
Printed in Germany
ISBN-13: 978-3-426-62848-5
ISBN-10: 3-426-62848-1

2 4 5 3 1

Im April des Jahres 1294 beschließen die Herren von Merode eine folgenschwere Erbteilung. Zwei Linien der Familie, die der »Scheiffarts« und die der »Werners«, residieren fortan gemeinsam auf der Burg, teilen sich Besitz und Herrschaft ihrer Ländereien für über sechs Jahrzehnte. Was nicht immer dem Frieden und der Eintracht zwischen den blaublütigen Vettern förderlich ist. Und auch den verunsicherten Bauern und Bürgern der »Herrschaft« macht dieser Zustand mitunter schwer zu schaffen …

Media vita in morte sumus.
Mitten im Leben sind wir vom Tod umgeben.

Notker von St. Gallen, 9. Jahrhundert

Prolog

Oktober 1347

Nur mühsam durchdrangen die Strahlen der aufgehenden Sonne den morgendlichen Nebeldunst, zwängten sich durch die Wipfel der kahl werdenden Bäume. Der herbe Duft von Herbst und faulem Laub erfüllte die Luft, und es war nicht das geringste Windchen auszumachen, das etwas Zirkulation in diese riesige Küche aus Tau und Nebel gebracht hätte. Irgendwo begannen ein paar Krähen lautstark zu zetern, als hielte der Teufel selbst sie in seinen grausigen Krallen gefangen.

Der Kaiser zügelte sein Pferd und horchte auf. Auch seine beiden Hunde spitzten die Ohren, blickten ihren Herrn erwartungsvoll an. Der verharrte eine Weile reglos in seinem Sattel und stierte in die schemenhaften Umrisse des Waldes.

»Krähen, die sich um ein Stück Aas balgen«, bemerkte er nach einer Weile und sah zu seinen Hunden hinab. »Kein Bär!« Es klang fast wie eine Entschuldigung. »Noch nicht«, fügte er hinzu, bevor er sein Pferd weitertraben ließ.

Der Mann im Sattel hatte bereits mehr als sechs Lebensjahrzehnte hinter sich gebracht, und obwohl seine Statur auch die eines Dreißigjährigen hätte sein können, so sah man seinem durchaus edlen Gesicht die Last eines langen Lebens an. Die Last eines Lebens, an dessen Horizont die Wolken sich immer mehr verdüsterten. Die Last eines Lebens voller Konflikte, Auseinandersetzungen und Kämpfe. Wie oft schon hatte er seine Macht verflucht und wie oft schon hatte er sie wieder lieben gelernt. Und seine Gegner – er hatte sie fast alle überlebt. Große Fürsten und kleine, Bischöfe, Kardinäle und Päpste – ein Leben lang hatte er ihnen getrotzt, er, der »gewaltige Adler«, der Kaiser der Deutschen. Immer wieder hatte er Siege davongetragen, so dass sich mancher zeitgenössische Träumer in die Tage der glorreichen Salier und Staufer zurückversetzt fühlte. Doch es war wie beim Haupt der Hydra: Schlug man einen ihrer Köpfe ab, so entwuchsen dem riesigem Leib sogleich ein paar neue. Manchmal verglich der Kaiser sich mit Sisyphos, jener griechischen Sagengestalt, die für ihre Verschlagenheit gegenüber den Göttern im Hades einen Felsblock auf einen Fels rollen muss, der kurz vor dem Gipfel jedoch immer wieder herunterrollt. Und was die Hydra betraf: Ihr war in der Gestalt des jungen Böhmen Karl ein mächtiger Kopf entwachsen, so mächtig wie selten ein Kopf zuvor. Im vergangenen Jahr hatten ein paar deutsche Fürsten – welch ein Sakrileg! – ihn zum König erkoren. Die Welt befand sich im Zwiespalt, die mühsam errichtete Ordnung in Auflösung. Ein blutiger Krieg stand unmittelbar bevor, und es mehrten sich die Stimmen, die das unmittelbare Ende der Welt ankündigten.

Der Kaiser sog die milde Luft in seine Lungen und unterdrückte ein Seufzen. Noch am gestrigen Abend, während des Banketts, war ihm der Gedanke der Abdankung durch den Kopf geschwirrt, hatte sich der Wunsch nach Frieden und Anonymität seiner Seele bemächtigt. Gräfin Agnes, die Witwe seines langjährigen Weggefährten Berthold, hatte ihn auf seinem Münchner Hof besucht. Und wie immer, wenn er Agnes in seiner Nähe wusste, die trotz harter Schicksalsschläge nur wenig von ihrer Fröhlichkeit eingebüßt hatte, beseelte ihn dieses herrliche Gefühl der Leichtigkeit, dieser brennende Wunsch, nicht mehr kämpfen zu müssen. Diese selig machende Müdigkeit war wie ein Rausch. Doch wie jeder Rausch pflegte auch dieser stets zu vergehen …

So auch gestern Abend. Nach dem Mahl hatte den Kaiser plötzlich ein heftiges Unwohlsein befallen. Schweren Herzens hatte er sich deshalb frühzeitig von der Gräfin verabschiedet und sich in seine Gemächer zurückgezogen, wo ihn sein Medicus aufsuchte und ihm ein Brechmittel verordnete. Die halbe Nacht hatte der Kaiser über einem bereitgestellten Bottich verbracht; irgendwann hatte ihn endlich eine tiefe Müdigkeit heimgesucht. Erschöpft und ausgelaugt war er eingeschlafen.

Noch vor Sonnenaufgang war er wieder aufgewacht. Verwundert, aber beglückt stellte er fest, dass jegliches Unwohlsein in seinem Leib sich verflüchtigt hatte, ja dass sogar eine seit Jahren nicht mehr erlebte Vitalität durch seine Adern pulsierte. Wie weggeblasen waren mit einem Male seine fatalistischen Gedanken, wie ausradiert sein Gefühl der Resignation. Er berauschte sich an dieser wunderbaren Tatkraft. Noch einmal würde der »gewaltige Adler« seine Flügel schwingen und seine Feinde erbeben lassen. Krieg? Wenn Karl einen Krieg wollte, so sollte er ihn haben. Er, der Kaiser, würde die göttliche Ordnung wiederherstellen, wie so oft schon. Und dass der Allmächtige auf seiner Seite stand, daran zweifelte der Kaiser keinen Augenblick, selbst wenn die Päpste in Avignon ihn noch tausend Mal bannten.

Der Kaiser hatte feststellen müssen, dass sich sein Hof in

diesen frühen Morgenstunden noch im Tiefschlaf befand. Selbst seine sonst so aufmerksamen Diener hatten das Aufstehen ihres Herrn nicht registriert. Die Energie in ihm jedoch war zu drängend, als dass er sich noch mal in seine Gemächer hätte zurückziehen wollen. So kam es, dass zwei seiner Ritter aus dem Schlaf gerüttelt wurden, verwundert, ihren Herrn und Kaiser höchstselbst neben ihrem Feldbett stehen zu sehen, der sie höflich bat, ihn zur Bärenjagd zu begleiten.

Einer der Jagdaufseher hatte beim gestrigen Bankett von einem großen Bären berichtet, der in der Nähe des Klosters Fürstenfeld sein Unwesen trieb. Und der Kaiser hatte den unwiderruflichen Entschluss gefasst, ihm den Garaus zu machen – heute noch! Und wenn dieser Bär erst erlegt war, würde er sich den anderen Herausforderungen stellen. Wenn dieser Bär erlegt war – er spürte es ganz deutlich –, würde er auch die anderen Aufgaben bewältigen. Der Bär war ein Omen, das Gott ihm geschickt hatte.

Der Kaiser warf einen Blick zurück. Er wollte mit der Flut seiner Gedanken alleine sein, deshalb hatte er seinen Begleitern befohlen, vorerst hinter ihm zurück zu bleiben. Im Frühdunst konnte er die Gestalten der Reiter gerade noch erkennen. Zufrieden setzte er seinen Ritt fort.

Die Krähen zeterten immer noch. Ein junger Fuchs huschte vor ihm in ein Gestrüpp.

»Hier geblieben!«, herrschte der Kaiser seine Hunde an, die den roten Jäger augenblicklich verfolgen wollten. »Heute gilt es, großes Wild zu erlegen.« Seine Mundwinkel umspielte ein feines Lächeln. »Was schert uns ein Fuchs?«, murmelte er zu sich selbst.

Plötzlich empfand er eine für diese Tages- und Jahreszeit merkwürdige Wärme. Er nahm seinen Umhang ab und legte ihn vor sich auf den Sattelknauf. Sorgfältig zupfte er an seinem mit glänzenden Nieten besetzten Wams, das nun zum Vorschein kam. Dann widmete er sich wieder den Stimmen des Waldes.
Da! War da nicht aus weiter Ferne ein Brüllen zu hören gewesen? Das Brüllen eines Bären? Der Kaiser warf einen Blick auf seine Hunde, doch die verhielten sich nicht so, als hätten sie eine Witterung aufgenommen.
»Auf, Kerle, seid ihr denn taub? Hört ihr nicht das Brüllen des Räubers?« Er tastete nach seinem Langbogen. Sie befanden sich nun ganz in der Nähe des Klosters. Aus dieser Richtung glaubte der Kaiser das Brüllen vernommen zu haben. Mein Gott, schoss es ihm durch den Kopf, es wird dem Braunen doch wohl nicht einfallen, sich an den Viehherden der Mönche zu laben? Er trieb sein Pferd zum Galopp und erreichte bald eine große Lichtung. Hier brachte er sein schnaubendes Pferd zum Stehen und erkannte im sich lichtenden Nebel die Umrisse des Klosters Fürstenfeld in der Ferne. Auf einem sumpfigen Weg, der sich zum Kloster schlängelte, sah er einen Bauern, der unter sichtlicher Anstrengung einen klapprigen Karren hinter sich herzog. Ansonsten aber war es ruhig. Von einem Bären keine Spur …
Der Kaiser trieb sein Pferd erneut an und stand bald vor dem Bauern, der den Reiter und seine beiden Furcht erregenden schwarzen Hunde ängstlich anstarrte.
»Ich wünsche Euch einen guten Morgen«, sagte der Kaiser mit sanfter Stimme, denn er hatte die Angst in den Augen des anderen bemerkt.

Dieser war ein alter, zahnloser Mann mit zerfurchtem Gesicht und gichtigen Fingern. Aus seinen Mundwinkeln träufelte Speichel. Der Kaiser stellte erschüttert fest, dass dieser Bauer wohl kaum älter als er selbst sein mochte. Der Handkarren war voll beladen mit welkem Gemüse und von Würmern durchlöchertem Obst. Nur zu gut konnte der Kaiser sich die mit gedämpftem Zorn verkündeten Beanstandungen ausmalen, die die strengen Mönche mit mahnendem Zeigefinger vorbringen würden. Gerne hätte er dem Alten eine Münze zugeworfen, freilich trug er zur Jagd keinen Geldbeutel bei sich.
»Ihr seid mutig, Euch allein in diese Gegend zu begeben, in der ein Bär sein Unwesen treibt«, meinte der Kaiser.
»Leider stellt mir keiner eine Eskorte, Herr, und solch prächtige Hunde wie Ihr besitz ich leider auch nicht«, lispelte der Alte und wischte sich mit einem verdreckten Ärmel den Speichel vom Mund.
Der Kaiser lächelte. »Ist der Bär Euch etwa begegnet?«
»Gott behüte! Und wenn er mir begegnet, dann …« Der Alte unterbrach sich abrupt, als er sah, wie der vornehme Herr vor ihm auf seinem Pferd plötzlich zu wanken begann. Das Gesicht des Kaisers war kreidebleich geworden und er griff sich an die Brust.
»Herr, was ist mit Euch?«
Der Kaiser schnappte nach Luft. Sein Blick richtete sich zum Himmel, als er seitlich aus dem Sattel kippte und unsanft im Gras landete. Er bemühte sich wieder aufzustehen, doch der Druck in seiner Brust wurde unerträglich, so dass er sich stöhnend auf den Rücken rollte. »Maria, süße Königin, stehe mir bei«, flüsterte er.
Der alte Bauer schaute sich Hilfe suchend um und zupfte

nervös an seinem Wams. »Herr? Bitte, Ihr müsst aufstehen«, stammelte er. Dann erst bemerkte er die drei Reiter, die sich ihm rasch näherten.
Zwei Ritter schwangen sich aus dem Sattel und stießen den Alten unsanft beiseite. Auch die beiden Hunde, die winselnd an ihrem Herrn schnupperten, wurden verscheucht.
»Majestät!«, rief der eine und ließ sich auf die Knie sinken. Schwer atmend suchte er den Leib seines Herrn nach Lebenszeichen ab.
»Majestät …?«, traute sich der Bauer leise zu fragen.
»Was ist mit ihm?«, schrie der zweite Ritter.
Sein Gefährte sah ihn fassungslos an. »Ich glaube, er ist tot«, sagte er heiser.
»Was soll das heißen, du glaubst es?« Mit einer fahrigen Bewegung winkte er den Knappen zu sich heran, der immer noch auf seinem Pferd saß und das Drama mit offenem Mund verfolgte.
»Reite so schnell du kannst zum Kloster. Sie sollen sofort einen Heilkundigen herschicken. Sag ihnen, der Kaiser liegt im Sterben. Los, vorwärts!«
Der Knappe nickte eifrig und trieb schnalzend sein Pferd an. Und während der Reiter immer kleiner wurde, das Hufgetrampel immer ferner, während im fernen Avignon der Bannspruch gegen Ludovicus bavarus erneuert wurde, hatte die Seele des Kaisers längst ihren langen Weg zum allmächtigen Schöpfer angetreten.

1

Ende September 1349

Die milchig trüben Augen des alten Mönches stierten auf die weiß gekalkten Wände seiner Zelle. Seit Stunden wälzte er sich auf seiner Pritsche, den greisen Kopf voller Gedanken, voller Stimmen, die ihm mal dies, mal jenes einhauchten. Die Dämonen der Nacht umschwirrten ihn wie lästige Fliegen; eine brennende Talgkerze auf einem wackligen Holztisch in der Mitte der Zelle ließ die Schatten des spärlichen Mobiliars gespenstisch tanzen.
Der Alte achtete nicht auf die tanzenden Schatten. Selbst wenn ein plötzlicher Luftzug die Flamme der Kerze gelöscht hätte – er hätte es nicht bemerkt. Und das nicht wegen seiner nachlassenden Sehkraft, nein, seine Gedanken kreisten beharrlich um die Geschehnisse der letzten Tage, jene Ereignisse, von denen nur er selbst und die betroffenen Sünder wussten. Schlaf? Daran war nicht zu denken. Sein alternder Körper brauchte ohnehin nicht mehr so viel Schlaf wie früher. Vielmehr zermarterte er sein Hirn über die Frage, ob er seine Beobachtungen dem Prior mitteilen sollte. Aber stand ihm das zu? War es richtig, ein Mitglied der Klostergemeinschaft zu denunzieren, bevor dieses seine Taten als Sünde erkannt und Buße getan hatte? Sollte er sich nicht zuerst den Sünder noch einmal selbst vornehmen und ihn von der Notwendigkeit der Sühne überzeugen?
Er faltete die runzligen Hände über seiner Brust zusammen und stöhnte leise. Gewiss, er hatte dem anderen mit ein paar unzweideutigen Bemerkungen zu verstehen ge-

geben, dass er über die Sache Bescheid wusste. Doch der Törichte hatte sich dumm gestellt, hatte behauptet, er wisse nicht, wovon der Alte spreche. Er hatte keine Miene verzogen, kein verräterisches Zucken in seinem Gesicht hatte auf irgendwelche Seelenqualen schließen lassen, und seine Augen waren kalt geblieben wie das Meer. Dann hatte er den Mahnenden einfach stehen lassen, als sei dieser nicht ganz bei Sinnen.

Weisheit! Der Alte hatte geglaubt, in seinem Alter an unendlicher Weisheit gewonnen zu haben. Und nun musste er feststellen, dass es mit dieser Weisheit nicht weit her war. Er beschäftigte sich mit einem Problem, das mit seiner eigenen Person so gut wie nichts zu tun hatte, zerbrach sich den Kopf über das Seelenheil der anderen. Und obwohl er wusste, dass es dem Allmächtigen sicherlich gefallen würde, sich um das Heil der anderen zu sorgen, so war er dennoch unschlüssig, welchen Weg er nun einschlagen sollte.

Er richtete sich mühsam auf, setzte sich ächzend auf den Rand seiner Pritsche, denn sein Rücken schmerzte unerträglich. Langsam begann er seine Umgebung wieder wahrzunehmen. Das Holzkreuz über der Tür seiner Zelle warf einen zitternden Schatten. Trotz seiner fast spürbaren Bedrohlichkeit war das Zeichen von Golgatha dem Mönch ein Relikt des Trostes und des Friedens. Bei seinem Anblick schöpfte er wieder Kraft, glaubte er die Weisheit seines Geistes erneut zu verspüren.

Ach, Weisheit! Fast ein ganzes Leben hatte er sich mit Büchern beschäftigt. Bis man ihn im vergangenen Jahr seines Amtes als Bibliothekar enthoben und einen jungen Mitbruder zu seinem Nachfolger bestimmt hatte.

»Euer Augenlicht wird schlechter und schlechter«, hatte der Prior zu ihm gesagt, »ich kann es nicht länger gutheißen, dass Eure Sehkraft ein Opfer der Bücher wird!«

Stattdessen hatte man ihn zum Sakristan ernannt. Da er dem Orden schon vor langer Zeit Gehorsam gelobt hatte, versuchte er, die Entscheidung des Priors zu akzeptieren. Er versuchte auch, seinem Mitbruder und Nachfolger in der Bibliothek nicht zu zürnen. Dies allerdings gelang ihm nur mit mäßigem Erfolg. Auch jetzt, in dieser ruhelosen Nacht, bemerkte der Mönch wieder einmal erschrocken, wie seine Fäuste sich ballten, sobald das Bild seines Mitbruders vor seinem geistigen Auge auftauchte.

»Ich muss beten«, sagte er hastig zu sich selber, erhob sich von seiner Schlafstätte und schlüpfte in seine Sandalen. Er schritt zu einer hölzernen Truhe, auf der er vor einigen Stunden seine Kutte abgelegt hatte. Er nahm das sorgsam gefaltete Kleidungsstück, breitete es mit rituellen Bewegungen aus und stülpte es über seinen Kopf. Andächtig zupfte er die Falten heraus, schnürte die Kordel vor seinem Bauch, strich dann liebevoll über das eingenähte Zeichen auf seiner Brust, jenem Kreuz mit rotem Stamm und weißem Querbalken. Er war immer noch stolz, ein Kreuzbruder zu sein, ein Streiter Christi auf Erden.

Er nahm die Kerze, griff nach dem Schlüsselbund, der an einem Nagel neben der Tür baumelte, und verließ leise seine Zelle.

Das Licht der Kerze vermochte den kahlen Flur nur mäßig zu erhellen, doch der alte Mönch hätte den Weg auch blind gefunden. Hinter der Zellentür eines Mitbruders war ein lautes Schnarchen zu vernehmen, ansonsten war es totenstill. »Wie könnt ihr bloß schlafen, Brüder«, murmelte der Alte still vor sich hin. »Wie könnt ihr schlafen, während der Teufel wie ein brüllender Löwe umhergeht und suchet, welchen er verschlinge.«

»Ist alles in Ordnung, Bruder?«

Der Alte zuckte zusammen und fuhr herum.

»Ist alles in Ordnung?«, wiederholte sein Mitbruder und warf ihm einen besorgten Blick zu.

»Sicher!«

»Die Nacht ist lang und unsere Träume sind kurz, nicht wahr, Bruder in Christo? Leidet Ihr manchmal auch unter Schlafstörungen?«

»Unsinn!« Der Alte begann sich über die vorwitzige Neugierde des anderen zu ärgern. »Ich muss zur Latrine, das ist alles. Erreicht Ihr erst mal mein Alter, Bruder Naseweis.«

Er ließ den Verdutzten stehen und stieg eine steinerne Wendeltreppe hinab. Die herben Düfte des umliegenden Waldes krochen in seine Nase, als er den Kreuzgang erreichte. Aber auch der schale Geruch kühler Asche und verbrannten Holzes lag immer noch in der Luft, obwohl seit dem unheilvollen Brand bereits drei Tage verstrichen waren. Irgendwo schrie ein Kauz.

Der Alte grunzte verärgert. Zur Latrine! Warum hatte er dem jüngeren Mitbruder nicht einfach die Wahrheit gesagt? Er wollte doch nur beten. Beten für das Heil aller Mönche in diesem Konvent, beten für alle Menschen auf dieser elenden Welt. Warum hatte er gelogen? Wie sollte er jemals die angestrebte Weisheit erlangen, wenn er die Latrine zur Wahrheit und das Gebet zur Lüge machte?

»Satans Wirken«, fluchte er leise. »Ich muss beten!«

Er hatte die Seitentür der Klosterkirche erreicht. Mit zitternden Händen zückte er den Schlüssel und trat leise in das Gotteshaus. Die Figuren einiger Heiliger wirkten im fahlen Licht der Kerze wie lauernde Dämonen, doch der Alte vertrieb solche Gedanken. Es sind Heilige, redete er sich ein, Menschen, die einst gelebt haben und Gott näher waren, als ich es jemals sein werde! Obwohl er hier Trost und Zuflucht gesucht hatte, merkte er, dass das Gefühl der Angst und Hilflosigkeit in ihm immer größer wurde. Vergeblich suchte er das Kreuz des Erlösers im Schatten der Apsis hinter dem Altar, doch das Kerzenlicht war einfach zu schwach. Er schlug ein hastiges Kreuzzeichen und näherte sich mit weichen Knien seinem Betstuhl.

»... und führe uns nicht in Versuchung, sondern erlöse uns von dem Bösen«, intonierte er immer wieder, während er den Reflex unterdrückte, sich ständig angstvoll umzublicken.

Mit etwas Wachs befestigte er die Kerze am Vordergestell seines Betstuhls. Noch einmal suchte er vergeblich das Kreuz hinter dem Altar, bevor er sich schwerfällig niederkniete. Jetzt erst merkte er, dass dort etwas vor ihm lag. Seine milchigen Augen blinzelten verwirrt. Mit einer vorsichtigen Bewegung tastete er nach dem Gegenstand.

Plötzlich zuckte seine Hand zurück, als hätte sie in einen brennenden Herd gefasst. Er wollte schreien, doch er konnte nicht. Eine siedend heiße Welle rollte durch seinen Körper, er spürte, wie seine Nackenhaare sich sträubten wie die einer Katze. Vor ihm lag eine welke weiße Lilie.

»Die Botschaft aus dem Jenseits«, stammelte er fassungslos. Mit einem Mal fielen ihm die Geschichten ein, die man ihm damals, als er noch ein junger Novize gewesen war, erzählt hatte. Die weiße Lilie – eine Todesbotin! Derjenige, dem sie zuteil wird, muss in drei Tagen sterben … Für einen Augenblick schoss dem Alten der Gedanke durch den Kopf, die Lilie einfach auf den Platz seines Nachbarn zu legen. Doch dann hielt er inne. Wie konnte er sich nur einreden, das Schicksal betrügen zu können? Er zwang sich, tief und ruhig zu atmen. Und allmählich merkte er, wie das Gefühl der Angst ihn verließ. Sterben? Warum eigentlich nicht? Er hatte ein sehr hohes Alter erreicht. War es nicht sogar erstrebenswert, endlich von den Mühen und Qualen des irdischen Lebens entbunden zu sein und die Ewigkeit in der Nähe Gottes zu verbringen? Die Maske der Angst wich einem seligen Lächeln. »Wenn es denn sein muss, so komme ich mit Freuden, Herr«, sagte der alte Mönch in das Halbdunkel der Klosterkirche, erleichtert über die Weisheit, die ihn endlich erreicht hatte.

2

Im »Carolus Magnus«, der Meroder Dorfschenke, hätte an diesem Sonntagabend nicht einmal mehr eine Maus einen Platz gefunden. Selbst viele der Bäuerinnen aus dem Ober- und dem Unterdorf hatten es sich – zum verhohlenen Ärger ihrer Ehemänner – nicht nehmen lassen, den Versen des Spielmannes zu lauschen, der nun bereits den dritten Abend in Folge sein Epos vortrug. Und heute – das hatte er versprochen – würde er endlich das von allen mit Spannung erwartete furiose Finale folgen lassen. Viele der Bauern hatten untereinander sogar Wetten abgeschlossen: Würde sich Krimhild, die verbitterte Königin der Hunnen, an ihrem grimmigen Oheim Hagen, dem Mörder ihres geliebten Siegfried, rächen können? Würde es zum Kampf der Burgunden gegen die Truppen König Etzels kommen? Und würden die Burgunden – oder Nibelungen, wie der Spielmann sie zu nennen pflegte – ihre Heimat in Worms jemals wieder sehen?
Ach, was waren die Nerven der Zuhörer an den vergangenen drei Tagen strapaziert worden: Grausiges Schaudern, als Siegfried mit dem Drachen kämpfte. Unendliche Bewunderung, als der Drachentöter das Heer der Dänen fast im Alleingang besiegte. Rührend die tragische Liebe der Kriemhild zu dem Recken. Und all die bösen Intrigen am Hofe des Königs Gunther! Man konnte es fast schon erahnen: Siegfried, diesen wackeren Helden, würde bald ein gewaltsamer Tod ereilen. Warum wäre ihm wohl sonst beim Bad im Blut des Drachen ein Lindenblatt auf die

Schulter gefallen? Und doch, als es so weit war, als der Speer des Hagen den Helden durchbohrte, traute sich keiner der Zuhörer zu atmen. In den kleinen Sprechpausen, die der Spielmann immer wieder einlegte, hätte man eine Nadel fallen hören. Nur die Töne seiner Laute hallten noch lange nach.

Mathäus, der Dorfherr von Merode, starrte gebannt in das kecke Gesicht des Spielmanns, dessen Kinn von einem spitzen Bärtchen geziert war. Der Spielmann stand auf einem hölzernen Podest neben der Eingangstür; mit ausdrucksvoller Mimik schilderte er, wie Krimhild die Hunnenkrieger zum Kampf gegen Hagen von Tronje anstiftete.

Ohne die Augen von dem Spielmann abzuwenden, griff der Dorfherr nach der Kanne mit Bier, musste jedoch feststellen, dass seine bäuerlichen Tischgenossen diese bereits restlos geleert hatten. An Nachschub war nicht zu denken. Leo, der Wirt, stand mit offenem Mund hinter seinem Schanktisch und lauschte andächtig den Worten des Spielmanns. Ein Ausschank neuen Bieres hätte den Vortrag nur gestört, außerdem hätte der Wirt sich erst einmal durch Dutzende von Leibern zwängen müssen, denn diejenigen, für die es keine Hocker mehr gab, hatten sich auf den Dielen des Fußbodens breit gemacht.

Inzwischen war es zur Gewissheit geworden: Es würde zum großen Kampf zwischen den Nibelungen und den Hunnen kommen. Zahlreiche Tote waren bereits zu beklagen. Und Gunther, Hagen und ihre Mannen saßen eingeschlossen in König Etzels großer Halle in der Falle.

Der Spielmann zupfte an seiner Laute und erhob seine Stimme:

»Das harte Streiten währte
bis die Nacht dann kam,
da wehrten sich die Gäste,
wie Helden lobesam
wider Etzels Recken
den sommerlangen Tag.
Hei, was da an Helden
tot vor ihnen lag!«

»Wie schrecklich!«, schrie Kunigunde, die Bäuerin, als der Spielmann seine Laute abrupt verstummen ließ.

»Halts Mundwerk, dummes Weib«, brummte ihr Gatte unwirsch.

Eine räudige Katze, die durch ein Fenster in die Schenke hüpfte und den Menschenpulk ungläubig betrachtete, wurde unbarmherzig wieder nach draußen befördert. Der Spielmann fuhr fort.

Zum Entsetzen aller hatte Krimhild die Halle, in der die Burgunden sich verschanzten, an allen vier Ecken anzünden lassen.

»Das war's dann«, flüsterte der Bauer Rudolf dem Dorfherrn zu.

Mathäus nickte. Dieses Inferno würde sicherlich keiner überleben. Wie er sich irrte …

Voller Staunen erfuhren die Zuhörer, mit welchen Finessen die Eingeschlossenen dem Tod entgingen. Ihre Schilde als Feuerschutz gegen herabstürzende Balken, das Blut der Gefallenen als labender Trunk gegen die unerträgliche Hitze …

»Igitt!« Bäuerin Frieda presste eine Hand auf ihren Mund.

Das Gemetzel ging weiter. Die Zahl der Burgunden

schrumpfte immer mehr. Gernot, Giselher, Volker, Dankwart und auch Rüdiger von Bechlarn – die Helden, deren Schicksal die Meroder seit drei Tagen gespannt verfolgten, sie alle starben in einem mörderischen Rausch von Blut und Gewalt. Schließlich gelang es dem Recken Dietrich von Bern, auch die beiden letzten Überlebenden, König Gunther und Hagen von Tronje, gefangen zu setzen.

Die Meroder atmeten auf. So also endete das Epos der Nibelungen. Der Spielmann ließ seine Leier sinken. Doch plötzlich, als sich bereits die ersten von ihren Plätzen erhoben, fuhr er mit heller Stimme in seinen Vortrag fort.

Denn das Morden war noch immer nicht zu Ende. Kriemhild, die Rachsüchtige, suchte das Kerkerverlies ihres Bruders Gunther auf, hieb ihm mit einem einzigen Schwertstreich das Haupt vom Rumpf.

Wieder entsetztes Schweigen. Die Voreiligen sanken auf ihre Plätze zurück.

Mit Gunthers Haupt trat Kriemhild in das Verlies des Tronjers, dem sie nach hitzigem Wortgefecht den gleichen Tod bereitete. Dieses unehrenhafte Verhalten jedoch missfiel dem alten Waffenmeister Hildebrand; also rächte er die beiden Toten, indem er auch Kriemhild erbarmungslos niedermetzelte. Endlich schloss der Spielmann:

»Ich kann euch nicht berichten,
was weiter noch geschah,
nur dass man all die Frauen
und Ritter weinen sah.
Und Knappen auch und Knechte
um lieber Freunde Tod.
Hier hat die Mär ein Ende.
Das ist der Nibelungen Not.«

Ein paar Bäuerinnen schluchzten in ihre Schürzen. Draußen jaulte ein Hund. Nach ein paar Augenblicken der allgemeinen Bestürzung sprang der Spielmann von seinem Podest.
»Es hat mir viel Freude gemacht, liebe Meroder Bürger, euch mit der Mär der Nibelungen zu erfreuen«, rief er. Seine heitere Stimme indes wollte gar nicht zu der schwermütigen Stimmung passen, die er durch seine Verse geschaffen hatte. »Und wenn ich mir eure Gesichter anschaue, stelle ich fest, dass sie euch beeindruckt hat.«
»Ihr seid ein wahrer Meister«, rief jemand aus der letzten Reihe, und alle nickten zustimmend.
»Danke, Freunde. Aber ihr werdet einsehen, dass ich von eurem Lob allein nicht leben kann. Ein bisschen muss es auch klingeln.«
Er zückte eine hölzerne Schale aus seinem Wams und schritt durch die Reihen. Allmählich wurde wieder Gemurmel laut. Erst jetzt registrierte Mathäus den stickigen Mief in der Gaststube. Er ließ sowohl dem Spielmann als auch Leo ein paar Münzen zukommen, bahnte sich einen Weg bis zur Tür und verließ die Schenke.
Draußen war es längst dunkel. Mathäus sog die frische Abendluft in sich auf, reckte sich genüsslich und versuchte die Eindrücke der Mordorgie abzuschütteln. Natürlich, die Geschichte von den Nibelungen und deren Tapferkeit hatte ihn sehr beeindruckt, doch andererseits war ihm die Bosheit und Grausamkeit der Menschen wieder einmal üppig vor Augen geführt worden. Bewunderung und Abscheu mischten sich auf seltsame Weise in sein Gemüt. Nur gut, dass er Jutta, seine Geliebte, nicht überredet hatte, ihn ins ›Carolus Magnus‹ zu begleiten. Geschichten

über Gewalt und Krieg waren nichts für zart besaitete Frauen, und erst recht nicht für ein solch himmlisches Wesen, wie Jutta es war.
Er machte sich auf den Heimweg. Am Dorfbach balgten sich zwei fette Ratten.
»Und schon wieder Gewalt«, seufzte der Dorfherr, dem das Ende der Nibelungen noch immer in den Ohren hallte. Er fragte sich, was wohl sein Freund Heinrich zu dieser Ballade über Treue, Hass, Not und Tod gesagt hätte. Aber Heinrich war in der vergangenen Woche weitergezogen, hatte sich wieder auf den Weg gemacht, um die seltsame Sühne, die er sich selbst auferlegt hatte, fortzusetzen. Die Heilung seiner Schulterwunde, die ihm ein Strauchdieb vor einigen Wochen verpasst hatte, war nur langsam vorangeschritten, doch dank Juttas aufopfernder Pflege und dank der Heilkräuter der alten Sibylle war er endlich wieder zu Kräften gekommen.
Mathäus seufzte leise. Er musste an die kleine Maria denken, die sich bei Heinrichs Aufbruch wie eine Klette an seine Jacke geheftet und bitterlich geschluchzt hatte. Mit ihrem harten, aber immer besser werdenden Deutsch hatte sie den geliebten »Onkel Hein« zum Bleiben aufgefordert. Auch Heinrich war der Abschied sichtlich schwer gefallen. Zu sehr hatte er die kleine Zigeunerin inzwischen in sein Herz geschlossen. Schließlich aber hatte er sich abrupt umgedreht, sich auf sein Pferd geschwungen und war davongeritten. Und Chlodwig, dieses große schwarze Mondkalb, war ihm bellend gefolgt. Noch lange hatten Mathäus, Jutta und die unglückliche Maria der Staubwolke hinterhergeblickt.
Mathäus hatte sein Häuschen fast erreicht und stutzte, als

er Licht darin erblickte. Seine Hand fuhr unwillkürlich zum Dolch an seinem Gürtel. Erst jetzt sah er das schwarze Pferd, das geduldig auf der Straße wartete. Im ersten Moment glaubte er, es sei Heinrichs Pferd, doch dies erwies sich beim näheren Hinsehen als irrig. Es war eine alte, klapprige Stute, die da den lehmigen Boden nach ein paar Grasbüscheln absuchte, und Mathäus bemühte verzweifelt sein Gedächtnis, wo er dieses Tier schon einmal gesehen hatte. Allmählich schwante ihm etwas.

»Das … das kann nicht sein«, stammelte er und stürzte durch die Tür.

Am Tisch in der Mitte der Stube saß mit gebeugtem Kopf eine große Gestalt. Nur langsam hob sie den Kopf. Endlich wurde im fahlen Licht der Kerze das Gesicht des Mannes sichtbar. Er mochte bereits mehr als ein halbes Jahrhundert hinter sich gebracht haben; ein silbergrauer, sorgsam gestutzter Bart konnte die kantigen Konturen des Gesichts nicht verbergen. Seine stahlblauen Augen blickten den Dorfherrn mit einer eigenartigen Mischung aus Freude und Vorwurf an. Seine Hände lagen gefaltet auf dem Tisch, die Daumen zu einem Spitzdach geformt.

Mathäus' Mund stand sperrangelweit offen. »Vater!«, hauchte er schließlich.

»Junge!« Die Stimme des anderen war ruhig und sachlich. Mathäus unterdrückte den Impuls, seinem alten Herrn in die Arme zu fallen. Hilflos fuchtelte er mit seinen Händen.

»Du … du kommst mich besuchen?«, hauchte er, um ein Lächeln bemüht.

»Spricht etwas dagegen?« Noch immer war in des Vaters Stimme keine Spur von Wiedersehensfreude wahrzunehmen.

»Natürlich nicht, Vater. Aber ... warum hast du Mutter nicht mitgebracht?«
Der Alte schlug die Augen nieder. Wie abwesend starrte er auf seine gefalteten Hände. Noch bevor er etwas sagte, kannte Mathäus die Antwort.
»Sie ist tot, Junge!«
Mathäus taumelte zum Tisch und ließ sich auf einen Hocker fallen. Er saß dem Vater nun direkt gegenüber, doch niemand sprach ein weiteres Wort. Mathäus verspürte den Drang zu weinen, doch eine unendliche Leere, die sich in ihm ausbreitete, hinderte ihn daran. Unter schweren Atemzügen schloss er die Augen und vergrub seinen Kopf. Erst nach einer halben Ewigkeit richtete sich sein freudloser Blick wieder auf den Vater.
»Wann?«, fragte er nur.
»In der vergangenen Woche.«
»War sie krank?«
Der Vater zögerte einen Augenblick. »Sie war ein Opfer der schwarzen Pest«, sagte er schließlich.
Mathäus' Augen weiteten sich. »Der schwarzen Pest?« Er schluckte. »Ist sie denn schon bis Jülich vorgedrungen?«
»Offensichtlich«, brummte der Vater. »Aber bevor du fragst: Ich bin nicht infiziert. Die Symptome hätten sich längst auch bei mir eingestellt. Trotzdem waren meine Nachbarn sichtlich froh, als sie sahen, wie ich mein Pferd sattelte.«
»Und die Beerdigung?«
»Hat längst stattgefunden.«
»Was?« Mathäus' Gesicht begann sich rötlich zu verfärben. »Und du hast mich nicht rufen lassen? Zur Beerdigung meiner eigenen Mutter?«

Der Alte schnaubte verächtlich. »Junge, weißt du überhaupt, was los ist auf der Welt? Glaubst du etwa, man hätte deine Mutter mit feierlichem Brimborium und einer endlosen Prozession unter die Erde gebracht?« Er erhob seine Stimme. »Sie starb an der Pest! Weißt du, was das heißt? Städtische Knechte in albernen Totengewändern haben den Leichnam deiner Mutter in eine schmutzige Karre geladen und ihn vor den Toren der Stadt verscharrt, bevor ich überhaupt etwas sagen konnte. Und die Tür meines Hauses haben sie mit roter Farbe beschmiert.« Nun begann er zu schreien: »Und wer, glaubst du, hat mir Beileid gewünscht oder Trost gespendet? Keine Menschenseele! Alle glaubten, ich könnte ebenfalls erkrankt sein. Aus diesem Grund hat auch niemand mehr meinen Laden betreten, verstehst du? Und dann kommst du und machst mir Vorwürfe!«

Mathäus hob beschwichtigend seine Hand. »Niemand macht dir Vorwürfe, Vater. Es … tut mir Leid.«

»So? Es tut dir Leid? Natürlich tut es dir Leid. Und mir tut es Leid, dass du in diesem Nest am Ende der Welt versauerst, während ich meinen Lebensabend damit verbringen muss, meine Existenz neu zu sichern.«

Mathäus wusste, worauf der Vater hinauswollte. »Du weißt, dass ich kein kaufmännisches Talent besitze, Vater.«

»Ach nein? Aber Talent, in einem dreckigen Bauerndorf den Wichtigen zu spielen, das hast du, ja?«

»Vater, bitte! Es ist wirklich nicht der richtige Augenblick, sich jetzt darüber zu streiten.«

Wieder wollte der Alte aufbrausen, doch der flehende Blick des Sohnes ließ ihn innehalten. »Warum gehst du

nicht wenigstens zurück nach Nideggen?«, fragte er dann ruhiger.
»Ich muss dorthin, wo der Markgraf mich einsetzt, das weißt du doch, Vater.«
Ein zynisches Lachen war die Antwort. »Ja, ja, natürlich. Wer die Base des Markgrafen als dumme Eule bezeichnet, muss sich nicht wundern, wenn er sich am Arsch der Welt wiederfindet.«
»Bitte, fang nicht schon wieder damit an.«
»Warum konntest du gottverdammter Esel auch nicht dein saudummes Mundwerk halten?«
Mathäus ließ nun sämtliche Zurückhaltung außer Acht. »Vielleicht habe ich mein saudummes Mundwerk ja von meinem hochverehrten Vater geerbt!«, schrie er aufgebracht.
Der Vater sah ihn verständnislos an. »Ach, ich bin also der Schuldige?«, erwiderte er mit zuckersüßer Ironie.
Mathäus holte tief Atem. Sein Wutanfall tat ihm längst Leid. »Natürlich bist nicht du der Schuldige«, sagte er versöhnlich. »Aber was ich zu der Base des Markgrafen gesagt habe, das habe ich gesagt. Und wahrscheinlich würde ich es wieder sagen, denn stell dir vor: Sie ist tatsächlich eine dumme Eule!«
Zum ersten Mal zeigte sich der Ansatz eines Lächelns auf den Mundwinkeln des Vaters.
»Und was dieses Nest hier am Arsch der Welt angeht«, fuhr Mathäus fort, »kannst du dir nicht vorstellen, dass ich hier glücklich bin?«
»Ach du Schreck. Das hört sich ja beinahe so an, als hättest du hier ein Weibsbild.«
»Weibsbild ist vielleicht der falsche Ausdruck. Sie ist

meine Gefährtin. Und sie ist das bezauberndste Mädchen unter Gottes weitem Himmel.«
»Ist sie … eine Bauerntochter?«
»In der Tat, das ist sie.«
Der Alte vergrub sein Gesicht. »Oh Gott!«, stammelte er.
Mathäus verbiss sich einen weiteren Kommentar. Noch einmal atmete er tief durch. »Sicherlich möchtest du gerne etwas essen und trinken, Vater.«
»Ich bin nicht zum Schmausen hergekommen.«
Mathäus schenkte seinen Worten keine Beachtung. Er holte Wein und zwei Becher aus einer Kammer, entfachte ein Herdfeuer und begann in einem Kessel zu rühren. Wortlos servierte er dem Vater schließlich einen Teller mit dampfender Brühe und ein Stück weißes Brot. Der Alte nippte an seinem Becher, griff dann missmutig nach dem Hornlöffel und schlürfte hungrig seine Brühe. Mathäus setzte sich wieder hin und betrachtete den Vater. Vor zwei Jahren hatte er ihn zuletzt gesehen, doch er schien sichtlich gealtert. Zudem hatten sich unter seinen Augen – wahrscheinlich aus Gram – ein paar dunkle Ränder gebildet.
»Bevor sie in ein Fieberdelirium fiel«, sagte der Alte plötzlich, als sei es belanglos, »hat sie mir eine Botschaft zugeflüstert. Eine Botschaft an dich!« Er biss in sein Brot. »Sie lässt dir ausrichten, dass sie dich immer geliebt hat. Und dass sie bei den Heiligen für dich bitten wird.«
Mathäus schluckte. Seine Augen begannen zu glänzen.
Der Alte aber schien die erneute Gemütsregung seines Sohnes nicht wahrzunehmen. »Übrigens: Dein Name ist Dreyling«, sagte er zwischen zwei Schlücken Wein.

»Wie?«
»Ich sagte: Dein Name ist Dreyling! Mathäus Dreyling!«
»Ich … verstehe nicht ganz …«
»Herrgott, bist du denn inzwischen ganz vertrottelt? Aber natürlich, in diesem Nest hier hat sich sicherlich noch keiner einen Familiennamen zugelegt. Wahrscheinlich sind die Bauerntölpel durchnummeriert, weil jeder Zweite den gleichen Namen hat.«
»Aber … wieso Dreyling?«
»Kopf einschalten, Junge. Was war dein Großvater?«
»Ein Drilling!«
»Na also.«
»Ach so.« Er spitzte den Mund. »Mathäus Dreyling. Wie sich das anhört …«
»Wie soll sich das schon anhören?« Er schob den leeren Teller von sich und streckte sich träge. »Kannst du mir jetzt zeigen, wo ich schlafen kann? Morgen reden wir dann weiter.«
»Sicher. Du kannst in meinem Bett schlafen. Ich selbst werde mir ein Lager bereiten. Und dein Pferd bring ich in den Stall.«
Der Alte hob abwehrend die Hände. »Gott behüte, das habe ich schon selbst versucht. Aber dein Satansgaul hatte nichts Besseres zu tun, als meiner alten Lilli in den Allerwertesten zu beißen.«
»Leider eine dumme Angewohnheit von ihm.«
»Wie auch immer, lass Lilli, wo sie ist. Sie läuft schon nicht davon.« Er sah sich suchend um. »Und wo ist dein Bett?«

3

Die Träume dieser Nacht hatten Mathäus in seine Kindheit zurückgeführt. Wieder einmal war er beim Ballspiel mit den Nachbarjungen hingestürzt, hatte sich eine blutige Schramme am Knie zugezogen. Er hatte sich in den Armen seiner tröstenden Mutter gesehen, die zärtlich auf ihn einredete und über seinen Kopf streichelte, während seine Kameraden ihn spöttisch als »Muttersöhnchen« proklamierten. »Na und, ich liebe eben meine Mutter«, hatte der kleine Mathäus zornig erwidert, »ich liebe sie, solange sie lebt.«

Dann erschien plötzlich der Tod, ein bleicher Knochenmann mit schaurigem Gesicht, in seinen dürren Fingern eine gewaltige Sense. Erbarmungslos sichelte er die Köpfe der spottenden Kameraden ab, bevor er sich grunzend umwandte und langsam auf Mathäus und seine Mutter zuschritt. Mathäus empfand keine Angst um seiner selbst willen, nur eine grenzenlose Panik, dass der Tod sich seiner geliebten Mutter bemächtigen könne.

»Nein!«, schrie er.

Der Sensenmann aber öffnete seinen lippenlosen Mund, und eine dunkle Stimme, die aus den Tiefen der Hölle zu kommen schien, verkündete unheilvoll:

»Es ist ein Schnitter, heißt der Tod
hat Gewalt vom großen Gott.
Heut wetzt er das Messer,
es schneidet schon viel besser,
wir müssen's nur leiden.

Hüt dich, schönes Blümelein.«
»Nein!«, schrie Mathäus.
»Junge, du träumst. Wach auf!«
Allmählich erkannte er verschwommen das Gesicht seines Vaters. Sein Herz hämmerte, als wollte es zerbersten.
»Du träumst«, wiederholte der Vater.
Mathäus richtete sich schwerfällig auf. Hüt dich, schönes Blümelein, hallte es noch immer in seinem Schädel. Das Lied vom Schnitter Tod! Sein Großvater, der Drilling, hatte es ihm in seinen Kindheitstagen stets vorgesungen, wenn es galt, seinen Übermut zu dämpfen. Eingeschüchtert hatte er dann von jeglichem Unfug abgelassen.
Mathäus hatte die Verse längst vergessen geglaubt. Bis sie ihn im Traum wieder heimsuchten.
»Gottverdammter Sensenmann«, knirschte er.
»Wie?«
»Schon gut.« Er warf einen Blick auf den gedeckten Frühstückstisch. »Bist du eigentlich schon lange wach, Vater?«
»Was denkst denn du«, brummte Dreyling, »dieser Geruch von Schweinescheiße in der Luft würde selbst einen Bären aus dem Winterschlaf holen.«
Mathäus reckte seine Nase hoch. »Beim besten Willen, ich rieche nichts.«
»Das glaube ich gerne. Deine Nase ist inzwischen so unempfindlich wie der Teufel gegen böse Taten.«
Mathäus wusch und rasierte sich. Dann setzten Vater und Sohn sich an den Frühstückstisch und begannen zu essen. Ein Lichtstrahl der Morgensonne, der durch die Fensteröffnung fiel, breitete sich in der Stube aus.
»Was, im Namen aller Heiligen, ist denn das?« Dreyling hielt beim Kauen inne. Er deutete auf einen Lindenklotz

in der Ecke der Stube, der erst jetzt im einfallenden Tageslicht zum Vorschein kam. »Eine Jungfrau, die sich in einen Holzklotz verwandelt hat?«
Mathäus schüttelte den Kopf. »Andersrum, Vater. Der Holzklotz ist im Begriff, eine Jungfrau zu werden.«
»Tatsächlich?«
»Und zwar die Jungfrau Maria. Auf ihrem Schoß wird bald das Jesuskind sitzen.«
Dreyling runzelte die Stirn. Sein skeptischer Blick blieb auf dem Lindenklotz haften. »Ich hoffe nur, dass die Gottesmutter und ihr Sohn dir das da nicht übel nehmen werden am Tag des Jüngsten Gerichts.«
Mathäus nagte an seiner Unterlippe.
»Und für wen soll sie sein, die Jungfrau mit dem Kinde?«
»Für Jutta.«
»Wer zum Teufel ist Jutta?«
»Jutta ist meine Gefährtin, Vater.«
»Ach ja, richtig. Die … Bauernmaid.«
Mathäus' Faust fuhr krachend auf den Tisch, so dass Dreyling erschrocken zusammenfuhr. »Verdammt, Vater!«, brüllte er. »Erspare mir endlich deine unsäglichen Kommentare. Gibt es eigentlich noch Dinge auf dieser Welt, die du respektieren kannst?«
Dreyling schnappte nach Luft. »Was erlaubst du dir, so mit mir …«
»Nein, jetzt rede ich«, fiel der Sohn ihm brüsk ins Wort. »Das hier ist mein Leben. Du kommst hierher, hast an allem und jedem etwas auszusetzen und glaubst, ich würde sofort wieder nach deiner bigotten Pfeife tanzen. Ich kann mir beim besten Willen nicht vorstellen, dass dies im Sinne meiner Mutter wäre …«

Der Alte senkte den Blick. Seine Finger krampften sich ineinander.
»Ich liebe und verehre dich, Vater«, fuhr Mathäus nun ruhiger fort, »aber lass mich mein Leben leben, und lass mir meine Welt, in der ich mich zurechtfinde.«
»Vielleicht weißt du ja gar nicht, was gut für dich ist, mein Sohn«, antwortete Dreyling nach einer Weile des Schweigens. »Vielleicht brauchst du deinen Vater mit seiner großen Lebenserfahrung, der dir sagt, wo's langgeht.«
»Das lass mich bitte selbst herausfinden.«
»War ich es nicht, der dich damals gedrängt hat, aus der Garde auszutreten und stattdessen eine Beamtenlaufbahn einzuschlagen?«
»Ich muss zugeben …«
»Und hast du diesen Schritt jemals bereut?«
Ein lautes Klopfen an der Tür enthob den Sohn einer Antwort.
»Wer pocht denn da wie ein Berserker?«, brummte Dreyling missmutig.
»Herein!«, rief Mathäus.
In die Stube trat ein junger Mann mit roten Locken und einem flaumbärtigen Gesicht. Er schien die angespannte Atmosphäre zwischen den beiden Männern vor sich zu spüren und zupfte betreten an den Knöpfen seiner Jacke.
»Das ist Dietrich, Diener auf Burg Merode, mein bevorzugter Bote und mit Gewissheit der schnellste Reiter zwischen Köln und Aachen«, bemerkte Mathäus zu seinem Vater, der gelangweilt sein Brot in die Milch tunkte.
»Dietrich, was führt dich her zu mir?«
»Herr, ein Mönch vom Kloster Schwarzenbroich ist zu Besuch bei Herrn Rikalt und Herrn Paulus.«

»Na und?«
»Man hat mich nach Euch geschickt. Eure Anwesenheit wird dringend erwünscht.«
»Dieser Spruch kommt mir äußerst bekannt vor«, murrte Mathäus. »Worum geht's denn diesmal?«
Der Diener hob die Schultern.
Mathäus erhob sich ächzend von seinem Hocker und warf seinem Vater einen entschuldigenden Blick zu. »Bin gleich wieder da, Vater.« Zusammen mit Dietrich verließ er das Haus. Draußen atmete er dreimal tief durch.
»Und? Geht's dir gut, Freund?«, fragte er den Diener.
»Ja, Herr. Bestens.« Dietrich strahlte wie ein Honigkuchenpferd.
»Bestens? Das hört sich gut an. Bist du etwa verliebt?«
Dietrich rieb sich verlegen die Nasenspitze. Mathäus wusste, dass er mit seiner Vermutung ins Schwarze getroffen hatte.
»Das freut mich für dich. Ist es eine der Mägde von der Burg?«
Der Diener nickte nur.
»Wie heißt sie?«
»Roswitha, Herr.«
Dreyling indessen, zurückgeblieben in der Stube, zerbröselte gedankenverloren ein Stück Brot und starrte auf den seltsamen Lindenklotz.

Drei Augenpaare richteten sich auf den Dorfherrn, als dieser den Saal betrat. Paulus kratzte seinen gewaltigen Schädel, als wolle er auf diese Weise sein hässlich vernarbtes rechtes Ohr verbergen. Sein Blick versprühte – wie meistens – blanken Spott. Der Burgvogt und der Dorfherr

waren einander zugetan wie Katze und Hund, und beide machten auch kein Geheimnis daraus.
Rikalt dagegen, der junge Herr von Merode – oder besser gesagt: einer der beiden Herren von Merode – schenkte Mathäus ein warmes Lächeln. Er hatte erst ein Lebensjahrzehnt hinter sich gebracht; dennoch wirkte er wesentlich reifer. Im gleichen Maße, wie Paulus den Dorfherrn seine Verachtung spüren ließ, zeigte Rikalt ihm seine Bewunderung, nannte ihn – wenn niemand zuhörte – sogar manchmal »Oheim Mätthes«. Und seit Mathäus im vergangenen Sommer die beiden Mädchenmorde aufgeklärt hatte, war Rikalts Bewunderung ins Unermessliche gestiegen.
Der dritte Mann, der dort am Tisch saß und ihn anstarrte, war ein Mönch in einer dunklen Kutte. Ein rotweißes Kreuz auf seiner Brust wies ihn als Kreuzbruder aus. Er war ein Mann mittleren Alters, sein Gesicht glatt rasiert und die Pupillen seiner kleinen Augen in stetiger Bewegung. Seine Wangen leuchteten so rot wie der Längsbalken des Kreuzes auf seiner Kutte.
Mathäus verneigte sich vor den drei Herren.
»Herr Mathäus, nehmt bitte Platz«, forderte der junge Rikalt ihn auf.
Der Dorfherr setzte sich. Er bemühte sich, gelassen zu erscheinen, obwohl er gespannt war wie ein Bogen.
Paulus, der Burgvogt, weidete sich noch eine Weile an der Unwissenheit des Dorfherrn. Endlich deutete er mit seiner ausgestreckten Hand auf den Mönch zu seiner Linken. »Das ist Bruder Walraf, Cellarius und Bote vom Kloster Schwarzenbroich, das unser verehrter Ahnherr Werner und seinem Sohn vor vielen Jahren zu gründen vergönnt war.«

Mathäus kämpfte schon jetzt mit sich, dem Burgvogt nicht ins Wort zu fallen. Paulus schien wieder einmal vergessen zu haben, dass er lediglich Rikalts Vormund vertrat, den Ritter Gerhard von Wedendorp, einen Verwandten der Merode, der aber nur selten in der Herrschaft weilte. Mit den verehrungswürdigen Ahnen der Herren von Merode hatte der Burgvogt selbst nicht das Geringste zu tun.

Rikalt zwinkerte dem Dorfherrn fast unmerklich zu. Der beschloss schmunzelnd, die Bemerkung, die ihm auf der Zunge lag, zu verschlucken.

»Nun, verehrter Dorfherr«, fuhr Paulus fort, »vielleicht ist es besser, ich lasse nun unseren Bruder selbst berichten, was ihn zu uns führt.«

»Ja, Herr Paulus, das halte auch ich für besser«, sagte Mathäus gedehnt und richtete seinen Blick auf den Mönch.

Bruder Walraf ließ seine verschränkten Hände in den Ärmeln der Kutte verschwinden und streckte seinen Oberkörper hoch. Sein kahler Kopf stülpte sich nach vorne, so dass seine Bewegungen etwas Echsenartiges hatten. Das Rot seiner Wangen schien sich noch zu verstärken, als er zum Sprechen ansetzte.

»Zunächst einmal möchte ich im Namen meines Priors dem Herrn Rikalt von Merode herzlichste Grüße aussprechen, dessen Großvater Werner – Gott sei seiner Seele gnädig – einer himmlischen Eingebung folgend einst unser schönes Kloster Schwarzenbroich im Herzen des hiesigen Waldes gründete und – damit nicht genug – das Kloster zudem mit zahlreichen Schenkungen bedachte. Außerdem lässt der Prior dem Herrn von Merode ausrichten, dass er den Segen Gottes auf Euch und Eure Untertanen herabbittet.«

Rikalt nickte freundlich. »Danke, Bruder. Fahrt nun fort.«

Der Mönch verzog keine Miene. In einem Tonfall, der erahnen ließ, dass er jedes Wort seiner Rede im Voraus sorgfältig abgewogen hatte, fuhr er fort.

»Unser verehrter Bruder in Christo, Adam, wurde am heutigen Morgen im Bett seiner Zelle tot aufgefunden. Unser Pater Prior lässt höflichst anfragen, ob der Dorfherr von Merode, der dem Herrn Rikalt untersteht, bereit wäre, den Leichnam des Verstorbenen zu begutachten.«

Mathäus beugte sich vor. »Starb Euer Mitbruder eines natürlichen Todes?«

Niemandem entging, wie der Mönch diesmal mit seiner Antwort zögerte. »Bruder Adam starb eines natürlichen Todes«, behauptete er.

»War er alt?«

»Bruder Adam war der älteste Mitbruder in unserem Konvent.«

Mathäus spreizte die Hände. »Bruder Walraf, gestattet mir eine Frage: Wenn Euer Mitbruder schon sehr alt war und er eines natürlichen Todes starb, wozu soll dann eine Leichenbeschauung nütze sein?«

Der Mönch hüstelte, bevor er mit seiner monotonen Stimme antwortete. »Unser Pater Prior versichert Euch, dass in unserem Konvent alles mit rechten Dingen zugehe, er aber trotzdem seine Gründe habe, Euch rufen zu lassen. Diese Gründe aber wolle er Euch lieber selber erläutern.«

Paulus grinste durch seinen dunklen Bart. »Tja, werter Dorfherr, so kann's gehen: Kaum kommt der gute Vater mal zu Besuch, rufen schon die Pflichten.«

Mathäus warf ihm einen giftigen Blick zu. Aber dass der Burgvogt überall seine Spitzel hatte, die ihm selbst zu berichten schienen, wenn ein Knecht es irgendwo mit einer Magd im Heu trieb, war schließlich nichts Neues für ihn. Er wandte sich wieder an den Mönch. »Gut, Bruder. Ich werde mit Euch nach Schwarzenbroich reiten. Gebt mir noch eine Stunde, bevor wir aufbrechen.«

Er verließ den Saal und gelangte in den Burghof, wo ein paar Hühner und ein paar Gänse sich eine lautstarke Schlacht um ein paar Brotkrumen lieferten. Eine fluchende Magd, die mit einem Stock dazwischenfuhr, vergrößerte das Spektakel nur noch.

»Herrgott, stopf den Viechern doch den Schnabel!«, rief er ihr schlecht gelaunt zu. Er erreichte das Torhaus und blieb stehen, als ihm auf der Zugbrücke zwei Gestalten entgegenkamen.

Er merkte selbst, wie seine Kinnlade nach unten fiel, war jedoch außerstande, dies zu verhindern. Die schönste Frau, die er jemals gesehen hatte, begleitet von ihrer Zofe, warf ihm einen himmlischen Blick zu, nickte lächelnd zum Gruß, bevor sie züchtig ihren Blick senkte und mit ihrer Begleitung den Burghof überquerte. Der Dorfherr sah ihr fassungslos hinterher, starrte auf ihr blaues Seidenkleid, auf den schwarzen, ledernen Gürtel, der die atemberaubenden Konturen dieser Frau erahnen ließ. Zu seinem Schrecken drehte die Schöne sich noch mal zu ihm um, strich eine Strähne ihres langen blonden Haares aus ihrer Stirn und lachte ihn an, so dass ihre schneeweißen Zähne zum Vorschein kamen. Dann verschwand sie mit ihrer Zofe in einer Tür des Ostflügels.

»So etwas sieht man hier nicht alle Tage, nicht wahr, Herr Mathäus?«
Der Dorfherr fuhr erschrocken herum und sah einen gesetzten Mann, der an einer dreckigen Steckrübe knabberte. »Friedrich!«
Der Kastellan, wie immer unrasiert, grinste ihn augenzwinkernd an. »Manchmal fällt es einem wahrlich schwer, die Wunder in Gottes Schöpfung zu erkennen, aber in diesem Fall …« Er deutete mit dem Kinn in die Richtung, in der die Schöne verschwunden war.
»Wer zum Teufel war das?«, stammelte Mathäus.
»Das war Beatrix, die Gemahlin des Harper von Mausbach, Paulus' Vetter, der seinem lieben Verwandten zurzeit hier einen Besuch abstattet.«
»Ach?«
Friedrich verfiel in einen Flüsterton. »Und Harper, ihr Gemahl, ist ein versoffener Dummkopf.«
»Und trotzdem hat sie ihn geheiratet?«, Mathäus wusste selbst, dass dies eine äußerst idiotische Frage war.
»Wer fragt schon danach. Und wenn Ihr mir die Bemerkung gestattet: Es schien mir so, als hättet Ihr die Aufmerksamkeit der schönen Beatrix erregt.« Er kicherte albern.
Mathäus stampfte unwirsch mit seinem Fuß. »Was soll das, Kastellan? Ihr wisst wohl nicht, wen Ihr vor Euch habt.«
»Doch, doch«, versicherte Friedrich schnell. Jegliches Grinsen war aus seinem Gesicht verschwunden.
Der Dorfherr machte auf dem Absatz kehrt und verließ das Gelände der Burg. »Diese verfluchten kleinen Teufel«, murmelte er zu sich selber und schüttelte den Kopf, als

wollte er die höllischen Plagegeister abschütteln. Er musste an Jutta denken und kam sich vor wie ein Verbrecher. Er wusste, Jutta war die süßeste Blume in seinem Leben, das herrlichste Wesen der Welt. Und er hatte sich wie ein pubertierender Jüngling verhalten und einer fremden Frau nachgestarrt, als sei sie die himmlische Jungfrau in Person. Immer noch wütend über sich selbst betrat er schließlich seine Stube. Sein Vater hatte sich wieder auf das Bett gelegt, richtete sich aber auf, als er den Sohn eintreten sah.

»Es tut mir Leid, Vater, aber ich muss weg.«

»So?« Dreyling machte eine gekränkte Geste. »Wohin musst du denn?«

Mathäus erklärte es ihm, während er ein kleines Bündel zusammenpackte.

»Aha. Dann kann ich ja wieder abreisen.«

»Gott behüte, bitte bleib noch, Vater. Ich hoffe, spätestens am Nachmittag wieder hier zu sein.«

»Wir haben ja schließlich noch einiges zu besprechen, Junge.«

Mathäus schüttelte gleichmütig den Kopf. »Vater, ich freue mich, wenn du bei meiner Rückkehr noch hier bist. Aber zu besprechen haben wir beide nichts. Ich bleibe hier in Merode, und wenn du dich auf deinen sturen Kopf stellst.«

»Stur? Wer bei allen Märtyrern ist denn hier stur?«

»Du! Und meinetwegen auch ich. Wie auch immer: Es bleibt dabei.«

Er verließ die Stube, ging in den kleinen Stall neben seinem Haus und begann Julius, seinen Gaul, zu satteln. Dreyling war seinem Sohn still gefolgt und verfolgte nun aufmerksam jede seiner Handbewegungen.

»Komisches Pferd, das du da hast. Beißt meiner armen Lilli mir nichts, dir nichts in den Hintern.«
»Vielleicht ist Julius wirklich ein komisches Pferd. Nichtsdestotrotz, es ist mein Pferd, und ich mag es so, wie es ist. Kannst du das verstehen, Vater?«
Schwungvoll hievte er sich in den Sattel.
»Nun spiel mal nicht wieder gleich den Beleidigten!«
»Ich bin nicht beleidigt.« Mathäus schnalzte mit der Zunge und ritt auf die Straße.
Dreyling hatte die Hände in seinen Hosentaschen vergraben und folgte seinem Sohn ein paar Schritte. »Wann, sagtest du, kommst du zurück? Heute Nachmittag?«
»Ich weiß es noch nicht. Vielleicht auch erst morgen. Kommt ganz darauf an.«
»Worauf an?«
Mathäus verdrehte die Augen und trieb seinen Gaul an. »Bis später, Vater«, rief er über seine Schulter.
Dreyling starrte ihm traurig hinterher. »Bis später, Junge«, sagte er tonlos.

4

Mathäus unterdrückte einen Seufzer, als er sah, dass Bruder Walraf den Weg nach Merode mit einem alten Maultier angetreten hatte. Das Fell des Tieres hing in traurigen Fetzen von seinem dürren Rumpf, als wäre es mit zerlumpten grauen Tüchern geschmückt. Seine nur halb geöffneten Augenlider vermittelten den Eindruck unbezwingbarer Müdigkeit.

»Dieser Ritt kann ja ewig dauern«, flüsterte der Dorfherr dem Kastellan Friedrich zu.

»Keine Sorge«, erwiderte dieser grinsend, »wenn Ihr in zwei Wochen nicht zurück seid, wird Paulus sicher nach Euch suchen lassen.«

»Gut. Er braucht ja dann nur den grauen Haarbüscheln zu folgen.«

Inzwischen hatte Bruder Walraf sein Reittier umständlich bestiegen. Akribisch zupfte er an den Falten seiner Kutte herum. Ein ohrenbetäubendes I-AAA schallte über den Burghof, so dass Mathäus und Friedrich, die dem Maultier solcherlei Kundgebungen niemals zugetraut hätten, zusammenzuckten.

»Ich wäre damit so weit«, verkündete Bruder Walraf mit seiner monotonen Stimme und nickte dem Dorfherrn zu.

»Ihr hättet Euch in der Küche besser mit Wegzehrung eingedeckt, Herr Mathäus«, flüsterte der Kastellan, bevor der Dorfherr sich murrend auf seinen Gaul hievte und den Burghof an der Seite des Mönches verließ.

Am Hahndorn, dem Dorfanger, begegneten ihnen ein

paar Bauern und Knechte, die sich wenig Mühe gaben, ihre Belustigung über das seltsame Reiterpaar zu verbergen.
»Habt Ihr eigentlich nichts Besseres zu tun?«, zischte Mathäus ihnen zu.
Als sie endlich den Waldrand erreichten, wurde Mathäus bewusst, dass Walraf während des Rittes noch kein einziges Wort gesprochen hatte. Also versuchte er den Mönch in eine belanglose Unterhaltung zu verwickeln, doch da dieser stets einsilbige Antworten von sich gab, gab er sein Unterfangen schließlich auf. Ohnehin wurde der Weg nun enger, so dass Mathäus seinen Gaul hinter Bruder Walrafs Maultier lenken musste. Tief durchatmend betrachtete er die sich entlaubenden Bäume, deren Äste von einem frühherbstlichen Wind erfasst waren und behaglich raschelten. Ein paar Wolkenbänder am Himmel verdeckten die Sonne; möglicherweise würde es heute noch Regen geben. Mathäus hoffte inständig, bis dahin das Kloster der Kreuzherren erreicht zu haben. Gedankenverloren strich er durch sein kastanienbraunes Haar. Er musste an die beiden Mädchen denken, die in diesem Wald vor einigen Wochen ein grausames Ende gefunden hatten. Wie verwirrend die ganze Geschichte gewesen war! Aber zum Glück war Heinrich bei ihm gewesen. Mit seinem beneidenswerten Scharfsinn und seinen phänomenalen Kenntnissen über die Abgründe der menschlichen Seele hatte er wesentlich dazu beigetragen, die Rätsel zu lösen und die Täter zu entlarven. Was hätte er bloß ohne ihn gemacht?
Ein heftiger Satz seines Pferdes riss den Dorfherrn aus seinen Grübeleien. Wieder erschallte jenes unsägliche I-AAA, lauter noch als zuvor im Burghof, so dass es in den Ohren

zu schmerzen begann. Mathäus brauchte eine kleine Weile bis er begriff, was geschehen war: Julius hatte es sich nicht nehmen lassen, einen passenden Augenblick abzuwarten, um dem alten Maultier, das dort auf wackligen Beinen vor ihm hertrottete, in den Hintern zu beißen. Das Gebrüll des gepeinigten Tieres scheuchte ganze Schwärme von Vögeln aus den Gipfeln der Bäume. Irgendwo im Unterholz hörte man weitere Waldgeschöpfe eiligst flüchten.

»Herrgott, könnt Ihr denn auf Euren Gaul nicht aufpassen?« Zum ersten Mal zeigte Bruder Walraf so etwas wie eine Gemütsregung. Die Augen in seinem echsenartigen Gesicht funkelten erbost. Nur mit Mühe hielt er sich im Sattel, und Mathäus befürchtete, das immer noch jammernde Maultier könnte jeden Moment in die Knie sacken.

»Das ... das tut mir Leid«, versicherte Mathäus hilflos, doch seine Worte gingen unter zwischen markerweichenden IIIs und AAAs. Es dauerte eine halbe Ewigkeit, bis das Maultier sich halbwegs beruhigt hatte.

Nochmals versicherte Mathäus dem Mönch sein Bedauern über den Vorfall, während Julius gelangweilt zur Seite blickte, als habe er mit dieser Angelegenheit nicht das Geringste zu tun. Walraf murrte etwas Unverständliches vor sich hin, tätschelte den Hals des nunmehr keuchenden Tieres und setzte seinen Ritt mehr schlecht als recht fort.

Nach einer Weile passierten sie einen großen Gedenkstein am Wegesrand, auf dem unter dem Zeichen eines Kreuzes ein paar lateinische Sätze eingemeißelt waren. Mathäus wusste: Hier war angeblich vor Jahren der Apostel Matthias dem Herrn Werner von Merode bei der Jagd erschienen und hatte ihn mit der Gründung eines Klosters

beauftragt. Ein Lächeln huschte über das Gesicht des Dorfherrn. Ob Rikalts Großvater – bei aller Wertschätzung, die er auch fast zehn Jahre nach seinem Tod bei den Bewohnern der Herrschaft noch immer genoss – ob er nicht ein wenig zu sehr mit seinen Verbindungen zu den Himmlischen kokettiert hatte? Jedenfalls hatte Werner schon kurz darauf die Gründung des Klosters Schwarzenbroich in Angriff genommen – unweit der Stelle, an der der Heilige ihn aufgesucht hatte.
Sie erreichten eine Lichtung, auf der die Gebäude des Kreuzherrenklosters endlich sichtbar wurden. Mathäus sah das Kloster während seiner Amtszeit als Dorfherr von Merode zum ersten Mal, und eigentlich hatte er sich den Komplex wesentlich größer vorgestellt. Ein paar Gebäude, errichtet aus Bruchsteinen, wurden überragt von dem spitzen Turm der Klosterkirche, der sich wie ein mahnender Finger gen Himmel streckte. Weiterhin ein paar hölzerne Schuppen und Baracken sowie eine noch längst nicht vollendete Mauer, die eines Tages wohl alles umschließen sollte. Auf einer Weide jenseits des Hauptgebäudes weideten Schafe, die von zwei Laienbrüdern beaufsichtigt wurden. Ein weiterer Laienbruder öffnete das Tor zum Klosterhof, denn er hatte die Ankömmlinge bereits kommen sehen. Mathäus betrachtete das imposante Ordenskreuz und die wunderschöne plastische Darstellung des Apostels Matthias, die ein ihm unbekannter Künstler in die beiden Flügel des Portals geschnitzt hatte. Er musste an sein eigenes Kunstwerk denken, die Jungfrau mit dem Jesuskind. Seufzend gestand er sich ein, dass es offensichtlich begnadetere Künstler gab als ihn selbst.
Trotz seiner künstlerischen Pracht wirkten das Portal und

der steinerne Torbogen angesichts der unfertigen Mauer, die sich bislang an nur einer Seite anschloss, überflüssig. Der Pförtner schien sich der Unsinnigkeit seines Tuns bewusst zu sein; verlegen senkte er den Kopf, als Walraf und Mathäus in den Klosterhof ritten. Erst jetzt bemerkte der Dorfherr zu seiner Rechten die verkohlten Reste einer Scheune, weitab vom Hauptgebäude und jenseits der Ställe. Und als habe seine Nase den visuellen Eindruck erst abgewartet, nahm er auch jetzt den faden Geruch erkalteter Asche wahr.

»Es hat hier gebrannt, Bruder Walraf?«, fragte Mathäus und erntete ein stummes Nicken.

Inzwischen war aus einer Tür des Hauptgebäudes eine Gestalt getreten, die sich den Ankömmlingen, ein paar aufgeregte Hühner beiseite scheuchend, mit eiligen Schritten näherte. Walraf und Mathäus stiegen von ihren Reittieren, die von einem jungen Stallburschen in Empfang genommen wurden. Der Dorfherr wollte ihm noch eine Warnung zukommen lassen ob der seltsamen Gepflogenheiten seines Gauls, doch die Gestalt hatte sie bereits erreicht und stellte sich vor.

»Ich bin Anselm, der Prior dieses Konvents. Seid willkommen, Herr Mathäus.« Eine kräftige Hand schüttelte die des Dorfherrn. Der Prior streifte seine Kapuze vom Haupt und sah Mathäus forschend in die Augen. Der erwiderte seinen Blick mit einem höflichen Lächeln. Er erfühlte eine Portion Skepsis – oder war es Misstrauen? – in den Augen des Mönches. Trotzdem war es nicht so, dass der Prior ihm auf Anhieb unsympathisch erschienen wäre. Er mochte in seines Vaters Alter sein, trug auch den gleichen grauen Bart, wenngleich die Konturen seines Ge-

sichts runder und sanfter wirkten. Sein Händedruck war ehrlich und fest.
»Ich hoffe, Ihr und Bruder Walraf hattet einen guten Ritt.«
»Danke, Pater Prior, es …«, Mathäus warf einen schnellen Seitenblick auf seinen Begleiter, »… es ging so.«
»Bene.« Der Prior machte eine ausholende Handbewegung. »Und? Wie gefällt Euch unser bescheidenes Kloster?«
»Ich bin mir sicher, dass es unserem Schöpfer gefällt.«
Anselm lachte. »Eine gute Antwort, Herr Mathäus. Aber lasst Euch gesagt sein, dass wir noch große Pläne haben. Wir sind ein noch sehr junger Konvent.«
»Sicher.«
Der Prior deutete mit dem Zeigefinger in verschiedene Richtungen. »Dort soll einst eine Herberge für durchreisende Pilger stehen. Und dort ein Backhaus. Die Baracken für die Knechte und Laienbrüder sollen natürlich durch solide Steinbauten ersetzt werden. Und die Mauer wird im nächsten Frühjahr fertig gestellt sein, damit das schmucke Portal auch einen Sinn erfährt.«
Mathäus lächelte. »Wirklich? Hoffentlich behält Euer Kloster dann noch seinen Liebreiz.«
Der Prior ergriff seinen Arm. »Wollt Ihr mit uns essen?«
»Danke, Pater, aber …«
»Es gibt kein Aber. Oder wollt Ihr uns beleidigen?«
»Natürlich nicht.«
»Bene. So lasst mich folgenden Vorschlag machen.« Mathäus merkte, wie der andere versuchte, seiner Stimme einen gleichgültigen Klang zu verleihen. »Wir erledigen zuerst das Dienstliche. Ihr müsst Euch die sterbliche

Hülle unseres Mitbruders Adam ansehen, der in dieser Nacht zu Gott heimgekehrt ist. Anschließend begleitet Ihr mich ins Refektorium.«

Er führte ihn in das zweigeschossige Hauptgebäude. Der Flur war karg und ohne Pracht, doch die Wände weiß gekalkt und der Boden sauber. Sie stiegen eine steinerne Wendeltreppe empor.

»Contra vim mortis non est medicamem in hortis«, seufzte der Prior.

»Wie?«

»Gegen den Tod ist kein Kraut gewachsen.«

»Ach so.«

»Aber Bruder Adam, unser Sakristan, hat ein hohes Alter erreicht. Er wäre im nächsten Monat achtzig geworden.«

»Wo wir einmal darüber sprechen, Pater, um ehrlich zu sein, erscheint es mir recht seltsam, dass Ihr …«

»Ich weiß, ich weiß!« Sie hatten das obere Geschoss erreicht und waren vor der hölzernen Tür einer Zelle stehen geblieben. »Ich weiß, was Ihr sagen wollt«, erwiderte der Prior und holte tief Luft. »Es ist die natürlichste Sache der Welt, dass Gott seine Geschöpfe zu sich heimruft, vor allem wenn sie Bruder Adams Alter erreicht haben. Aber …« Er rieb seine Hände und mied plötzlich den Blick des Dorfherrn. »Aber in der kommenden Woche wird der Generalprior unseres Ordens diesem Konvent seinen alljährlichen Besuch abstatten. Ich möchte nicht, dass, äh …«

»Dass was, Pater?«

»Na ja, dass dem Generalprior irgendwelche abergläubischen Gerüchte zu Ohren kommen.«

Nun war es an Mathäus, tief durchzuatmen. »Pater Prior«,

sprach er langsam, »wenn Ihr wollt, dass ich Euch helfe, dürft Ihr mich nicht mit seltsamen Andeutungen abfertigen. Ihr müsst mir schon sagen, was Euch wirklich bedrückt. Ich kann mir beim besten Willen nicht vorstellen, dass der Tod eines achtzigjährigen Mannes Anlass für Gerüchte irgendwelcher Art geben könnte. Also: Was hat es auf sich mit Bruder Adams Tod? Und warum ist Euch bei dem Gedanken der Visite Eures Generalpriors so unwohl?«

Anselm hatte während Mathäus' Rede ständig genickt. Nun suchte er wieder seinen Blick. Seine unruhigen Hände verschwanden in den Ärmeln seiner Kutte. »Ihr habt Recht«, seufzte er, »Ihr habt tausendmal Recht, und ich schulde Euch eine Erklärung.« Er warf einen schnellen Blick über den Flur, um sich zu vergewissern, dass niemand ihrem Gespräch lauschte. »Nun«, begann er leise, »Bruder Adam scheint seinen Tod vorausgesehen zu haben.«

»Und? Findet Ihr es seltsam, wenn ein Greis seinen Tod nahen spürt?«

Der Prior schüttelte den Kopf. »Das ist es nicht«, entgegnete er. »Ihr müsst wissen, dass sich Bruder Adam bester Gesundheit erfreute. Sicher, die Gebrechen des Alters machten auch vor ihm nicht Halt, aber ...« Er suchte nach Worten und blickte erneut den Flur hinab. »Nun, um es kurz zu machen: Bruder Adam hat einem Mitbruder berichtet, er habe auf seinem Betstuhl in der Klosterkirche eine weiße Lilie gefunden.«

»Eine weiße Lilie?«

»Es gibt in unserem und auch in anderen Orden eine uralte Legende. Wer eine weiße Lilie auf seinem Platz in der

Kirche findet, ist dem Tode nahe. Er wird innerhalb von drei Tagen unsere irdische Welt verlassen. Die weiße Lilie ist eine Botschaft aus dem Jenseits!«

»Und Bruder Adam behauptete, eine solche Lilie habe auf seinem Platz gelegen?«

Der Prior nickte. »Und wie Ihr Euch vielleicht denken könnt, hat Bruder Adams Behauptung für eine gewisse spirituelle Unruhe unter meinen Mitbrüdern gesorgt. Legenden sind eine Sache, wenn sich aber Legenden plötzlich als Wahrheit entpuppen, ist man versucht, den Teufel mit ins Spiel zu bringen. Denn bei allem Glauben an göttliche Zeichen und Wunder: Niemand kennt den Tag noch die Stunde!« Er sah den Dorfherrn flehend an. »Was ich von Euch erbitte, ist eine Bescheinigung. Eine Bescheinigung, dass Bruder Adam eines natürlichen Todes starb.«

»Ich bin kein Medicus, Pater.«

Anselm winkte ab. »Der Generalprior hasst die Quacksalber wie der Teufel das Weihwasser, müsst Ihr wissen. Einer von diesen Kerlen hat vor etlichen Jahren versucht, sein gebrochenes Bein zu schienen. Seitdem lebt er in ständiger Angst, dass man ihn selbst für den Leibhaftigen halten könnte, weil er in ähnlicher Weise hinkt wie der Fürst der Hölle. Nein, wenn Ihr mir diese Bescheinigung ausstellt, wird der Generalprior zufrieden sein.«

»Und woher weiß ich, dass der Teufel nicht tatsächlich seine Klauen im Spiel hat?«

Der Prior schüttelte lachend den Kopf. »Macht mir nichts vor, Herr Mathäus. Ich weiß, welch kluger Kopf Ihr seid. Oder glaubt Ihr, die Kunde von der Entlarvung der Mädchenmörder und falschen Dämonen sei nicht bis zu uns in den Wald gedrungen?«

Mathäus zupfte verlegen an seiner Nasenspitze. »Es war nicht mein alleiniges Verdienst, dass die Mörder entlarvt werden konnten«, sagte er.
»Sapere aude!«
»Wie?«
»Wage es, weise zu sein! Eure Bescheidenheit ehrt Euch. Und ich bitte Euch inständig um diese Bescheinigung. Ich möchte bei der Visite des Generalpriors gegen alle Eventualitäten gewappnet sein.«
»Gut.« Mathäus spreizte die Hände. »Dann lasst mich die Leiche sehen.«
»Sicher. Bruder Adam liegt noch auf seinem Bett, so, wie wir ihn heute Morgen gefunden haben.« Ehrfürchtig öffnete er die Tür der Zelle, vor der sie standen. Mathäus glaubte sofort den bitteren Geruch des Todes wahrzunehmen. Sie traten ein.
Auf dem Tisch in der Mitte der Zelle flackerte eine Totenkerze. Bruder Adam lag auf seinem Bett, bekleidet mit seiner Kutte, die Hände gefaltet, die Augen geschlossen. Sein starres, bleiches Gesicht war eine Maske des Friedens, fand Mathäus. Der Mönch schien mit sich und der Welt im Reinen gewesen zu sein, als seine Seele den Körper verließ.
»Ihr habt ihn so gefunden?«
»Ja.«
»Niemand hat ihm also die Augen geschlossen und seine Hände gefaltet?«
»Nein. Er lag so da.«
»Sieht nicht so aus, als hätte der Tod ihn überrascht.«
»Non mortem timemus, sed cogitationem mortis!«
»Wie?«

»Nicht den Tod fürchten wir, sondern die Vorstellung des Todes!«

»Ach so.«

»Jedenfalls bin ich froh, dass Ihr die Sache auf Anhieb richtig einzuschätzen wisst. Aber ich hatte auch nichts anderes von Euch erwartet. Gott möge unserem Mitbruder die ewige Ruhe schenken.« Er schlug ein Kreuzzeichen und murmelte ein kurzes Gebet in Richtung des Toten. Dann sah er den Dorfherrn erwartungsvoll an. »Ihr werdet mir also diese Bescheinigung ausstellen?«

Mathäus nickte. »Sicher. Alles eine Formsache. Ich muss nur den Leichnam Eures Mitbruders kurz inspizieren.«

Der Prior lächelte verkrampft. »Muss das sein?« Er breitete fragend seine Arme aus und deutete auf die Leiche, als würde ihr Anblick jede weitere Frage erübrigen. »Muss das wirklich sein?«, fragte er erneut, und in seiner Stimme schwang erstmals eine Spur von Verärgerung mit. Oder war es Furcht?

»Pater Prior, wäre ich nicht ein schlechter Beamter, wenn ich Bescheinigungen ausstellen würde, ohne den Sachverhalt vorher selbst zu prüfen? Auch wenn es sich um Dinge handelt, die eindeutig erscheinen, gehe ich sie pragmatisch an. Ihr habt mich rufen lassen, nun lasst mich meine Arbeit tun.«

Der Mönch hob beschwichtigend die Hände. »Ihr habt natürlich völlig Recht, Herr Mathäus. Entschuldigt meine Ungeduld. Aber mir ist daran gelegen, dass auch Adams sterbliche Hülle endlich ihren Frieden findet. Bedenkt, dass er schon seit vielen Stunden tot hier liegt.«

»Ich werde mich beeilen«, versprach Mathäus und beugte sich über den Toten. Die Leichenstarre hatte längst einge-

setzt. Der Dorfherr verscheuchte ein paar Fliegen, die den toten Mönch umkreisten. Dann begann er mit seiner Untersuchung.
Der Prior hatte ihm den Rücken zugewandt und schaute aus dem kleinen Fenster der Zelle. Er machte ein paar belangslose Bemerkungen über das Wetter und die diesjährige Ernte, um die plötzliche Stille zu überbrücken, die ihm wohl unheimlich erschien. Manchmal antwortete Mathäus einsilbig, ließ sich aber ansonsten nicht von seiner Arbeit abhalten. Schließlich erhob sich der Dorfherr und gab dem Prior durch einen kehligen Laut zu verstehen, dass er seine Leichenbeschauung beendet hatte.
Anselm drehte sich um und nagte an seiner Lippe. »Ihr seid fertig? Bene, dann lasst uns nun ins Refektorium gehen. Ich hoffe, dass Euch der Appetit nicht vergangen ist. Die Bescheinigung hat noch Zeit bis später.«
Mathäus schüttelte bedauernd den Kopf. Er warf dem Prior einen durchdringenden Blick zu. »Ich fürchte, so einfach ist es nicht, Pater.«
»Wie?«
»Nun«, Mathäus runzelte die Stirn und schien seine Worte im Geiste abzuwägen, »ich gehe davon aus, dass Bruder Adam eines gewaltsamen Todes gestorben ist.«

5

Der Prior schnappte nach Luft. »Was sagt Ihr da?«, flüsterte er.

»Ich glaube, dass Bruder Adam eines gewaltsamen Todes starb«, wiederholte Mathäus.

»Bei allen Heiligen, wie kommt Ihr zu solcherlei Behauptungen?« Die Stimme des Priors schien zu zittern.

Der Dorfherr winkte ihn zu sich heran. Nochmals beugte er sich über den toten Klosterbruder und öffnete mit einem geübten Handgriff seinen Mund. »Was seht Ihr dort auf seiner Zunge?«, fragte er leise.

Der Prior folgte widerwillig seinem Blick. Der süßliche Geruch der Leiche kroch unerbittlich in seine Nase. Für einen Augenblick hielt er die Luft an.

»Also: Was seht Ihr dort, Pater?«

Anselm wandte sich wieder ab. Sein Gesicht war fast so bleich wie das seines toten Mitbruders. »Eine Art Stofffetzen«, erklärte er schließlich.

»Richtig! Ein Stofffetzen. Außerdem ein winziger Strohrest, mitten auf seiner Zunge. Wisst Ihr, was das bedeutet?«

Der Mönch schüttelte stumm den Kopf.

»Das bedeutet, dass Bruder Adam erstickt wurde. Und zwar …«, mit einer vorsichtigen Bewegung zog er das Kissen unter dem Kopf des Toten hervor, »… mit seinem Kopfkissen.«

Der Prior schien in Lethargie versunken. »Mit seinem Kopfkissen?«, fragte er schließlich tonlos.

»Ja, seht her.« Er präsentierte dem Mönch einen deutlichen Riss in dem grauen, sackartigen Überzug, unter dem die Strohfüllung zum Vorschein kam. »Jemand hat Bruder Adam dieses Kissen gewaltsam aufs Gesicht gedrückt, um ihm das Leben zu nehmen. Im Bewusstsein des nahenden Todes hat Bruder Adam in das Kissen gebissen.«

Der Prior versuchte sich zu sammeln. Die Behauptung des Meroder Dorfherrn hatte ihn wie ein Schwerthieb getroffen. Genau das, was dieser Beamte eigentlich hatte abwenden sollen, war nun eingetreten. Schlimmer noch. Er hatte doch nur bescheinigen sollen, dass keine höllischen Mächte in diesem Kloster am Werk waren. Und nun war von Mord die Rede. Er hatte nach Beelzebub gerufen, um Satan auszutreiben. Worauf hatte er sich da bloß eingelassen?

»Werter Dorfherr. Wie Ihr bereits selbst bemerkt habt, ist der Tod eines alten Mannes nichts Besonderes. Glaubt Ihr nicht, dass eine Welle heftigsten Schmerzes durch seinen Körper rollte, bevor der Tod über ihn kam? Und dass er in Anbetracht des Todeskampfes verzweifelt in sein Kissen biss?«

Mathäus schüttelte den Kopf. »Seht Euch sein Bett an: Es sieht nicht danach aus, als hätte er sich in einer Art Todeskampf darauf herumgewälzt. Außerdem lag er mit seinem Hinterkopf auf dem Kissen.«

»Aber wenn ihn jemand umgebracht hätte – warum hat er sich dann nicht gewehrt? Wie Ihr bereits gesagt habt, sieht sein Bett relativ unbenutzt aus, was ich übrigens nicht ungewöhnlich finde. Bruder Adam brauchte nicht viel Schlaf.«

»Eine gute Frage, Pater Prior, auf die es zwei Antworten

gibt.« Mathäus stützte sein Kinn und blickte nachdenklich auf den Toten. »Entweder Bruder Adam hat sich tatsächlich gewehrt, und der Mörder hat anschließend das Betttuch wieder geglättet und sein Opfer in diese Position gebracht, oder ...«

»Oder was, Dorfherr?«

»Oder Bruder Adam hat seinen Tod erwartet und sich gar nicht erst dagegen gewehrt.«

»Warum hätte er das tun sollen?«

»Wegen der weißen Lilie!«

Die Kinnlade des Priors fiel nach unten. »Das Ganze ist eine Legende«, stammelte er, »wer weiß denn, ob Bruder Adam nicht etwas zusammengesponnen hat?«

»Habt Ihr die Lilie gefunden, von der Euer Mitbruder sprach?«

»Warum hätten wir danach suchen sollen? Wir wussten ja nicht ...«

»Bitte öffnet seine Truhe, Pater.«

Der Mönch zuckte die Achseln und kam der Bitte des Dorfherrn nach. Quietschend hob sich der Deckel.

»Bei der Heiligen Jungfrau!« Anselm schlug ein hastiges Kreuzzeichen. Zwischen ein paar Kleidungsstücken und ein paar Schriftrollen lag in der Tat das vertrocknete Exemplar einer weißen Lilie. »Credo, quia absurdum!«, hauchte er.

»Wie?«

»Ich glaube es, weil es widersinnig ist!«

»Nun, ich weiß nicht, ob das Ganze widersinnig ist. Hinter jedem Rätsel steckt auch eine Lösung, Pater Prior. Und ich gedenke, dieses Rätsel zu lösen. Ihr gestattet, dass ich mir die Habseligkeiten in seiner Truhe anschaue?«

Anselm nickte seufzend. »Ein Mörder in meiner Priorei«, schluchzte er, »der Generalprior wird entsetzt sein.«
Mathäus empfand langsam etwas wie Mitleid für den Mönch und machte ein paar tröstende Bemerkungen, während er einen Blick in die Schriftrollen warf. Es handelte sich um Abschriften theologischer Abhandlungen der alten Kirchenväter.
»Bruder Adam liebte Bücher über alles«, erklärte der Prior mit müder Stimme. »Die meisten von uns sind vor neun Jahren, als Werner von Merode dieses Kloster gründete, von unserem Konvent in Lüttich hierher gekommen. Natürlich war es uns nicht möglich, die gesamte Klosterbibliothek mitzunehmen, deshalb hatte Bruder Adam eigenhändig ein paar Abschriften seiner Lieblingsbücher gemacht.«
Mathäus nickte. »Er scheint ein großer Verehrer des Augustinus gewesen zu sein.«
»Augustinus, Boethius, Thomas von Aquin – er las sie alle.«
»Habt Ihr denn inzwischen eine eigene Bibliothek in Eurem Konvent?«
»Sicher. Sie ist natürlich nicht zu vergleichen mit der in Lüttich oder Wenau. Aber ich hoffe, in den kommenden Jahren ein paar Schreiber als Mitbrüder gewinnen zu können.«
»Bruder Adam war der Sakristan dieses Konvents?«
Der Prior nickte.
»Verzeiht meine Neugier, Pater Prior, aber wenn Bruder Adam die Bücher so liebte – warum war nicht er der Bibliothekar?«
»Ich verstehe Eure Frage. Und Bruder Adam war bis vor

einem Jahr tatsächlich unser Bibliothekar.« Er gab einen Seufzer aus tiefster Brust von sich. »Aber sein Augenlicht wurde in der dunklen Bibliothek immer schlechter. Ich glaubte, ihm einen Gefallen zu tun, als ich ihn durch Bruder Theodor ersetzte und ihm eine neue Aufgabe zudachte.« Er schüttelte den Kopf. »Schon bald aber merkte ich, dass er darunter litt, nicht mehr bei seinen Büchern zu sein. Ich hätte es nicht machen sollen ...«
Mathäus berührte sanft seine Schulter. »Macht Euch keine Vorwürfe, Pater. Ich bin überzeugt, Bruder Adam verstand, dass Ihr nur zu seinem Besten entschieden hattet.«
»Hominides id quod volunt credunt!«, sagte der Prior traurig.
»Wie?«
»Die Menschen glauben gern, was sie sich wünschen!«
»Ach so. Nun, wie auch immer. Am besten lasst Ihr nun die sterblichen Überreste Eures Mitbruders von hier fortschaffen.«
Der Prior nickte. »Werdet Ihr trotzdem das Mahl mit uns einnehmen?«, fragte er. »Natürlich gilt meine Einladung nach wie vor, trotz Eurer schockierenden Behauptungen – Erkenntnisse«, korrigierte er sich, als er einen unwilligen Blick des Dorfherrn erntete.
»Ja, Pater Prior, ich werde mit Euch essen. Aber anschließend werde ich hier vielen ein paar Fragen stellen müssen.«

Der Prior hatte dem Dorfherrn einen Platz außerhalb der Tafel, an der die Mönche speisten, zugewiesen. Nachdem eine helle Glocke durch das Klostergebäude ertönt war, kehrten die Mönche nacheinander ein und blieben mit gesenktem Kopf und verschränkten Armen vor ihren Plätzen stehen. Erst als der Prior seine Kapuze herunterstreifte, taten die Mönche es ihm gleich. Anselm sprach ein feierliches Gebet in lateinischer Sprache, das mit einem allgemeinen »Amen« beendet wurde. Die Mönche warteten nun auf die Aufforderung ihres Priors, Platz zu nehmen, doch Anselm räusperte sich laut, so dass er überraschte Blicke auf sich vereinte.

»Brüder in Christo«, begann er, »wisset, dass wir heute einen Gast in unseren Reihen begrüßen dürfen.« Er deutete auf Mathäus, der ebenfalls mit gefalteten Händen vor seinem kleinen Tischchen in der äußersten Ecke des Refektoriums stand. Mathäus wusste, dass dieses Abseits keine Herabwürdigung bedeutete, sondern vielmehr den Ordensregeln der Kreuzherren entsprach. Alle Blicke richteten sich nun auf ihn.

»Unser Gast«, fuhr der Prior fort, »ist Mathäus, der Dorfherr von Merode, Beamter des Markgrafen von Jülich und beider Herren von Merode. Er hat in unserem Kloster eine, äh, dienstliche Angelegenheit zu erledigen.« Ein verkrampftes Lächeln formte sich um seine Mundwinkel. »Doch nun lasset uns essen.«

Alle nahmen Platz, bis auf einen jungen Mönch, der an ein Pult trat. Fladenbrote und hölzerne Schüsseln mit dampfendem Gemüse wurden herumgereicht, während der Mönch am Pult ein schweres, in Rindsleder gebundenes Buch aufschlug und daraus zu lesen begann. Obwohl er lateinisch sprach, war der Dorfherr sich sicher, dass es sich um eine Lesung aus der Apokalypse handelte. Er bemerkte auch den unwilligen Blick, den der Prior dem

Lektor zuwarf, woraufhin dieser schuldbewusst nickte und hurtig eine andere Stelle aufschlug.
Während er aß, versuchte Mathäus die Mönche unauffällig zu mustern. Es war in der Tat ein noch sehr kleiner Konvent, der dieses vor gut neun Jahren gegründete Kloster bewohnte. Mathäus zählte einschließlich des Priors sechs Mönche, außerdem noch zwei junge Novizen, die ihren Platz etwas abseits von ihren Mitbrüdern hatten.
Das Essen war einfach, aber sehr schmackhaft, die Brote noch ofenwarm. Bei ihrem Anblick fiel Mathäus plötzlich ein, dass er immer noch keine endgültigen Bestimmungen für die Benutzung des Backhauses in Merode erlassen hatte. In den vergangenen Tagen war es wiederholt zu Streitigkeiten zwischen Unter- und Oberdörflern gekommen. Die Dorfbewohner waren nun einmal wie kleine Kinder und mussten manchmal auch so behandelt werden. Mathäus beschloss, diese Sache zu regeln, sobald er wieder in Merode war. Aber zuerst galt es einen Mord aufzuklären. Und Mathäus war sich sicher, dass Bruder Adam ermordet worden war.
Als das Mahl beendet war, klappte der Lektor mit einer behutsamen Bewegung die Heilige Schrift zu. Alle erhoben sich, und Anselm sprach erneut ein andächtiges Gebet. Danach räusperte er sich für eine weitere Mitteilung.
»Herr Mathäus hat uns ein paar wichtige Fragen zu stellen«, gab er bekannt. »Es geht hierbei um den Tod unseres geliebten Mitbruders Adam.«
Sofort bemerkte Mathäus das Misstrauen, das in den Augen der Brüder aufblitzte.
Der Prior unterdrückte einen Seufzer, »Nun, wie Ihr wisst, gibt es auch für uns Mönche viel Arbeit, Herr Mathäus.

Wäre es Euch recht, wenn wir uns alle nach der Vesper treffen würden? Ihr könntet dann in Ruhe Eure Fragen stellen.«
»Sicher, Pater.«
»In der Zwischenzeit könnt Ihr Euch etwas ausruhen.« Er winkte die beiden jungen Novizen zu sich heran. »Bringt unseren Gast einstweilen ins Gästehaus und gebt ihm eine Kammer. Ach«, wandte er sich wieder an den Dorfherrn, »und kümmert Euch nicht um diesen Kerl, Norbert von Kerpen, der ebenfalls im Gästehaus wohnt.« Er machte eine hilflose Geste. »Am besten, Ihr beachtet ihn gar nicht.«
Sie verließen das Refektorium. Die beiden Novizen führten Mathäus nach draußen, wo ein leichter Nieselregen eingesetzt hatte.
»Wie heißt ihr beiden?«, wollte Mathäus wissen, als sie den Hof überquerten.
»Ich bin Karsil.«
»Und ich bin Reiner.«
»Und wie lange habt ihr noch bis zu eurer Profess?«
»Ich bin im übernächsten Jahr dran«, erklärte Karsil, »Reiner schon im nächsten.«
»Ich bewundere junge Menschen wie euch. Ihr seid Lichtblicke in einer dunklen Zeit.«
Die beiden senkten verlegen die Köpfe.
»Wer ist Norbert von Kerpen?« fragte Mathäus nun unvermittelt.
Reiner kicherte leise. »Norbert von Kerpen ist ein Gönner unseres Klosters.«
»Der sechstgeborene Sprössling eines Adeligen«, ergänzte Karsil schmunzelnd. »Für ihn gibt es natürlich nichts

mehr zu erben, deshalb lebt er hier, zu gegenseitigem Nutzen, versteht sich. Bei uns findet er Kost, Unterkunft und ehrenvolle Aufgaben, und der Konvent freut sich über die großzügigen Geldspenden, die er ihm regelmäßig zukommen lässt.«

»Was sind das für ehrenvolle Aufgaben, von denen du sprachst?«

»Norbert ist immerhin ein Ritter. Und unser Kloster liegt mitten im Wald. Er hält uns unliebsame Zeitgenossen vom Hals, wenn es sein muss.«

»Hat er die Gelübde abgelegt?«

Karsil und Reiner begannen lauthals zu lachen.

»Ist der Teufel getauft?«, antwortete Reiner. »Aber wir beten ja für sein Seelenheil.«

»Was auch dringend nötig ist«, fügte Karsil hinzu.

Sie hatten ein zweigeschossiges Haus aus Backsteinen erreicht. Die Novizen ließen Mathäus eintreten und führten ihn in eine kleine Kammer im Untergeschoss, die ähnlich spartanisch eingerichtet war wie Bruder Adams Zelle, doch auch hier war alles gepflegt und ungewöhnlich sauber. Mathäus pfiff durch die Zähne, als er die Verglasung vor der Fensteröffnung sah.

»Norbert von Kerpen macht's möglich«, grinste Reiner. »Jedenfalls wünschen wir Euch eine gesegnete Mittagsruhe, werter Dorfherr.«

»Eine Frage noch!«

Die Novizen verharrten im Schritt.

»Es hat hier gebrannt?« Mathäus fragte es förmlicher als beabsichtigt.

Die Novizen sahen sich kurz an und nickten.

»Wann?«

»Vergangenen Dienstag«, erwiderte Karsil nach kurzem Überlegen.
»Was ist passiert?«
»Nun«, Reiner kratzte am Flaum seiner Wangen, »Odo, einer der Stallburschen, muss wohl in der Scheune eingeschlafen sein. Wahrscheinlich ist seine Ölleuchte umgekippt, und dann ...« Er hob bedauernd die Schultern.
»Und der Stallbursche?«
»Tot. Der Prior glaubt, dass Odo betrunken war.«
»Glaubt ihr das auch?«
»Wie kämen wir dazu, dem Prior zu widersprechen?«, sagte Reiner mit einem traurigen Lächeln. »Es muss wohl so gewesen sein.«
»Ich danke euch.« Mathäus setzte sich auf den Rand seiner Pritsche. Als die beiden Novizen den Raum verlassen hatten, streifte er seine Stiefel ab, legte sich hin und verschränkte die Arme hinter dem Kopf, während die Eindrücke des Morgens wie ein Schwarm Insekten durch sein Gehirn schwirrten.

6

Ebenso wie sein Sohn lag auch Richmond Dreyling zur selben Zeit auf seinem Bett und starrte auf die Balkendecke. Draußen hatte die Intensität des Regens zugenommen, was Dreyling mit ein paar dahergemurmelten Flüchen kommentierte. Er schreckte auf, als er Geräusche vor dem Fenster hörte. Eine alte Gans suchte Zuflucht vor der Nässe und setzte zum Sprung ins Stubeninnere an.

»Gottverdammter Vogel«, brummte Dreyling und griff nach einem seiner Stiefel, den er dem Federvieh zur Begrüßung und gleichzeitigen Verabschiedung entgegenschmiss. Unter lautem Geschnatter suchte die Gans das Weite. Stöhnend ließ Dreyling sich wieder auf das Kissen sinken.

Seine Gedanken kreisten um seine Frau, die er verloren hatte, und um seinen Sohn, den er verloren glaubte. Was würde er dafür geben, mit Mathäus nach Jülich zurückzukehren, wo er eine Weinhandlung besessen hatte. Jetzt, nach dem Tod seiner Frau, wo der Schwarze Tod wie von Satans Hand entfesselt wütete, sah er dunkle Wolken am Horizont seines Lebens. Aber irgendwann würde das Wüten ja auch ein Ende haben, falls der Herrgott das Ende der Welt noch nicht beschlossen hatte. Und dann könnte er mit der tatkräftigen Unterstützung seines Sohnes einen Neuanfang wagen. Wenn dieser Hitzkopf doch bloß vernünftig würde. Richmond Dreyling konnte sich beim besten Willen nicht vorstellen, dass ein Leben in einem gottverlassenen Nest für seinen Sohn die Erfüllung sein sollte. Und er war nicht geneigt, dies seinem Sohn zu glauben. Mathäus hatte einen guten Posten im Beamtenstab des Markgrafen gehabt, bis er sich dazu herabließ, Wilhelms Base als dumme Eule zu bezeichnen. Nur deswegen schob er nun Dienst in diesem Bauerndorf; wahrscheinlich wollte der sture Kerl einfach nur nicht zugeben, dass sein Leben im Nichts zu enden drohte. Sollte der Markgraf ihn doch mal gerne haben. In Jülich könnte er sich eine weitaus würdigere Existenz sichern, weiß Gott …

Dreyling hörte, wie sich jemand an der Haustür zu schaffen machte.

»Dem Herrn sei Dank, er kommt«, murmelte er und erhob sich von der Bettstatt.

»Wir sind's, mein Goldschatz!«, behauptete eine klare Frauenstimme, und keine Sekunde später trat eine schlanke Gestalt mit langen schwarzen Haaren in die Stube. An ihrer Hand hielt sie ein etwa fünfjähriges Mädchen, dem ebenfalls lange schwarze Haarsträhnen ins Gesicht fielen und ihre großen Kulleraugen zum Teil verdeckten. Die beiden waren vom Regen ziemlich durchnässt. Sie verharrten im Schritt und starrten Richmond Dreyling verdutzt an.

Dreyling musterte zuerst die Kleine, bevor er seine Aufmerksamkeit der jungen Frau widmete. Sie mochte vielleicht achtzehn Winter hinter sich haben, und Dreyling ertappte sich bei dem Gedanken, dass er eine solche Schönheit in diesem Kuhdorf nicht vermutet hätte.

»Als Goldschatz bin ich schon lange nicht mehr bezeichnet worden«, behauptete Dreyling nach ein paar Augenblicken des Musterns, »allenfalls als Dickerchen. Aber auch das ist jetzt vorbei.« Er legte eine Hand auf seinen Bauch, der entgegen seiner Behauptung noch überschaubare Konturen hatte.

Die Große strich verlegen eine nasse Haarsträhne aus ihrem hübschen Gesicht. Strahlend weiße Zähne kamen zum Vorschein. »Verzeiht mir, ich wusste nicht …«

»Du wusstest nicht, dass du hier einen alten Gesellen antreffen würdest.«

»Das habt Ihr gesagt.«

»Nun, leider kann ich mich nicht mehr verjüngen. Falls du zu Mathäus willst, so kann ich dir nicht helfen. Er wurde irgendwohin gerufen, in ein Kloster, oder so. Einer der Mönche ist wohl über den Jordan, verstehst du?«

»Oh!«

»Der vielbeschäftigte Dorfherr wusste leider nicht, wann er zurückkommt.« Dreyling ließ sich ächzend auf einen Hocker am Tisch nieder und angelte einen Apfel aus einer hölzernen Schale.

Die junge Frau nickte verständnisvoll. Da sie keine Aufforderung erhielt, sich ebenfalls hinzusetzen, zupfte sie verlegen ein paar Laubreste aus den durchnässten Haaren der Kleinen. Schließlich holte sie tief Luft.

»Ich bin …«

»Ich weiß, wer du bist. Du bist Jutta, Mathäus' Gefährtin.« Er biss in seinen Apfel und deutete mit dem Kinn auf die Kleine. »Aber wer bei allen Heiligen ist das?«

»Das ist Maria.«

Dreyling grunzte skeptisch. »Ist sie … deine Tochter?«, fragte er lauernd.

»Nein, ist sie nicht.« Juttas Zurückhaltung schwand; ihre

Stimme nahm nun sogar einen energischen Ton an. »Aber würdet Ihr Euch nun dazu herablassen, uns endlich zu sagen, wer Ihr denn eigentlich seid?«

»Sicher.« Er hob gleichgültig seine Schultern. »Mein Name ist Dreyling.«

»Dreyling? Das sagt mir nichts.«

»Sollte es aber. Denn Mathäus wird bald auch so heißen.«

Jutta blinzelte nachdenklich. »Ihr seid Richmond«, behauptete sie, »Mathäus' Vater.«

»Freut mich, dass mein Sohn mich nicht totgeschwiegen hat.«

Jutta machte einen Knicks und streckte ihm ihre Hand entgegen, die dieser, ohne sich freilich von seinem Platz zu erheben, mit einem kurzen Nicken ergriff. Maria begrüßte ihn unter Juttas Anleitung auf die gleiche Weise.

Jutta half der Kleinen beim Ausziehen der durchnässten Überjacke, bevor sie sich ihrer eigenen entledigte. Dann ging sie zum Herd und griff nach einem Tuch.

»Ich hoffe, Ihr habt nichts dagegen, Herr Richmond, wenn wir unsere Haare ein wenig trocknen.«

Wieder hob Dreyling seine Schultern. »Ich bin nicht der Hausherr«, bemerkte er. Mit einer schwungvollen Bewegung beförderte er das Gehäuse seines Apfels durch das Fenster nach draußen. Nach einer Weile nahm er zur Kenntnis, wie die beiden Mädchen sich zu ihm an den Tisch setzten. Er spürte, wie die neugierigen Kulleraugen der kleinen Maria unablässig auf ihm ruhten. Allerdings tat er so, als würde er dies nicht bemerken, denn er hatte keine Lust, den Blick des Kindes zu erwidern.

Jutta war die seltsame Atmosphäre in diesem Raum leid und sie bemühte sich um Auflockerung.

»Ihr habt Euch also entschlossen, Euren Sohn zu besuchen?«, fragte sie mit einem wahrhaft bezaubernden Lächeln, das auf Dreyling allerdings keine Wirkung auszuüben schien. »Sicher hat Mathäus sich sehr gefreut.«
»Sicher, sehr«, brummte Dreyling.
»Und Eure Frau? Kümmert sie sich derweil um das Geschäft?«
Dreyling schüttelte den Kopf. Mit knappen Worten erzählte er, was vorgefallen war.
Jutta senkte betreten den Blick. Mathäus hatte oft von seiner Mutter erzählt, wesentlich öfter als von seinem Vater. Sie wusste, dass die Nachricht vom Tod seiner Mutter ihn besonders erschüttert haben musste. »Es tut mir so Leid«, sagte sie schließlich. Sie unterdrückte den Impuls, nach der Hand des anderen zu greifen.
»Ja, ja, mir auch.« Dreyling starrte zur Decke, als wolle er niemandem einen Blick in seine feuchten Augen gewähren.
»Wollt Ihr etwas essen?«, fragte Jutta nach einer Weile des Schweigens.
Dreyling brummelte etwas Unverständliches vor sich hin.
»Ich werde etwas von der Suppe aufwärmen.«
Sie stand auf und machte sich am Herd zu schaffen, während Dreyling immer noch die bohrenden Kulleraugen der kleinen Maria auf sich spürte. Endlich wagte er einen Blick auf das Kind, was dieses unverzüglich ausnutzte, um dem Alten ihre himbeerrote Zunge zu präsentieren. Dreyling spitzte den Mund und schaute schnell in eine andere Richtung.
Schließlich erschien Jutta wieder am Tisch und verteilte drei Teller, aus denen es appetitanregend dampfte.

»Sicher wollt Ihr das Tischgebet sprechen, Herr Richmond.«
»Wie? Ach so, sicher.« Dreyling murmelte ein paar Verse, bevor sie alle drei ein Kreuzzeichen schlugen.
»Ach übrigens«, bemerkte Dreyling zwischen zwei Löffeln Suppe, »nenn mich nicht Herr Richmond. Ich bin ja kein Bauer. Mein Name ist Dreyling.«
Jutta nickte verstehend und zwinkerte Maria zu.
»Wollt ihr beide eigentlich heiraten?«, fragte Dreyling plötzlich unvermittelt.
Jutta schreckte zusammen. Mathäus hatte seinen Vater also nur oberflächlich informiert. »Wie bitte?«, fragte sie, um Zeit für die Formulierung einer Antwort zu gewinnen.
»Du und Mathäus, wollt ihr heiraten?«
Jutta schluckte. Was sollte sie ihm antworten? Dass es zwei Dinge auf dieser Welt gab, die sie sich sehnlichst wünschte? Nämlich erstens dem Herrgott als Ordensfrau in einem Nonnenkloster zu dienen und zweitens den Rest ihres Lebens an Mathäus' Seite zu verbringen? Sollte sie ihm von ihren beiden Herzenswünschen berichten, die einander ausschlossen wie Feuer und Wasser und von denen allenfalls einer irgendwann in Erfüllung gehen konnte? Sie hatte den Herrgott schon oft um eine Erleuchtung gebeten, doch bislang war sie ihr noch nicht zuteil geworden. Sollte sie das dem Alten sagen, der ein seltsamer, unnahbarer Kauz zu sein schien und wahrscheinlich ohnehin wenig Verständnis für solcherlei Dinge haben würde?
»Wenn Gott es will, werden Mathäus und ich heiraten«, sagte sie schließlich langsam.

Dreyling nickte. »Sicher. Wenn es so weit ist, wird Gott einen seiner Engel vorbeischicken, der Euch auf einer Posaune Bescheid bläst. Übrigens würde ich mir das gründlich überlegen, meinen Sohn zu heiraten.«
Jutta presste zwei Finger auf ihre Stirn. Wahrscheinlich bemerkte sie die Zornesfalte, die sich dort zu bilden begann, und war nun bemüht, diese zu verbergen. »Warum?«, fragte sie.
Dreyling sah über den drohenden Klang in der Stimme der jungen Frau hinweg und löffelte weiter seine Suppe. »Weil er ein sturer Dickkopf ist. Darum.«
Jutta beugte ihren Oberkörper nach vorne. »Mag sein, dass er ein sturer Dickkopf ist«, erwiderte sie glockenklar, »aber er ist auch der beste und liebste Mann, den ich jemals getroffen habe. Und niemand – niemand! – wird es jemals schaffen, mich von etwas anderem zu überzeugen!«
Dreyling hielt beim Essen inne und schaute in Juttas Gesicht, das vor kompromissloser Entschlossenheit strotzte und ihn unwillkürlich beeindruckte.
»Mama, ich bin satt!«, meldete sich auch nun erstmals Maria zu Wort. Ihr helles Stimmchen wurde von einem kaum noch wahrnehmbaren Akzent begleitet.
»Mama? Wieso Mama?«, fragte Dreyling. »Ich dachte, du wärst nicht ihre Mama.«
»Aber sie darf mich so nennen«, erwiderte Jutta lakonisch.
Dreyling zog seine Mundwinkel nach unten und schüttelte fast unmerklich seinen Kopf. »Oh Gott, was sind das bloß für Zeiten und Sitten«, murmelte er wie zu sich selbst.

Jutta erhob sich von ihrem Hocker. »Es hat aufgehört zu regnen«, bemerkte sie spitz. Dennoch war sie sichtlich bemüht, keine unbedachten Worte von sich zu geben. »Maria, wir sollten das ausnutzen, um nach Schlich zurückzukehren.«

»Nach Schlich? Ist das auch so ein, äh, Dorf wie dieses?«

»Ja.«

»Weit weg?«

»Nein. Einer der Nachbarorte.«

Sie griffen nach ihren Jacken und wandten sich ein letztes Mal dem Herrn am Tisch zu.

»Ich bin froh, Euch kennen gelernt zu haben, Herr Dreyling«, erklärte Jutta und versuchte zu lächeln. Sie war erstaunt, als sie sah, dass Dreyling sich von seinem Platz erhob.

»Ich habe mich auch gefreut. Ich hoffe, wir sehen uns wieder.«

Sie nickte und verließ mit Maria die Stube. Die Kleine indessen ließ es sich nicht nehmen, dem Mürrischen beim Hinausgehen noch einmal flink die Zunge herauszustrecken.

Diesmal erwiderte Dreyling die Geste des Kindes.

7

Als Mathäus merkte, dass der Regen nachgelassen hatte, erhob er sich von seiner Pritsche und schritt zu dem Fenster seiner Kammer. Staunend tastete er über die glatte Oberfläche des Glases, ein Luxus, den selbst die Herren von Merode noch nicht für sich in Anspruch nahmen. Konrad aber, dessen war Mathäus sich sicher, würde Feuer und Flamme sein, wenn man ihm die Vorzüge des Fensterglases schmackhaft machen würde. Der Herr der westlichen Burghälfte und der halben Herrschaft Merode nahm für sich in Anspruch, ein kultivierter Edeling zu sein, stets mondän und auf der Höhe der Entwicklungen dieser Zeit. Mathäus schmunzelte. Er wusste, dass Konrad hinter diesen Wunschvorstellungen weit zurückblieb. Im Gegensatz zum Besitz und Reichtum Wilhelms, des Markgrafen von Jülich, wirkte der Prunk des Konrad eher wie der eines besseren Bauern. Und manchmal fand Mathäus ein diebisches Vergnügen daran, dies dem arroganten Konrad durch geschickt lancierte Äußerungen auch mitzuteilen. Der Herr von Merode und seine nicht minder affektierte Gattin, Elisabeth von Grafschaft, drohten dann sichtlich aus der Haut zu fahren, doch in der Regel besaßen sie genug Selbstbeherrschung, dem Dorfherrn keine Bosheiten an den Kopf zu werfen. Sie wussten, dass der Markgraf große Stücke auf seinen Beamten hielt. Und das gute Verhältnis zum Jülicher durfte keinesfalls durch belanglose Streitigkeiten mit dem durch ihn eingesetzten Dorfherrn getrübt werden.

Mathäus spähte durch das trübe Fensterglas. Auf einer Wiese jenseits des Gästehauses mühten zwei Laienbrüder sich ab, ein stures Rindvieh mittels einer Leine von der Stelle zu bewegen. Oben, am Himmel, jagten dunkle Wolkenbänder einander. Wahrscheinlich würde es bis zum nächsten Regenguss nicht mehr lange dauern. Nach einem trockenen Sommer warf der Herbst nun immer mehr den Schatten seiner Herrschaft voraus.

Mathäus kehrte zu seiner Pritsche zurück und setzte sich. Immer wieder suchten ihn die gleichen Fragen heim, wie von selbst, ohne dass er seinen Geist ernsthaft bemühen musste. Wer hatte Bruder Adam getötet? Und vor allem, warum? Wem konnte daran gelegen sein, einem Greis das Lebenslicht auszuhauchen, dem ohnehin nicht mehr viel Zeit auf dieser Welt blieb? Was hatte es mit der weißen Lilie auf sich? War sie wirklich eine Todesbotin aus dem Jenseits?

Mathäus schüttelte den Kopf. Es fiel ihm schwer, an solcherlei Geschichten zu glauben. Irgendwer – vermutlich der Mörder – musste Bruder Adam diese mysteriöse Todesbotschaft hinterlegt haben. Was hatte er bloß damit bezweckt? Warum kündigte er sein Vorhaben in solcher Weise an?

Aber das waren weiß Gott nicht die einzigen Fragen, die den Dorfherrn verwirrten. Auch das Verhalten des Priors erschien ihm merkwürdig. Einerseits wurde er das Gefühl nicht los, dass Anselm etwas verheimlichen wollte. Andererseits: Warum hatte er ihn überhaupt rufen lassen, wenn es wirklich etwas zu vertuschen gab? Ging es ihm tatsächlich nur um eine Bescheinigung, die er dem Generalprior präsentieren wollte? Und: War das seltsame Verlangen

nach dieser Bescheinigung nicht ein Eingeständnis, dass hier nicht alles mit rechten Dingen zuging?
Mathäus blies seine Backen auf. Gefühlsmäßig hielt er den Prior eigentlich für einen guten Menschen. Und wahrscheinlich war er auch ein guter Ordensmann. Aber Gefühle konnten täuschen. Er wünschte, dass sein Freund Heinrich bei ihm wäre. Heinrich vermochte wie kein anderer in die Seelen anderer Menschen einzudringen. Wahrscheinlich würde er auch eine Antwort auf folgende Frage finden: Warum hatte der Prior den Brand der Scheune, bei dem in der vergangenen Woche immerhin ein Mensch ums Leben gekommen war, nicht mit einem Wort erwähnt? In einem abgelegenen Kloster wie Schwarzenbroich geschahen nicht viele Dinge, die vom festgelegten Alltag abwichen. Bruder Adams Tod war also nicht die einzige Tragödie hinter diesen Mauern hier gewesen. Warum also hatte der Prior nichts davon berichtet? Ob es hier sogar irgendwelche Zusammenhänge gab?
Zwei jauchzende Stimmen auf dem Flur rissen Mathäus aus seinen Gedanken. Es war eindeutig, dass dort ein Mann und eine Frau ein paar lautstarke Neckereien austauschten.
»Wirst du wohl davon bleiben«, befahl die penetrant helle Frauenstimme unter albernem Gelächter.
»Zier dich nicht so, du Luder, du willst es doch«, antwortete der Mann rau und erntete erneut ein Kichern.
Als diese Spielchen nach einer Weile noch immer kein Ende fanden, erhob Mathäus sich von seiner Pritsche um nachzusehen. Zwei überraschte Gesichter wandten sich ihm zu, als er räuspernd die steinerne Treppe hinaufblickte, auf der die beiden Gestalten in ihrem Tun kurz inne-

hielten. Mathäus hatte sie offenbar in einer pikanten Situation erwischt; der Rock des Frauenzimmers befand sich in verdächtiger Unordnung, doch das schien den beiden wenig peinlich zu sein. Das Frauenzimmer fuhr mit dem Gegacker fort, und Mathäus war sich sicher, dass ihre rote Lockenpracht von einer Perücke herrührte. Das feuerrote Haar des Mannes dagegen schien echt zu sein, ebenso sein roter Bart, der wild in seinem Gesicht wucherte und seinen Träger wahrscheinlich älter machte, als er in Wirklichkeit war. Seine etwas überproportionierte Nase war von zahlreichen kleinen Kratern übersät. Er trug ein ledernes nietenbesetztes Wams, und an seiner Seite baumelte ein Schwert, dessen Knauf das Frauenzimmer in lasziver Weise umklammert hielt.

»Wer zum Teufel seid Ihr denn?«, brummte der Mann und gab seiner Begleiterin mit einer Geste zu verstehen, ihre Albernheiten zu unterbrechen.

»Ich bin Mathäus, äh, Dreyling, Beamter des Markgrafen Wilhelm von Jülich im Dienste der beiden Herren von Merode.«

Der andere pfiff durch die Zähne. »Und ich bin der Erzengel Gabriel, im Dienste Gottes und der Heiligen.« Er zwinkerte dem Frauenzimmer zu. »Oder bin ich nicht doch Luzifer, der gefallene Engel?«

Das Weib lachte kreischend auf.

Mathäus lächelte maliziös. »Ich weiß, wer Ihr seid«, sagte er gleichmütig. »Ihr seid Norbert von Kerpen.«

»Beim Arsch des Leibhaftigen!« Er klatschte in die Hände. »Ich wusste nicht, dass ich eine Berühmtheit bin.«

»Um ehrlich zu sein: Die Mönche haben es mir gesagt.«

»Die Mönche?« Er wechselte einen vergnügten Blick mit

seiner Begleiterin, die eine Hand auf ihren grell geschminkten Mund presste und anfing zu prusten. »Die Mönche?«, wiederholte er. »Oh! Sicherlich hatten die frommen Männer nicht allzu viel Gutes über mich zu berichten. Verzeiht meine Neugier, Mathäus, aber was macht ein Beamter des Markgrafen in diesem vermaledeiten Kloster?«

Der Dorfherr zögerte mit seiner Antwort. »Es geht um den Tod von Bruder Adam«, gab er schließlich zu.

»Bruder Adam? Ja, ja. Ich hoffe, dass der Herrgott ihn nicht allzu lange im Fegefeuer schmoren lässt.«

»Was wollt Ihr damit sagen?«

»Nichts. Nur, dass nicht mal ein Mönch dort oben mit blütenweißer Seele antanzt.«

»Habt Ihr ihn gut gekannt?«

Norbert von Kerpen lachte laut auf. Mathäus roch die Weindünste, die den Ritter und sein Weibsbild umgaben.

»Ob ich Bruder Adam gut gekannt habe? Darauf könnt Ihr einen lassen. Und um es vorwegzunehmen: Wir vertrugen uns so gut wie eine hungrige Schlange und ein lahmer Frosch.«

Mathäus deutete ein Nicken an. »Ist es möglich, mit Euch alleine zu sprechen, Herr Norbert?«

»Und wozu, bitte schön, soll das gut sein?«

»Ich bitte Euch eben darum.«

Der Ritter warf der Rothaarigen einen lüsternen Blick zu.

»Wenn ich aber keine Zeit habe?«

»Ich kann darauf bestehen, wenn es sein muss.«

»Oh!« Norbert setzte eine Miene gespielter Ehrfurcht auf. »Wenn das so ist … Natürlich will ich mich nicht mit einem Beamten des Markgrafen anlegen. Geh schon mal

hoch, mein Häslein«, sagte er zu dem Frauenzimmer, »der edle Norbert wird bald kommen und dir geben, was du brauchst.«
Sie erhielt einen Klaps auf den Hintern und verschwand mit unzüchtigen Bewegungen ihrer Hüften nach oben. Mathäus bat den Ritter in seine Kammer, wo dieser sich unverzüglich auf einen Hocker plumpsen ließ.
»Verdammt, habt Ihr nichts zu saufen?«, brummte er.
Mathäus ignorierte seine Frage und setzte sich ihm gegenüber. Er stützte sein Kinn in beide Hände. »Bitte sagt mir, Herr Norbert, was Bruder Adam für ein Mensch war. Warum mochtet Ihr Euch nicht?«
Der Ritter rülpste leise. Er blickte zur Wand, als fände er dort die Antwort. »Bruder Adam«, sagte er schließlich, »war hart gegen sich selbst. Vor allem aber gegen andere. Mag sein, dass er ein sehr belesener Mann war. Aber ob die verflixten Bücher gut für seinen Seelenfrieden waren, weiß ich nicht. Wenn's nach ihm gegangen wäre, hätte er jedem Sterblichen eine allabendliche Selbstkasteiung zur Vergebung seiner Sünden verordnet.« Er schnaubte wütend. »Ich bin nun mal kein gottverdammter Mönch, und ich will auch keiner sein. Wenn ich hier lebe, heißt das nicht, dass ich ein gewisses Körperteil nur zum Pissen benutze oder dass mein Magen sich nur mit verdünntem Wein zufrieden gibt. Aber das wollte nicht in Adams dicken Schädel.«
»Wann habt Ihr ihn das letzte Mal gesehen?«
»Gestern, am Sonntag, in der Klosterkirche.«
»Habt Ihr mit ihm gesprochen?«
»Nein, aber …«
»Aber was?«

»Im Nachhinein muss ich sagen, dass der alte Griesgram in seinen letzten Tagen – wie soll ich sagen? – entspannter wirkte.«
»Entspannter? Was soll das heißen?«
»Na ja, normalerweise schossen seine Augen Blitze ab, wenn er mich ansah. Ungefähr so, wie Moses geschaut haben muss, als er vom Heiligen Berg zurückkam und seine Schäfchen unter fremden Götzenbildern rammelnd vorfand.«
»Wie vorfand?«
»Ach, sündigend, versteht Ihr?«
»Hm! Und Ihr sagt, Bruder Adam habe in den letzten Tagen anders geschaut als sonst?«
»Ja, milder. Sanfter. Um nicht zu sagen: verzeihender! Nicht mit dieser gottverfluchten Strenge. Aber warum zum Teufel wollt Ihr das alles wissen? Will man den Burschen etwa heilig sprechen?«
»Hatte er Feinde?«, fragte Mathäus unbeirrt.
Norbert von Kerpen zog seine buschigen roten Augenbrauen hoch. »Beim Schwanz Beelzebubs! Glaubt Ihr vielleicht, dass ihn jemand um die Ecke gebracht hat?«
Mathäus spreizte die Hände. »Hatte er Feinde?«, fragte er noch mal.
»Was heißt hier Feinde? Ich glaube nicht, dass er bei seinen Mitbrüdern sonderlich beliebt war.«
»Wegen seiner Strenge?«
»Nicht nur. Adam war ein Korinthenkacker. An allem und jedem hatte er etwas auszusetzen, auch wenn er das seltener mit Worten als vielmehr durch Körpergesten ausdrückte. Ich glaube, der alte Hund hat seinen Mitbrüdern so manchen Nerv gekostet. Aber wie gesagt, in den letz-

ten Tagen …«, er unterdrückte ein neuerliches Rülpsen, »war das irgendwie anders.«

»Hmm!« Mathäus erhob sich und warf einen Blick aus dem Fenster. Die Regenwolken begannen sich neu zu bilden.

»Gestattet mir eine Frage, Herr Norbert. Und nehmt sie mir nicht übel.«

»Fragt schon. Ich bin es gewöhnt, dass man mir Fragen stellt, von denen man glaubt, sie würden mir nicht behagen.«

Mathäus sah ihm direkt ins Gesicht. »Wo wart Ihr vergangene Nacht?«

Der Ritter wurde von einem heftigen Lachanfall geschüttelt. »Ist hier ein alter Mönch gestorben, oder hat man einen Goldschmied abgemurkst und ausgeraubt? Ich war in meiner Kammer.«

»Und ich nehme an, es gibt jemanden, der dies bestätigen kann?« Er richtete den Daumen vielsagend zur Decke.

Norbert grinste schief. »Darauf könnt Ihr wetten.«

»Noch eine Frage.«

»Sicher. Ich amüsiere mich prächtig.«

»Was wisst Ihr über den Brand der Scheune?«

»Das, was alle wissen. Der Stallbursche ist wohl eingeschlafen.«

»Kanntet Ihr ihn?«

»Odo? Sicher. Er kümmerte sich um mein Pferd.«

»Was hieltet Ihr von ihm?«

»Kein übler Bursche. Obwohl …« Er kratzte seinen Bart und stülpte die Unterlippe nach vorne. »Manchmal hatte ich den Eindruck, dass er irgendwie anders war.«

»Wie?«

»Herrgott, er freute sich über den Anblick seinesgleichen mehr als über den einer holden Maid.«
»Ach so.« Mathäus stützte nachdenklich sein Kinn.
»Habt Ihr noch mehr Fragen, Mathäus?«
Der Dorfherr schüttelte den Kopf. »Ich danke Euch, dass Ihr mir Rede und Antwort gestanden habt.«
»Gut.« Der Ritter erhob sich polternd und schritt zur Tür. »Dann kann ich mich jetzt ja wieder anderen Dingen widmen.« Er verharrte im Schritt und drehte sich um. »Ich weiß zwar nicht, warum Ihr einen solchen Wind um das Ableben eines alten Mönches macht«, sagte er, »aber ich kann mir nur schwerlich vorstellen, dass einer seiner Mitbrüder ihn auf dem Gewissen hat.« Wieder zupfte er nachdenklich an seinem Bart. »Andererseits habe ich auch schon mal ein Pferd vor einem Kräuterladen kotzen sehen.« Mit diesen Worten verließ er den Raum.
Mathäus verschränkte seufzend seine Arme und wandte sich wieder dem Fenster zu. Der Regen hatte wie erwartet eingesetzt. Die Glocke der Klosterkirche läutete zur Vesper.
Er versank erneut in einem Meer von Gedanken. Vor allem seine Mutter kam ihm nun in den Sinn. Wehmütige Erinnerungen kochten hoch. Und dann sein Vater! Ob Richmond Dreyling inzwischen verärgert das Weite gesucht hatte, weil er immer noch nicht nach Hause zurückgekehrt war? Und schließlich Jutta! Jesus, ob Jutta und Maria ihn heute aufgesucht, dann aber lediglich seinen Vater angetroffen hatten? »Hoffentlich nicht«, flehte er leise.
Eine endlose Weile stand er am Fenster, sinnierte und merkte nicht, wie die Zeit verging. Erst ein lautes Pochen an seiner Tür holte ihn ins Diesseits zurück.

Reiner, der Novize, steckte seinen Kopf herein. »Herr, der Prior schickt mich. Ihr möchtet in den Kapitelsaal kommen. Alle Mitbrüder seien dort nunmehr versammelt.«
Mathäus nickte ernst. »Gut. Ich komme«, sagte er.

8

Sechs Augenpaare starrten Mathäus an, als dieser, begleitet von Reiner, den Kapitelsaal betrat. Die Mönche saßen auf ihren steinernen Sitzen, die die Wände des Saales säumten. Anselm bat den Dorfherrn, sich neben ihn zu setzen, und entließ den Novizen mit einem stummen Kopfnicken.

»Ich möchte unseren Novizen diese Befragung nur ungern zumuten«, erklärte er etwas unterkühlt, »Reiner und Karsil haben sich auf andere Dinge zu konzentrieren. Ich hoffe, Ihr habt nichts dagegen.«

Mathäus nickte verständnisvoll und sah in die Gesichter der Mönche. Zum ersten Mal hatte er nun die Gelegenheit, sie eindringlich zu studieren. Prior Anselm stellte seine Mitbrüder vor.

Bruder Walraf kannte er bereits. Sein echsenartiger Blick schien dem seinen auszuweichen. Anders dagegen Bruder Engelbert, Subprior und Novizenmeister des Klosters. In seinen Augen lag ein Hauch von Neugier, doch sein energisch verschlossener Mund verriet Selbstdisziplin und Schläue. Mathäus beschloss, sich vor diesem undurchsichtig erscheinenden Mann in Acht zu nehmen.

Bruder Notker besaß eine gedrungene Statur und einen erlauchten Kranz stahlgrauer Haare um seine Tonsur. Er war der Prokurator des Klosters, und Mathäus hätte auch ohne diesen Hinweis des Priors gewusst, dass dieser Mann sich mit Verwaltungsaufgaben beschäftigte. Zu oft war dieser Menschenschlag ihm im Gefolge des Markgrafen

schon begegnet. Offensichtlich veranlasste das Fehlen einer Schreibfeder Bruder Notker zu nervösen Fingerspielen.
Bruder Theodor war der Bibliothekar. Mathäus widmete ihm seine ganz besondere Aufmerksamkeit. Das also war der Mönch, der vor Jahresfrist Adams über alles geliebtes Amt übernommen hatte. Theodor war noch sehr jung; sein blasses Gesicht besaß fast verweichlichte Züge, und ebenso wie Walraf wich er dem Blick des Dorfherrn scheu aus.
Nach Bruder Adams Tod war nun Bruder Edmond der Älteste im Konvent. Obwohl sein Körper dem eines Asketen glich, schien er eine robuste Gesundheit zu besitzen; seine Wangen waren von einem frischen Rot überzogen, doch unter buschigen Augenbrauen lag eingebettet in tiefen Höhlen ein Paar melancholischer Augen. Der alte Edmond war vor allem für gärtnerische Aufgaben auf dem Klostergelände zuständig.
Nachdem der Prior seine Mitbrüder vorgestellt hatte, lehnte er sich zurück und spreizte die Hände. Mathäus registrierte sein Bemühen, gleichmütig zu erscheinen, doch dies gelang dem Prior mehr schlecht als recht. Unter seinem Auge begann eine Muskelfaser nervös zu zucken.
Mathäus fühlte sich alles andere als wohl in seiner Haut. Jetzt war es an ihm, zu sprechen, und er spürte, dass ihm Wellen von Misstrauen und Zorn, aber auch von Furcht entgegenschlugen. Tief durchatmend begann er deshalb, sein Bedauern auszudrücken, dass er die Klosterbrüder von ihren Pflichten abhalten müsse. Aber gewisse Tatsachen, kam er sogleich zur Sache, ließen darauf schließen, dass Bruder Adam eines gewaltsamen Todes gestorben sei.

Seine Behauptung sorgte für keine nennenswerte Überraschung in den Gesichtern seiner Zuhörer. Wahrscheinlich hatte Anselm seine Mitbrüder längst von Mathäus' Überzeugung informiert.
Der Dorfherr trauerte dem entgangenen Überraschungsmoment, der möglicherweise für gewisse Aufschlüsse gesorgt hätte, nicht lange hinterher. Er schilderte die Umstände, die zu seiner Überzeugung geführt hatten, wobei der Kissenrest im Mund des Toten natürlich eine besondere Rolle spielte. Zu seiner Verwunderung versuchte keiner der Mönche, ihm zu widersprechen oder seine Behauptungen in Zweifel zu ziehen. Fast schien es ihm so, als hätten sich alle damit abgefunden, dass Adam ermordet worden war.
Als er seine Ausführungen beendet hatte, senkten die Mönche betreten die Köpfe. Nur Engelbert, der Subprior und Novizenmeister, hielt dem Blick des Dorfherrn stand.
»Was war Bruder Adam für ein Mensch?«
Mathäus' Frage rüttelte die Mönche aus ihrer Lethargie.
»Bruder Adam war ein hochgläubiger Mensch, rein in seiner Seele und weise in seinem Handeln«, behauptete Walraf, als hätte er darauf gewartet, diesen Spruch aufzusagen.
Engelbert schüttelte etwas unwirsch den Kopf. »Ich weiß nicht, ob solche Antworten dem Dorfherrn weiterhelfen, lieber Mitbruder«, sagte er nachdrücklich, »so wie wir alle, hatte auch Bruder Adam seine großen und kleinen Schwächen.«
»Nam vitiis nemo sine nascitur; optimus ille est, qui minimus urgetur«, seufzte der Prior.

Auf Mathäus' Stirn formten sich Runzeln. »Wie?«
»Ich sagte: Denn kein Mensch wird ohne Fehler geboren; der beste ist der, welcher von den geringsten bedrückt wird!«
»Ach so. Sicher, aber um jetzt konkret auf Euren Mitbruder zu sprechen zu kommen: Was war er für ein Mensch?«
Niemand schien sich für eine Antwort verantwortlich zu fühlen.
»War er nicht manchmal dickköpfig, eigensinnig?«, half Mathäus ihnen auf die Sprünge. »Waren seine Anschauungen für Euer Empfinden nicht manchmal etwas zu hart und unerbittlich? War seine Strenge gegen sich selbst und andere nicht manchmal unerträglich?«
Der Prior lächelte schwach. »Mit wem habt Ihr gesprochen? Mit Norbert von Kerpen?«
Mathäus nickte. Er hörte die Verachtung in der Stimme des Priors, als er den Namen des Ritters aussprach.
»Dann müsst Ihr ja jetzt die Wahrheit wissen«, meinte Anselm ironisch.
»Norbert gab zu, Adam nicht gemocht zu haben. Die beiden waren wie Katze und Hund.«
»Dann wird er Euch ja sicherlich auch von dem Streit erzählt haben, den er neulich mit Adam hatte«, sagte Anselm fast triumphierend.
»Streit? Ich dachte, die beiden hätten in einem ewigen Streit gelegen.«
»Nein, nein.« Anselm winkte ab. »Nicht das Übliche. Die beiden wären sich neulich fast an den Hals gegangen, hätten wir sie nicht auseinander gehalten.«
»Wann war das?«

»Vor zehn, zwölf Tagen vielleicht.«
»Worum ging es?«
»Norbert hatte wieder einmal eine Dirne bei sich. Adam fand den Gedanken unerträglich, dass die Sünde Einkehr in unsere Mauern hielt.« Der Prior seufzte. »Aber was sollte ich machen? Unser Konvent ist Norberts Familie sehr verbunden.«
»Jedenfalls hat Adam den Kerpener mit ein paar deftigen Flüchen bedacht«, meldete sich nun Notker zu Wort und setzte eine wichtige Miene auf. »Mit Flüchen, deren Wortlaut ich ungern wiedergeben möchte.«
Engelbert faltete bedächtig die Hände. »Aber es stimmt. Bruder Adam war in der Tat hart gegen sich und andere.«
»Das waren viele Heilige auch«, sagte der Prior.
Mathäus schürzte die Lippen. »Und was war mit der Lilie?«, fragte er, das Thema abrupt wechselnd. »Wem hat er von der Lilie erzählt?«
»Mir!« Bruder Edmond, der alte Gärtner, hob eine erstaunlich kräftige Hand. »Er fand sie nachts, als er für sich beten wollte, vor seinem Betstuhl.«
»War er daraufhin verzweifelt?«
Edmond verneinte. Seine traurigen Augen verweilten in der Ferne. »Im Gegenteil. Bruder Adam schien glücklich zu sein, dass seine Tage auf Erden gezählt waren. Und dankbar darüber, dass Gott ihm ein Zeichen gesetzt hat. Er wollte nicht unvorbereitet vor seinem Schöpfer erscheinen.«
»Verstandet Ihr Euch gut mit dem Verstorbenen, Bruder Edmond?«
»Es ist unsere Pflicht, sich mit seinen Mitmenschen zu

verstehen, lieber Dorfherr. Mit Adam allerdings verknüpfte mich ein besonderes Band. Wir waren beide noch vom alten Schlag. Ich kannte ihn seit vielen Jahrzehnten, seit unserem gemeinsamen Noviziat in Lüttich.« Erstmals senkte sich der Hauch eines Lächelns über sein wettergegerbtes Gesicht. »Ich war mit seinen Eigenheiten eben am längsten vertraut.«

»Dann muss sein Tod Euch besonders nahe gegangen sein«, sagte Mathäus mitfühlend. Er sah in die Runde. »Gestattet mir die Frage: Glaubt ihr, verehrte Brüder, dass die weiße Lilie tatsächlich eine Botschaft aus dem Jenseits war?«

Das Schweigen der Mönche war ihm Antwort genug. Nur Edmond suchte verzweifelt nach Worten. Offenbar war er nicht bereit, den Glauben an ein Mysterium so schnell aufzugeben. »Wenn aber … wenn aber der Herr in Seiner Allmacht nun beschlossen hatte …« Er verstummte, als er die sanfte Geste seines Priors sah.

»Bruder Adam war der Sakristan!« Mathäus stellte die Behauptung in den Raum, bevor er fortfuhr: »Wer, außer ihm, besaß einen Schlüsselbund für die Klosterkirche?«

»Ich«, sagte der Prior.

»Niemand sonst?«

»Niemand sonst!«

»Wie viele Schlüssel besitzt dieser Schlüsselbund?«

»Drei. Einen für den Durchgang zum Kreuzgang, einen weiteren für das Hauptportal, und einen für die Sakristei.«

»Habt Ihr eine Erklärung dafür, wie die Lilie auf den Platz des Ermordeten gelangen konnte?«

»Nein, die habe ich nicht.«

Mathäus kratzte verlegen seine Wange. »Ich hoffe, Ihr habt Verständnis, dass ich Euch solcherlei Fragen stellen muss, Pater Prior.«
»Macht Euch keine Sorgen. Ich war es ja, der Euch rufen ließ. Ihr tut nur Eure Pflicht.«
»Gut.« Der Dorfherr holte unmerklich Luft, bevor er weitersprach. »Dann habt Ihr vielleicht auch Verständnis für meine Verwunderung, dass Ihr mir den Brand der Scheune verschwiegen habt.«
Mathäus entging nicht, wie der Prior kurz zusammenzuckte. »Ich habe Euch nichts davon berichtet?«, fragte er ungläubig.
Der Dorfherr schüttelte den Kopf.
»Nun gut.« Der Mönch hob seine Schultern. »Was hat das eine auch mit dem anderen zu tun?«
»Immerhin kam ein Mensch bei diesem Brand ums Leben.«
»Das stimmt. Der Stallbursche Odo – Gott hab ihn selig! – fand durch seine Unachtsamkeit den Tod. Wahrscheinlich war er betrunken.«
»Zwei Tote also innerhalb einer Woche.«
»Ja. Requiem aeternam dona eis Domine!«
»Wie?«
Bruder Notker verzog verächtlich einen Mundwinkel. »Unser Pater Prior bat den Herrgott, den Toten die ewige Ruhe zu geben, Herr Mathäus.«
»Ach so. Ja, ja. Und das ewige Licht leuchte ihnen.«
Anselm fuhr fort. »Lass sie ruhen in Frieden!«
»Amen!«, war die allseitige Antwort.
»Zwei Tote also innerhalb einer Woche«, griff Mathäus seinen Faden unbeirrt wieder auf, »und das in einer klei-

nen Priorei wie der Euren. Haltet Ihr das nicht für erwähnenswert?«
Der Dorfherr bemerkte die Verzweiflung im Blick des Priors. Bruder Notkers ungehaltener Zwischenruf enthob ihn vorläufig von einer Antwort.
»Was wollt Ihr dem Prior damit eigentlich unterstellen, Dorfherr?«
Auch Walrafs Glatzkopf stülpte sich nach vorne. »Unverschämtheit!«, zischte er.
Anselm hob beschwichtigend die Hände. »Lasst ihn, Brüder. Bitte, lasst ihn nur fragen.« Er strich nachdenklich durch seinen Bart und sah den Dorfherrn dann offen an. »Wisst Ihr, Herr Mathäus, ich habe eine Vision«, hub er an. »Eine Vision vom Ende der Welt. Und manchmal glaube ich, dass dieses Ende nicht mehr lange auf sich warten lassen wird. Die Menschheit wird immer schlechter. Der Teufel schickt seine Boten voraus, um bis zum Tag des Jüngsten Gerichts viele schwarze Seelen zu sammeln. Und der Schwarze Tod ist sein grausiger Begleiter. Habt Ihr gehört, wie diese Seuche bereits in Aachen wütet? Menschen sterben dort wie Fliegen!«
Mathäus schauderte. Noch vor wenigen Wochen war er mit seinem Freund Heinrich in der alten Kaiserstadt gewesen. Er musste an seine Mutter denken.
Der Prior versuchte ein Lächeln. »Ich lebe in der ständigen Angst, die unsichtbaren Boten des Bösen könnten Einkehr in diese Mauern halten. Vielleicht habe ich Euch den Brand nur deshalb verschwiegen, weil ich das alles im Innersten nicht wahrhaben will. Glaubt mir, es steckte keine böswillige Absicht dahinter.«
Die Mönche senkten betreten ihre Köpfe.

Mathäus nickte. »Ich verstehe«, sagte er leise. »Aber einen erkennbaren Zusammenhang zwischen Adams und Odos Tod, der sich auf natürliche Weise erklären ließe, seht Ihr nicht?«

»Beim besten Willen, nein.«

»Gut. Dann lasst mich eine weitere Frage stellen.« Er blickte in die Runde. »Norbert von Kerpen behauptet, Bruder Adam habe in seinen letzten Tagen eine Wesensveränderung erfahren. Er sei mit einem Male regelrecht freundlich gewesen, milde, eben nicht mehr von dieser düsteren Strenge. Könnt Ihr dem zustimmen?«

Es war Engelbert, der nun das Wort ergriff. »In diesem Fall kann man Norbert von Kerpen nicht Unrecht geben«, antwortete er mit seiner dominierenden Stimme. »Bruder Adam schien in der Tat wie von einer schweren Last befreit.«

»Könnt Ihr Euch das erklären?« Mathäus' Blick suchte den des alten Gärtners.

»Ja«, erwiderte dieser. »Bruder Adam spürte wohl den Tod nahen. Er wollte alles Irdische hinter sich lassen, sich nur noch auf seine Begegnung mit dem Schöpfer vorbereiten.« Er hob die Schultern. »So jedenfalls versuche ich mir das zu erklären.«

Die anderen nickten stumm.

Mathäus schloss sich dem betretenen Schweigen an, bevor er sich schließlich an den Mönch wandte, der sich bis dahin mit noch keinem Wort an der Unterhaltung beteiligt hatte.

»Bruder Theodor!«

Der Angesprochene fuhr erschrocken zusammen. Mathäus glaubte, etwas wie Angst in seinen Zügen lesen zu können.

»Ja?« Theodors Stimme war schwach und fast zittrig.
»Ihr seid der Bibliothekar dieses Konvents?«
Theodor nickte. Sein ohnehin blasses Gesicht war noch blasser geworden.
»Ihr wart also Bruder Adams Nachfolger in diesem Amt?«
Wieder nickte der junge Mönch.
»Dann möchte ich Euch eine Frage stellen, die Ihr keinesfalls missverstehen solltet. Betrachtet sie bitte als eine geläufige Frage in einem – Mordfall.« Mathäus bemerkte, dass die allgemeine Bedrückung durch sein letztes Wort noch eine Steigerung erfahren hatte. Aber welches Wort hätte er wohl sonst benutzen sollen? Für ihn stand nach wie vor fest: Bruder Adam war ermordet worden. Und vielleicht saß der Mörder sogar mit ihm hier am Tisch.
»Bruder Theodor! Wie war Euer Verhältnis zu Eurem verstorbenen Mitbruder? Und ich meine damit nicht Euer klosterbrüderliches Verhältnis – ich bin sicher, dass Ihr dieses zu pflegen suchtet –, sondern ich meine Euer menschliches, privates Verhältnis zu ihm, wenn Ihr versteht, was ich meine.«
»Eine seltsame Frage«, brummte Notker, verstummte jedoch nach einer Handbewegung des Priors.
Theodor fingerte an seiner Kutte. »Sicher, ich weiß, was Ihr meint, Herr Mathäus. Und sicherlich ist es Euch längst bekannt, dass Adam sein Amt als Bibliothekar nur ungern an mich abgab. Deshalb wäre es töricht zu behaupten, wir wären wie ein Vater und ein Sohn zueinander gewesen. Ich weiß, dass Bruder Adam schwer an der Entscheidung unseres Priors zu tragen hatte. Und er ließ mich seinen Unwillen darüber oft genug spüren. Manchmal …«, er

stockte einen Moment, »... manchmal musste ich mir äußerste Mühe geben, ihn nicht zu hassen. Doch nach seinem Tod hasste ich mich selbst ob der Gedanken, die ich gegen ihn gehegt hatte.«

Er senkte den Kopf und schwieg. Mathäus bewunderte die Offenheit des jungen Mönches.

»Und hattet Ihr ebenfalls den Eindruck, Bruder Theodor, dass Adam Euch in den letzten Tagen seines Lebens wohlgesinnter war?«

»Ja. Diese Wandlung kam von heute auf morgen. Eines Nachts – mich quälte wieder einmal die Schlaflosigkeit – traf ich ihn vor der Treppe zum Kreuzgang. Ich erkundigte mich freundlich nach seinem Wohlbefinden, doch er schalt mich mürrisch einen Naseweis. Am nächsten Tag hingegen war er die Liebenswürdigkeit in Person. Und genau diese Tatsache rüttelt an meinem Gewissen.«

Mathäus lächelte ihm zu. »Ihr solltet Euch nicht so streng richten, Bruder Theodor. Zwar seid Ihr ein Kreuzbruder, aber immerhin noch ein Mensch. Findet Ihr nicht, Pater Prior?«

Anselm nickte. »Docendo discimus!«, erklärte er. »Durch Lehren lernen wir!« Er horchte auf, als einer der Novizen an der Tür erschien.

»Was gibt es, Karsil?«

»Pater Prior, Ihr wolltet, dass ich Euch Bescheid gebe, wenn die Kerze eine Stunde anzeigt.«

»Ach ja, richtig.« Er suchte den Blick des Dorfherrn. »Habt Ihr noch weitere Fragen, Herr Mathäus?«

Mathäus schaute aus einem der kleinen Fenster. Draußen war es längst dunkel geworden. Er schüttelte den Kopf. »Danke, für heute nicht mehr, Pater Prior. Aber ich wäre

Euch dankbar, wenn ich in Eurem Gästehaus übernachten dürfte. Morgen würde ich gerne noch Euren Stallburschen und Laienbrüdern ein paar Fragen stellen.«
»Sicher. Wollt Ihr mit uns speisen?«
»Ich möchte Eure Gastfreundschaft nicht überstrapazieren, deshalb werde ich in meiner Kammer essen.«
»Ganz wie Ihr wünscht.« Anselm schien fast erleichtert zu sein. »Karsil, begleite den Dorfherrn ins Gästehaus. Und dann bring ihm etwas zu essen. Brüder, wir wollen uns auf die Komplet vorbereiten.«
Die Mönche erhoben sich, und die Versammlung löste sich auf.

Mathäus lag an diesem Abend noch lange wach. Der Novize hatte ihm Wein und etwas zu essen gebracht. Wein und Brot hatte er dankbar verzehrt; die Schale mit den Pilzen indessen hatte er nicht angerührt. Die Pilze weckten wieder wehmütige Erinnerungen aus seiner Kindheit. Mathäus sah seine Mutter, wie sie mit ihrer bezeichnenden Fröhlichkeit den Tisch deckte. Es war Markttag gewesen, und sie hatte einen Korb frischer Pilze erstanden. Er aber, Mathäus, hatte sich geweigert, diese seltsamen Gebilde zu essen. Daraufhin hatte Vater mit seiner Faust auf den Tisch geschlagen, so dass dieser bedenklich zu wackeln begann. Unmissverständlich hatte er dem Sohn klar gemacht, dass er zu essen habe, was Gott Seinen Kindern in Seiner Allmacht und Güte angedeihen ließ. Widerwillig hatte Mathäus das Essen heruntergewürgt; seit jenem Tag allerdings hatte er nie wieder ein Pilzgericht angerührt.
Ein flackerndes Öllicht ließ den Dorfherrn ein paar hüpfende Schatten wahrnehmen. Draußen wüteten stür-

mische Böen; Regen klatschte gegen das Glas seines Fensters, so dass er befürchtete, es könnte zerbrechen. Die Gesichter der Mönche tanzten vor seinen Augen wie unruhige Geister: Anselm, Walraf, Engelbert, Notker, Theodor und der alte Edmond … Wieder und immer wieder vergegenwärtigte er sich das Gespräch, das er am frühen Abend mit den Mönchen geführt hatte.

»Bruder Adam schien glücklich zu sein, dass seine Tage auf Erden gezählt waren!« – »Adam bedachte den Kerpener mit ein paar deftigen Flüchen!« – »Ich musste mir äußerste Mühe geben, ihn nicht zu hassen!« – »Er fand die Lilie nachts, auf seinem Betstuhl!« – »Ich habe eine Vision vom Ende der Welt!«

Mathäus versuchte die Fragmente in seinem Geist zu ordnen, doch er merkte, wie allmählich eine behagliche Müdigkeit von ihm Besitz ergriff. Er löschte das Licht der Lampe, betete ein Ave Maria und fiel in einen tiefen Schlaf.

9

Bruder Theodor registrierte die Windböen nicht, die heftig an den Fensterläden rüttelten. Er lag auf seinem Bett, das bleiche Gesicht zur Decke gerichtet, während seine blutlosen Lippen ein paar stumme Gebete formulierten. Doch nach einer gewissen Zeit musste er sich eingestehen, dass ihm die Andacht für das Zwiegespräch mit Gott zu fehlen schien. Immer wieder tauchte dieser schreckliche Gedanke auf, wie ein Wolf, der Tod und Unheil bringend aus dem verborgenen Dickicht in eine Herde weidender Schafe springt.

Zu den Leiden der Seele gesellten sich auch die Leiden des Leibes. Seit einigen Stunden verspürte Theodor ein rumorendes Unwohlsein in seiner Magengegend. Weitaus schlimmer jedoch waren die Leiden der Seele, die bohrenden Fragen, die ihn bedrückten, die schauerliche Vermutung, die sich ihm offenbarte wie ein quälender Dämon. Ob Gott ihm seine Sünde verzeihen würde? Theodor sprach sich guten Mut zu. Sicher, Gott würde ihm seine Sünde verzeihen, denn er bereute sie, bereute sie von ganzem Herzen. Er war schwach gewesen gegen die Dämonen der Begierde, doch nun war er fest entschlossen, sie zu besiegen. Er würde nicht umhin kommen, seine Sünde zu beichten, aber die Buße würde ihn reinigen, würde ihm wieder einen Platz zur Rechten Gottes sichern am Tag des Jüngsten Gerichts, von dem der Prior glaubte, er läge nicht mehr fern. Wenn nur diese ungeheuerliche Vermutung nicht wäre …

Er hatte den anderen darauf angesprochen, doch der hatte ihn empört zurückgewiesen. Und trotzdem wurde Theodor das Gefühl nicht los, dass er log. Er würde ihn also wieder ansprechen, wieder und immer wieder, bis er ihn von der Notwendigkeit der Buße überzeugt hatte. Noch war seine Seele nicht verloren. Hatte Jesus nicht auch dem Schächer am Kreuz in der Stunde des Todes seine Sünden verziehen?

Ein krampfartiger Schmerz ließ den jungen Mönch hochfahren. Seine Hände pressten sich auf seinen Bauch, in dem die Eingeweide zu brennen schienen.

»Oh Gott!«, stammelte er und erhob sich mühsam von seinem Lager. Kein Zweifel, er brauchte Hilfe. Er würde den alten Edmond wecken müssen, damit dieser ihm ein paar heilende Kräuter aus seinem Garten verabreichte.

Der Schmerz wurde unerträglich. Seine Glieder begannen zu zittern. Den Oberkörper weit nach vorne gebeugt, schleppte er sich keuchend zur Tür, stürzte jedoch zu Boden, bevor er diese erreichte. Stöhnend versuchte er sich aufzurichten, streckte seine zitternde Hand Richtung Türgriff, doch eine neue Welle größten Schmerzes jagte durch seinen Körper und ließ ihn wieder niedersinken. Er spürte, wie eine übel riechende Brühe aus seinen Mundwinkeln rann. Seine Finger krampften sich in das Schlafgewand; er hörte noch das Geräusch zerreißenden Stoffes. Dann spürte er, wie das Leben allmählich aus ihm wich, doch er besaß noch die Kraft, sich darüber zu wundern, dass dieser Umstand ihn nicht in Panik versetzte. Er begann das Feuer in seinen Därmen als unbedeutend zu empfinden, und sein letztes Tun

auf dieser Welt war ein Stoßgebet, das er zum Himmel schickte.
Als das Gesicht der schönen Beatrix ihm in seinem Traum erschien, erwachte Mathäus erschrocken. Er empfand Schuldgefühle gegenüber Jutta: Wie konnte es bloß geschehen, dass das Antlitz einer anderen Frau ihn heimsuchte wie ein Dieb in der Nacht? Ein paar Flüche murmelnd drehte er sich auf die andere Seite, und nach kurzer Zeit hatte der Schlaf ihn wieder eingeholt.
Ganz so, als wollte sein Innerstes sich gegen weitere Versuchungen wehren, träumte er nun von Jutta. Er sah sich vor seiner Geliebten stehen, sah ihr bezauberndes Lächeln, ihre weißen Zähne, die sanften Lachfalten um ihre Mundwinkel. Er zückte eine Schachtel aus der Falte seines Gewandes, in der sich jener goldene Ring befand, den er vor mehr als zwei Monaten in Aachen für vier Gulden erstanden hatte. Bis jetzt hatte er sich nicht getraut, Jutta diesen Ring zu schenken, denn er wollte sie nicht bedrängen. Er wusste von den Kämpfen in ihrer Seele, wusste von ihrem Zwiespalt, und Gott würde ihr eines Tages sicherlich den rechten Weg zeigen.
In seinem Traum jedoch schienen diese Fragen ohne Bedeutung zu sein. Wie selbstverständlich holte er den Ring aus der Schachtel, steckte ihn seiner Geliebten an den Finger, den sie ihm erwartungsvoll entgegenstreckte. Jutta lachte vergnügt, warf sich ihm an den Hals, und er fühlte die verlockenden Konturen ihres Körpers. Er spürte ihre Brüste, ihre Hüfte, ihre Schenkel. Er fühlte ein wachsendes Begehren in sich hochsteigen; aus der Ferne aber war das Knistern der Flammen eines gewaltigen Feuers zu vernehmen.

»Das ist das Höllenfeuer!«, hörte er eine Stimme, und plötzlich stand Johannes, der strenge Pfarrer von Echtz, neben ihm. »Das ist das Höllenfeuer«, wiederholte er, »das dich verschlingen wird ob deiner Lüsternheit.«
Das Knistern des Feuers kam näher. Stimmen, Rufe und Schreie wurden laut. Schweißgebadet wachte Mathäus auf.
Seine Erleichterung, wieder nur geträumt zu haben, währte nur kurz. Der Raum war von einem seltsamen roten Glanz erfüllt. Die Stimmen und Rufe aus seinem Traum waren immer noch zu vernehmen. Und vor allem schien das Höllenfeuer immer noch zu knistern. Mathäus setzte sich auf und horchte. Plötzlich war er hellwach. Kein Zweifel: Es brannte auf Kloster Schwarzenbroich!
In Windeseile war er angezogen und stürmte auf den Hof. Weiter hinten, gegenüber den Ställen, tobte ein Inferno. Mathäus brauchte einen Augenblick, um sich zu orientieren: die Baracke der Knechte und Laienbrüder stand in hellen Flammen. Ein gutes Dutzend hektischer Personen war lautstark mit Löscharbeiten zugange, doch wirkten ihre Bemühungen, den Brand mit Brunnenwasser aus klapprigen Holzeimern zu löschen, eher kläglich, angesichts der turmhohen Flammen, die sich in den nächtlichen Himmel reckten.
Mathäus erreichte den Ort der Katastrophe. »Was ist los?«, fragte er einen der schweißüberströmten Knechte.
»Was los ist? Das seht Ihr doch. Oder glaubt Ihr, wir hätten hier ein Freudenfeuer entfacht?«
»Sind noch Menschen in dem Gebäude?«
»Weiß nicht.« Mit seinem leeren Eimer rannte der Knecht zum Brunnen.

Mathäus starrte fassungslos in die Flammen. Er merkte, wie jemand neben ihn trat.
»Die Boten des Teufels – sie sind unterwegs!«
»Pater Prior!«
»Sie sind unterwegs und verwandeln mein Kloster in eine Wüstenei. Tod und Feuer verschlingen uns.«
Der Blick des Priors schien in weite Fernen entrückt. Wenige Schritte hinter ihm standen ein paar seiner Mitbrüder. Engelberts Mund war wie ein Strich. Er verfolgte das Inferno mit einer schauerlichen, ernsten Ruhe. Edmond hatte seine traurigen Augen geschlossen, als weigerte er sich, das Unheil mit anzusehen. Walraf und Notker dagegen diskutierten aufgeregt miteinander, während sie mit hastigen Gesten auf die brennende Baracke deuteten. Nur Theodor war nicht hier anwesend, stellte der Dorfherr verwundert fest.
Der Prior murmelte erneut etwas von den Werken Satans, als plötzlich ein Ruf laut wurde.
»Da oben!«
An einem der Fenster im Obergeschoss war im Schein des Feuers eine männliche Gestalt zu sehen, die verzweifelt mit den Armen fuchtelte. Man beschwor den Unglücklichen mit eindringlichen Appellen, hinabzuspringen, doch er schüttelte nur schreiend den Kopf, bevor er wieder vom Fenster verschwand.
»Er wird sterben!«, hauchte Mathäus und rannte los.
»Seid Ihr wahnsinnig? Bleibt hier!«
Der Dorfherr hörte den Ruf des Priors nicht mehr. Vorbei an den verdutzten Knechten rannte er auf die brennende Baracke zu.
Er erreichte die offen stehende Eingangstür und betrat

das Innere. Bereits hier schlug ihm eine schier unerträgliche Hitze entgegen. Beißender Rauch peinigte seine Augen. Aber von oben hörte er verzweifelte Hilferufe.
Mathäus sah sich um. Hier und dort loderten kleine Feuer, doch das Zentrum des Infernos wütete offensichtlich im oberen Geschoss. Er versuchte sich zu orientieren. Er befand sich in einer Küche; weiter hinten führte eine hölzerne Treppe nach oben. Ein dumpfes Tosen zeigte ihm an, dass das Feuer eine neue Nahrungsquelle gefunden hatte.
Die Hilferufe waren inzwischen verstummt. Aus einem Regal purzelten ein paar Töpfe.
Mathäus zögerte. Die Hitze nahm ständig zu. Sollte er es tatsächlich wagen, die Treppe hinaufzusteigen? War es für den armen Kerl da oben nicht längst zu spät?
Er gab seinem Herzen einen Ruck und rannte los. Er hörte noch das atemberaubende Poltern, bevor er einen harten Schlag gegen seinen Hinterkopf erhielt. Aus den Tiefen seines Hirns vernahm er unbarmherzige Posaunen. Wie in Trance nahm er die Flammen wahr, die neben ihm emporzüngelten. Unwillkürlich sah er die Nibelungen vor sich, die in Kriemhilds Rachefeuer verzweifelt um ihr Leben kämpften. Die Balkendecke, sie stürzt ein, waren seine letzten Gedanken. Dann wurde es dunkel um ihn.

Mathäus spürte das kalte Wasser, das ihm jemand ins Gesicht schüttete. Doch er weigerte sich, dies als Tatsache hinzunehmen. Warum sollte jemand ihm, einem Beamten des Markgrafen, kaltes Wasser ins Gesicht schütten? Sicher war das wieder einer dieser dummen Träume …

Jetzt begann dieser Jemand ihn auch noch zu schlagen! Und seinen Namen zu brüllen! Nein, dies war kein Traum: Jemand verpasste ihm tatsächlich ein paar deftige Ohrfeigen und rief seinen Namen. Halb zornig, halb fassungslos öffnete er seine Augen.

Das Erste, was er sah, war Norberts rotbärtiges Gesicht. Hinter dem Ritter standen die Kreuzherren wie ein paar dunkle Statuen, starrten sorgenvoll auf ihn herab. Er lag mitten auf dem Klosterhof, und zwei Dutzend Schritte von ihm entfernt brannte die hölzerne Baracke der Knechte lichterloh. Mit einem Mal kehrte seine Erinnerung zurück.

»Was ist mit dem armen Kerl geschehen?«, murmelte er und versuchte sich aufzurichten.

Norbert von Kerpen half ihm dabei. Er beantwortete die Frage des Dorfherrn, indem er den Finger über seinen Hals gleiten ließ. »Ihr seid ein gottverdammter Idiot, Mathäus«, sagte er kopfschüttelnd. »Wolltet Ihr Euch den Arsch verbrennen?«

Mathäus wurde von einem heftigen Schwindel erfasst, als er endlich stand. Es war, als hämmerten tausend kleine Männchen in seinem Kopf. Seine Kleidung war an mehreren Stellen verkohlt, und sein linker Unterarm glühte wie ein heißes Eisen. Stöhnend nahm er die faustgroße Brandwunde wahr, die sich dort abzeichnete.

Der Prior trat an ihn heran und legte behutsam eine Hand auf seine Schulter.

»Herr Mathäus, seid Ihr wohlauf?«

»Ich glaube, ich lebe noch.«

»Norbert hat Euch das Leben gerettet.« Seine Stimme hatte einen bedauernden Unterton, und Mathäus fragte sich, ob dieses Bedauern daher rührte, dass ausgerechnet der ungeliebte Ritter ihn gerettet hatte oder ob er gar die Rettung als solche bedauerte.

»Er hat Euch aus der brennenden Baracke geholt, bevor diese einstürzte«, fuhr der Prior fort. »Ein paar Augenblicke später, und es wäre um Euch geschehen gewesen. Wie konntet Ihr bloß so töricht sein?«

Mathäus hob die Schultern. Dann wandte er sich an den Ritter, der ihn schief angrinste.

»Danke!«, sagte der Dorfherr erschöpft.

»Ach, scheißt drauf.«

»Wie viele Tote gibt es?«

»Einen«, antwortete der Prior. »Diesmal hat es den armen Iring erwischt. Gott sei seiner Seele gnädig!«

Mathäus nickte und wandte sich wieder dem Ritter zu.

»Wieso habt Ihr mir nicht erzählt, dass Adam und Ihr Euch neulich fast geprügelt hättet?«

Norbert begann dröhnend zu lachen. »Ich habe Euch soeben das Leben gerettet, Mathäus, und Ihr habt nichts Besseres zu tun, als mir gleich wieder eine Eurer merkwürdigen Fragen zu stellen?«

»Leider habt Ihr meine merkwürdige Frage nicht beantwortet, Herr Norbert.«

Das Lachen des Ritters erstarb. Zornig schaute er die Mönche an. »Was zur Hölle habt Ihr ihm erzählt?«, fragte er lauernd.

»Die Wahrheit!«, antwortete Engelbert anstelle des verzweifelten Priors.

»Die Wahrheit!«, äffte der Ritter ihn nach und sah Hilfe

suchend zum Himmel. »Beim Sack des Teufels, der alte Adam und ich haben doch bloß ein paar Nettigkeiten ausgetauscht.«

»Nettigkeiten!«, zischte Notker.

»Er nannte mich einen verkommenen Hurensohn und ich ihn einen falschen Heiligen. Daraufhin wollte er mir tatsächlich an den Hals, aber ...«, er deutete auf die Mönche, »... zum Glück hinderten seine Mitbrüder ihn daran. Mehr ist nicht gewesen.«

Mathäus sah die Mönche fragend an. Niemand widersprach der Version des Ritters.

»Ich danke Euch nochmals, Herr Norbert.«

Der Kerpener stapfte davon, ein paar unflätige Bemerkungen vor sich hin murmelnd.

Der Prior atmete hörbar auf. »Ihr solltet nun Euren Arm behandeln lassen«, sagte er mit einem kritischen Blick auf die Verbrennung des Dorfherrn. »Bruder Edmond wird Euch eine Kräuterpackung machen.«

»Gestattet mir vorher noch eine Frage: Sprach Euer Mitbruder Theodor nicht von einer Schlafstörung, die ihn manchmal plagt?«

Der Prior hob die Augenbrauen. »Warum?«

»Es wundert mich, dass er hier nicht zugegen ist. Der Krach auf dem Klosterhof und das Inferno würde sogar eine Bärenfamilie aus dem Winterschlaf reißen.«

Anselm schaute sich um. Er schien erst jetzt zu merken, dass der Bibliothekar nicht anwesend war. Stirnrunzelnd winkte er die beiden Novizen zu sich heran, die den immer noch löschenden Knechten zur Hand gingen.

»Holt Bruder Theodor her!«, befahl er mit matter Stimme. Er schien das nächste Unheil zu erahnen.

Reiner und Karsil stoben davon.
»Ich sage Euch, Herr Mathäus, der Teufel geht um«, flüsterte Anselm schaudernd.
»Ich denke, Pater, wir haben es hier mit Menschenwerk zu tun, auch wenn ich Eure Weisheit ungern in Zweifel ziehen möchte.«
»Meine Weisheit?« Anselm lächelte schwach. »Corripe sapientem et amabit te!«, zitierte er.
»Wie?«
»Tadle den Weisen, und er wird dich lieben!«
»Ach so. Aber glaubt mir, Pater Prior, es lag mir fern, Euch zu tadeln. Ich wollte vielmehr …« Ein Aufschrei unterbrach ihn.
Mathäus und Anselm fuhren herum. Walraf war in die Knie gesunken und hielt schmerzverzerrt seinen Bauch fest, während Engelbert und Notker ihn zu stützen versuchten.
»Was ist, Bruder?«
»Mein … Bauch«, knirschte Walraf.
»Um Himmels willen, bringt ihn in den Krankensaal. Bruder Edmond! Bitte, schaut nach ihm, Ihr versteht am meisten von der Krankenpflege.«
Die Mönche nickten und entfernten sich schnell, den wimmernden Walraf in ihrer Mitte.
Vom Hauptgebäude näherten sich bald darauf eilige Schritte. Reiner und Karsil waren völlig außer Atem. »Pater Prior! Ihr müsst sofort kommen!«, rief Reiner schon von weitem.
Anselms blasses Gesicht wirkte gespenstisch im fahlen Schein des Feuers. Er schien nicht mehr fähig, irgendwelche Gefühlsregungen zu zeigen.

»Pater Prior, Ihr müsst kommen!«

»Was ist?«, fragte Mathäus.

»Bruder Theodor!«, keuchte Karsil. »Er ist tot!«

Der leere Blick des Priors suchte den des Dorfherrn. »Habe ich es Euch nicht gesagt?«, sagte er leise. »Die Boten des Teufels sind unterwegs.«

10

Bruder Theodor lag bäuchlings auf dem Boden; seine starren Augen schienen bereits ferne Welten zu sehen. An seinen Mundwinkeln klebte geronnenes Sekret, und sein rechter Arm war nach vorne ausgestreckt, als wollte er eine Hand ergreifen, die er an der Schwelle zum Jenseits erblickte.

Der Prior stöhnte auf. Mit einer müden Handbewegung entließ er die beiden Novizen, die mit offenen Mündern den Toten betrachteten. Er kniete nieder und betete das Totengebet. Dann sprach er Theodor von seinen Sünden los und wandte sich an den Dorfherrn.

»Und? Was sagt Ihr?«, fragte er tonlos.

Auch Mathäus kniete sich neben den Toten. Er sah in die leblosen Augen des Bibliothekars, untersuchte die erkalteten Schleimhäute in seinem Mund. Der Prior wandte sich ab und unterdrückte ein Würgen.

»Ich glaube«, sagte Mathäus langsam, »dass Bruder Theodor an einem Gift starb.«

»Wollt Ihr damit behaupten, auch er sei umgebracht worden?«

Der Dorfherr hob die Schultern. »Ob vorsätzlich oder aus Versehen bleibt abzuwarten. Aber bedenkt die Tatsachen, Pater Prior.« Er hob eine Hand und zählte an seinen Fingern. »Zuerst ein Brand, bei dem ein Knecht ums Leben kommt. Dann ein toter Mönch, der offensichtlich mit seinem Kopfkissen erstickt wurde. Jetzt wieder ein Brand und wieder ein Toter. Und schließlich Bruder Theodor, dem scheinbar ein Gift zum Verhängnis wurde. Sagt, Pater, wie groß ist die Wahrscheinlichkeit, dass in einem kleinen Kloster wie Eurem solche Ereignisse innerhalb weniger Tage stattfinden, ohne dass eine lenkende Kraft dahinter steckt?«

»Nicht sehr groß«, gab Anselm leise zu.

Mathäus nickte. »Und deshalb glaube ich, Pater, dass es in Euren Mauern einen Mörder gibt.«

»Gott stehe uns bei. Ein Bote des Teufels.«

»Das überlasse ich Eurer theologischen Interpretation. Jedenfalls gilt es, den Mörder zu finden, bevor weiteres Unheil geschieht.« Er sah sich in der Kammer um.

»Was sucht Ihr?«, fragte Anselm.

»Wir sollten nach einer weißen Lilie suchen.«

Trotz intensiver Suche fanden sie nichts dergleichen. Der Prior ließ sich erschöpft auf einen Schemel sinken und rang hilflos mit seinen Händen. »Aber wo sind die Zusammenhänge zwischen all diesen schrecklichen Vorkommnissen?«

Mathäus blies seine Wangen auf. »Ich werde versuchen, dies herauszufinden. Aber zuvor müsst Ihr gründlich nachdenken, Pater. Es gilt, einen Bezug zwischen den Vorfällen zu finden. Gibt es irgendwelche Gemeinsamkeiten, die die Toten hatten?«

Anselm ließ sich erschöpft auf einen Schemel sinken. »Nun, Bruder Adam und Bruder Theodor liebten beide Bücher.«

»Das weiß ich. Weiter, Pater. Denkt nach. Vergesst auch die beiden Stallknechte nicht.«

Der Prior strich nachdenklich über das rotweiße Kreuz auf seiner Brust. Er schien einen Gedanken zu hegen, den er aber nicht auszusprechen wagte.

»Also, Pater?«, ermunterte ihn der Dorfherr.
»Nun, Odo, der tote Stallknecht und Bruder Theodor …«
»Ja?«
Anselm räusperte sich. »Zwar war ich nicht ihr Beichtvater …«
»Umso besser. Dann erzählt um Himmels willen, was Ihr wisst, Pater. Es geht um die Aufklärung dubioser Todesfälle.«
»Von beiden ging die Rede, dass sie … na ja, dass sie widernatürlich veranlagt waren.«
Mathäus entsann sich der Worte Norberts und nickte. »Wisst Ihr, ob Theodor und Odo ein Verhältnis hatten?«
»Nein, das weiß ich nicht«, erwiderte Anselm ein wenig unwirsch, »ich weiß ja nicht einmal, ob die Geschichten wahr sind, die man sich erzählt. Unter den Knechten und Laienbrüdern gibt es ein paar geschwätzige Kerle. Gott alleine kennt die Wahrheit. Und das reicht.«
»Nicht ganz!«, widersprach Mathäus. »Auch wir müssen nach der Wahrheit forschen, wenn wir den Mörder entlarven wollen.« Er wandte sich wieder dem toten Bibliothekar zu. »Sagt, Pater, was gab es heute zum Abendmahl?«
»Etwas Wein, Brot – und ein paar Pilze.«
Sie sahen sich beide in die Augen.
»Pilze«, wiederholte der Prior, als sei ihm eine Erleuchtung gekommen. »Vielleicht hatte der arme Theodor einen giftigen darunter.«
»Ja, vielleicht. Wer sammelt die Pilze und wer bereitet sie zu?«
»Das macht in der Regel Ekkehard, einer unserer Laienbrüder. Er ist für die Küche verantwortlich.«

»Gut. Ich wollte den Knechten und Laienbrüdern ohnehin ein paar Fragen stellen. Das muss nun sofort geschehen.«
»Sofort?«, wunderte sich der Prior.
»Ja, sofort. Bitte, lasst sie alle im Kapitelsaal antreten.«
Anselm vergrub resignierend sein Gesicht in seinen Händen. »Oh Gott, oh Gott«, murmelte er. »Was ist bloß aus Schwarzenbroich geworden?«
Mathäus legte eine Hand auf seine Schulter. »Ich weiß, wie Euch zumute ist. Aber ich verspreche Euch, das Rätsel zu lösen, Pater. Doch nun lasst uns zuerst in den Krankensaal gehen. Wir wollen sehen, wie es Bruder Walraf geht.«

Bruder Walraf schlief. Auch Bruder Edmond hatte sogleich an eine Pilzvergiftung gedacht und dem Cellarius zunächst ein Brechmittel und dann einen Schlaftrunk verordnet. Engelbert und Notker standen ebenfalls wachend neben seinem Bett und beobachteten die Atmung ihres Mitbruders, deren tiefe Regelmäßigkeit ihnen aber anzeigte, dass es dem Kranken nun besser ging. Der Prior informierte sie mit zittriger Stimme über Theodors Tod, was eine weitere tiefe Bestürzung auslöste. Die Mönche sprachen ein gemeinsames Gebet; der alte Edmond kämpfte sichtlich mit den Tränen. Eine greifbare Verzweiflung war spürbar, und Mathäus machte sich im Stillen klar, dass auch der Mörder in diesen schweren Stunden Betroffenheit heucheln würde.
Anschließend führte der Prior ihn in den Kapitelsaal, wo sich gemäß seiner Anordnung inzwischen alle Laienbrüder versammelt hatten. Mathäus zählte ihrer sieben. Sie

wirkten erschöpft und verzweifelt. Manche waren lediglich mit ihrem Schlafgewand bekleidet. In ihren Gesichtern vermischten sich Ruß und Schweiß zu einem schmierigen Schwarz; ihre verzweifelten Löschversuche hatten sie längst aufgegeben. Ein alter Stallknecht hustete unaufhörlich.

Mathäus bat den Prior, die Männer mit Wein zu versorgen. Anselm ging selbst, um ihn zu holen. Schließlich begann der Dorfherr mit seiner Befragung.

»Dass es nur einen von uns erwischt hat, grenzt an ein Wunder«, erklärte ein fuchsgesichtiger junger Mann namens Ludger, der sich zum Wortführer der Schar erhob. Mathäus erkannte in ihm den Knecht, der am Tag zuvor sein Pferd in Empfang genommen hatte. Er nickte dem Burschen aufmunternd zu.

»Ich wurde durch das Maunzen einer Katze wach, die das Feuer wohl witterte. Als ich merkte, was im Gange war, weckte ich sogleich die anderen.« Er schüttete gierig einen Becher Wein herunter. »Leider«, sprach er leise, »hat Iring es nicht mehr rechtzeitig geschafft.«

Mathäus nickte und stellte weitere Fragen. Die Männer bezweifelten, dass der Brand durch eine Unachtsamkeit entstanden sein könnte.

»Kommen wir nun zu Odo«, fuhr Mathäus fort. »Odo kam ja ebenfalls in der vergangenen Woche bei einem Brand ums Leben. Was war er für ein Mensch?«

Erst nach mehrfachem Nachhaken erfuhr er das, was Norbert und Anselm bereits angedeutet hatten. Die Laienbrüder wichen seinem Blick verschämt aus, so dass er darauf verzichtete, nach potenziellen Geliebten des Toten zu forschen. Dies fiel dem Dorfherrn allerdings nicht schwer, denn er wusste, dass die Kirche solche Menschen mit schwersten Strafen belegte, die nach seinem Empfinden maßlos überzogen waren. Er bezweifelte, dass Gott das Tun zweier Menschen verdammen konnte, die keinem anderen damit schadeten. Er wusste aber auch, dass man solche Gedanken am besten für sich behielt.

Mathäus überlegte. Vielleicht hatten ja Bruder Theodor und Odo tatsächlich ein Verhältnis gehabt! Und nun waren beide tot. Dies jedoch konnte schwerlich die Lösung des Rätsels sein.

»Habt Ihr noch weitere Fragen, Herr Mathäus?«, wollte der Prior wissen, der mit bleichem Gesicht neben ihm saß.

»Ja! War Odo ein Trinker?«

Ein allgemeines müdes Grienen war die Antwort.

»Odo ein Trinker?«, lachte Ludger. »Er hat nie auch nur einen Tropfen angerührt. Allein der Anblick eines Bechers voller Wein hätte ihn besoffen gemacht.«

»Könnt Ihr Euch dann erklären, wieso ihm dieses Unglück widerfuhr?«

Niemand wusste eine Antwort. Aus den Augenwinkeln nahm der Dorfherr wahr, wie der Prior nervös mit seinen Fingern fuchtelte.

»Noch eine Sache!«

Alle sahen ihn an.

»Wer von euch ist Ekkehard?«

Die Blicke richteten sich auf ein altes, dürres Männlein, in dessen Mund große schwarze Zahnlücken klafften. Seine Augen blitzten wie die eines gehetzten Tieres.

»Ich!«, antwortete er ängstlich.

»Ihr seid für die Küche zuständig, Ekkehard?«

»Ja.«
»Und Ihr habt auch die Pilze für das gestrige Abendmahl gesammelt?«
Der Alte schrak zusammen. »Ja«, sagte er zögerlich.
»Wer hat Euch dabei geholfen?«
Die Laienbrüder wechselten verwirrte Blicke.
»N-niemand. Ich war alleine im Wald.«
Mathäus machte eine besänftigende Geste, um dem Alten die Angst zu nehmen. »Und Ihr habt das Pilzgericht selbst zubereitet?«
»Ja.«
»Niemand, der in die Küche kam, um Euch dabei zu helfen?«
»N-nein, n-niemand. Aber w-warum?«
Mathäus sah in die Runde. »Wer hat gestern Abend von euch Pilze gegessen?«
Die meisten hoben eine Hand.
»Und es geht euch allen gut?«
Die Männer nickten schulterzuckend.
»Ich weiß, w-welche Pilze gut sind«, wimmerte Ekkehard verzweifelt, »Ihr könnt mich nicht …«
»Ekkehard!« Der Dorfherr schüttelte den Kopf. »Niemand will Euch etwas Böses. Und von Euren Kochkünsten bin ich überzeugt.« Er lehnte sich stirnrunzelnd zurück und sah die Männer der Reihe nach an. »Ich möchte, dass ihr Schwarzenbroich für ein paar Tage verlasst. Alle!«
Ein allgemeines Murren wurde laut.
»Warum?«, fragte Ludger unwillig.
»Zu eurer eigenen Sicherheit. Ich werde ein Schreiben für den Kastellan der Meroder Burg aufsetzen. Bei ihm mel-

det euch. Nach Tagesanbruch möchte ich keinen mehr von euch hier sehen.«
»Ihr wollt sie alle fortschicken?«, flüsterte der Prior ungläubig.
»Ja, Pater.«
»Auch Ekkehard?«
Mathäus lächelte schwach. »Auch Ekkehard. Oder glaubt Ihr, dass dieser alte Mann ein Mörder ist?«
Der Prior verneinte. Er vergrub sein verzweifeltes Gesicht. Wie sollte das Klosterleben bloß weitergehen ohne die Mithilfe der Laienbrüder?
»Es muss sein, Pater«, erklärte Mathäus. »Ich bin sicher, dass der Mörder ein paar potenzielle Informanten ausschalten wollte. Wer sagt uns, dass er es nicht wieder probieren wird? Die Männer müssen in Sicherheit gebracht werden.« Er wandte sich an die immer noch murrenden Laienbrüder. »Geht und packt eure Sachen zusammen.«
»Welche Sachen?«, fragte Ludger hämisch. »Alles, was wir besaßen, ist verbrannt.«
»Wendet euch an Bruder Engelbert und Bruder Notker«, befahl Anselm aus seiner Lethargie heraus, »sie werden euch geben, was ihr braucht. Und jetzt geht!«
Murmelnd erhoben sich die Männer. Erst jetzt sah Mathäus, dass Ludger ein Bein nachzog. »Habt Ihr Euch beim Brand verletzt?«, wollte er wissen.
»Nicht beim Brand«, erwiderte Ludger zähneknirschend, »Euer verfluchter Gaul hat mir in den Hintern gebissen!«
Ohne einen Blick zurück verließ er – seine Gefährten im Gefolge – den Kapitelsaal.
»Dieses verdammte Pferd. Kann es einfach nicht lassen«, murmelte der Dorfherr vor sich hin.

»Wie?«
»Nichts, Pater. Wir sollten uns jetzt noch ein wenig ausruhen. Die Nacht war anstrengend genug.«
Anselm schüttelte den Kopf. »Bald schon ist es Zeit für die Prim«, erklärte er. »Was bleibt uns sonst noch zu tun, außer zu beten?« Sein waidwunder Blick heftete sich auf Mathäus. »Bitte«, wisperte er flehentlich, »macht diesem Alptraum bald ein Ende.«
Mathäus ergriff verständnisvoll seine Hand. »Ich verspreche es Euch! Beim heiligen Matthias, dem Schutzpatron Eures Klosters, ich werde den Mörder entlarven! Und jetzt entschuldigt mich. Ich muss noch ein Schreiben an den Meroder Kastellan verfassen.« Er stand auf und verließ den Saal mit großen Schritten.
Draußen sog er die kühle Nachtluft in sich auf. Weiter hinten brannte die Baracke der Laienbrüder noch immer, doch das Wüten des Feuers hatte längst nachgelassen. Bald würde nur noch ein glühender Haufen Asche von dieser tragischen Nacht zeugen. Zwei Brände und vier Tote innerhalb weniger Tage, dazu eine Reihe beängstigender Fragen. Mathäus musste an die Worte des Priors denken: Die Boten des Teufels sind unterwegs! Gedankenverloren machte er sich auf den Weg ins Gästehaus. Er war sicher, dass der Mörder und Brandstifter am gestrigen Abend im Kapitelsaal gesessen hatte, als er von seiner Absicht, die Laienbrüder zu befragen, berichtete. Oder – hatte vielleicht jemand im Verborgenen gelauscht? Aber wer? Die Anzahl der Männer auf Schwarzenbroich hielt sich in überschaubaren Grenzen. War es wirklich richtig, alle Laienbrüder von hier fortzuschicken? So oder so, redete sich Mathäus ein, würde die Wahrheit bald ans Tageslicht kommen.

Er betrat sein Zimmer und entzündete eine Öllampe. Erschöpft setzte er sich auf sein Bett und betrachtete seinen schmerzenden Unterarm, auf dem sich ein feuerroter Fleck abzeichnete. Die oberen Hautschichten begannen sich unter der Spannung der Wunde bereits zu lösen. Sein Blick fiel auf den Krug mit dem Wein, den der Novize ihm gestern Abend zusammen mit dem Abendmahl serviert hatte. Mathäus beschloss, die Kühle des Kruges auszunutzen, ihn auf die glühende Wunde seines Armes zu pressen. Mühsam erhob er sich und verharrte im Schritt, als er die gesamte Oberfläche des Tischchens überblicken konnte.

Sein Herz setzte einen Schlag lang aus. Aus tausend Poren seines Körpers presste sich kalter Schweiß. Wie ohnmächtig ließ er sich wieder auf sein Bett sinken. Erst jetzt wurde ihm mit der Härte eines Hammerschlages bewusst, in welcher Gefahr er selbst schwebte. Nochmals sah er ungläubig zum Tisch hinüber: Vor der Schale mit den Pilzen, die immer noch unberührt dort stand, lag der Kadaver einer toten Maus!

War das ein Zufall? War die Vergiftung des Essens versehentlich oder absichtlich geschehen? Warum hatte es ausgerechnet Bruder Theodor erwischt? Gab es irgendeinen Zusammenhang zu seiner sexuellen Neigung?

Aber auch Bruder Walraf hatte offensichtlich Gift in seinem Essen gehabt. Und nun auch er, Mathäus. Wollte ihn jemand aus dem Weg räumen? Oder war die Sache mit den Pilzen am Ende doch nur ein tragisches Versehen? Ein Versehen, das mit all den anderen abstrusen Vorgängen auf Schwarzenbroich nicht das Geringste zu tun hatte und ihn nur zu fruchtlosen Gedankenspielen verleitete?

Draußen erklang die helle Glocke der Klosterkirche, die die Mönche zur Laudes rief. Wahrscheinlich war es Anselm selbst, der sie betätigte.
Auch Mathäus beschloss, ein paar Gebete zu sprechen, bevor er sich ganz der Lösung der Rätsel widmen würde. Und er begann sich zu fragen, ob er dem Prior nicht zu viel versprochen hatte.

11

Richmond Dreyling lag bereits seit Stunden wach, als das erste Tageslicht durch das Fenster fiel. Sein Zorn hatte sich ein wenig gelegt. Gestern wäre er am liebsten wieder abgereist, weil sein Sohn bis zum Abend immer noch nicht aufgetaucht war. Eine ganze Stunde lang war er unschlüssig durch die Stube geschlurft, schwankend zwischen Wut und Nachsicht, manchmal fluchend, manchmal lamentierend. Schließlich hatte er sich seufzend aufs Bett geworfen und eingesehen, dass er es sich später nicht verzeihen würde, wenn er sang- und klanglos abreiste. Mathäus schien seine Pflichten sehr genau zu nehmen. Und darin war er ihm, dem Vater, ähnlich.

Dreyling zog die Stirn kraus. Seine Gedanken verirrten sich einmal mehr in die Vergangenheit. Wie oft schon hatten Frau und Kind auf ihn warten müssen, weil er mit irgendwelchen Kunden und Lieferanten zugange war. Und manchmal – er kam nicht umhin, dies einzugestehen – war seine Rückkehr alles andere als harmonisch verlaufen. Von Weindünsten umweht hatte er den Unwillen seiner Gattin erweckt, die den kleinen Mathäus dann sogleich ins Bett schickte, um ihm den Anblick des angetrunkenen Vaters zu ersparen. Aber was hätte er denn machen sollen? Als stadtbekannter Weinhändler hatte man schließlich auch seine Verpflichtungen, und dass er von seinen Kunden oft zu einem Umtrunk geladen wurde, gehörte nun einmal zu den Gepflogenheiten des Geschäfts.

Andererseits konnten auch die Lieferanten, die meist sehr weite Wege zurückgelegt hatten, nicht allein mit den üblichen Formalitäten abgefertigt werden.
Am Ende hatte Helene, seine Frau, dann doch stets Verständnis für sein Dilemma gehabt, hatte den Benebelten ins Bett komplimentiert und ihn mit zärtlichen Liebkosungen in den Schlaf geschickt. Mit solcherlei Gedanken war Dreyling auch gestern Abend eingeschlafen.
Nun lag er seit Stunden wach und schwamm wieder in einem Meer der Erinnerungen. Was würde er bloß darum geben, wenn seine Helene jetzt neben ihm läge, die strenge, aber herzensgute Helene. Was würde er für einen ihrer scherzhaften Tadel geben, was für eine Berührung ihrer samtweichen Hand. Aber Helene war tot! Bei Gott, sie war tot, und keine Macht der Erde konnte sie wieder zum Leben erwecken. Ein Wiedersehen würde es erst im Himmel geben. Und Dreyling ertappte sich bei dem Gedanken, dass der Tod ihm ein willkommener Gast sein würde.
Mit einem matten Stöhnen hievte er sich auf den Bettrand. Erst jetzt merkte er, wie kalt es war. Er hatte darauf verzichtet, den Fensterladen zu schließen, und die Kühle des herbstlichen Morgens kroch durch die bescheidene Stube des Dorfherrn. Draußen plätscherte ein Regenschauer. Nebenan krähten zwei alte Hähne um die Wette.
Dreyling erhob sich träge und verhing mit einem müden Fluch das Fenster. Dann entzündete er ein Holzkohlebecken, um sich etwas aufzuwärmen. In der kleinen Speisekammer fand er etwas Essbares; hungrig löffelte er den Hirsebrei in sich hinein, bis plötzlich jemand heftig gegen die Haustür pochte.

»Der verlorene Sohn«, brummte Dreyling und spürte, wie sein Herz hüpfte. Doch er war nicht willens, seinem Filius irgendeine Art von Wiedersehensfreude zu zeigen. Deshalb schlurfte er betont langsam zur Tür, den Mund noch voller Brei, schob den Riegel beiseite und öffnete. Ein Schwall Worte, der fast schon wie Materie greifbar war, ließ ihn jäh zurückfahren.

»Das glaubt einem kein Mensch«, blökte die Bäuerin Kunigunde, »das muss man sich einmal vorstellen: Will zum Brotbacken ins Backhaus gehen und kippe fast aus den Latschen, als ich sehe, wie es dort aussieht. Ein Schweinestall ist ein Fürstengemach dagegen.« Sie holte tief Luft für eine weitere Tirade, hielt jedoch inne, als sie endlich merkte, dass es gar nicht der Dorfherr war, der sie da mit großen Augen anstarrte. Der Mann vor ihr besaß zwar ähnliche Gesichtszüge, war aber wesentlich älter. Außerdem hätte Herr Mathäus ihr wohl niemals im Schlafgewand die Tür geöffnet.

»Wer seid Ihr denn?«, blaffte sie.

»Wer, ich? Ich bin …«

»Wo ist der Dorfherr?«

»Der wurde leider …«

»Könnt Ihr Euch das vorstellen? Schweinescheiße mitten in der Backstube. Von den anderen Schweinereien gar nicht zu sprechen.«

Dreyling schluckte. »Wie?«

»Wahrscheinlich hatte Frieda, diese alte Zicke, wieder ihre Lieblingssau dabei. Aber darüber könnte man ja noch hinwegsehen.« Das ohnehin rosige Gesicht der Bäuerin wurde immer röter. Eine fleischige Faust tanzte vor Dreylings Gesicht, der schreckhaft zusammenzuckte. »Tatsache ist«, fuhr sie erboster denn je fort, »dass die Unterdörfler in der vergangenen Woche das Backhaus benutzt haben. Also waren sie auch für dessen Reinigung verantwortlich.«

»Unterdörfler?«

»Natürlich, die Unterdörfler, Herrgott. Und in dieser Woche sind wir Oberdörfler an der Reihe. Aber den Mist der anderen wegschaufeln? Pah, den Teufel werden wir tun. Nein, nein, das haben die sich wohl so gedacht. Wo sind wir denn hier?«

»Liebe Frau – äh ...«

»Da kann ja gleich jeder machen, was er will. Wozu gibt es denn eigentlich den Dorfherrn? Herr Mathäus soll denen da unten gefälligst Beine machen. Sonst schmeiß ich eine ordentliche Ladung Schweinemist in den Bach, wenn die ihren Waschtag haben, verlasst Euch darauf.«

Dreyling schluckte erneut. »Gut, ich werde es dem – äh – Dorfherrn ausrichten, sobald er wieder hier eintrifft.« Bevor die andere wieder anfangen konnte zu schnattern, warf er mit einer abrupten Bewegung die Tür ins Schloss. Schreckensbleich stemmte er seinen Rücken dagegen und schüttelte ungläubig den Kopf.

»Die spinnen«, stammelte er. Erst als er sicher war, dass die Bäuerin das Weite gesucht hatte, begab er sich wieder zum Tisch, wo er sich pustend auf seinen Schemel sinken ließ. »Unterdörfler, Oberdörfler«, murmelte er, »als ob das einen Unterschied macht.« Er warf einen flehenden Blick nach oben. »Oh Gott, wo bin ich hier gelandet? Und warum lässt Du meinen Sohn in diesem Nest versauern?« Mit einem Male verspürte er einen brennenden Durst. »Wollen mal sehen, ob es hier wenigstens eine Schenke gibt«, knurrte er.

Er machte sich ein wenig frisch, kleidete sich an und verließ das Haus.
Der herbstliche Regen der letzten Tage hatte die Dorfstraße in einen braunen Morast verwandelt. Fluchend stapfte Dreyling voran und schaute sich um.
»He!«, rief er einem Knecht zu, der einen Eimer Unrat in den Bach kippte. »He, du! Gibt es an diesem gottverlassenen Ort auch eine Schenke oder so etwas?«
Der Knecht streckte seinen Arm. »Gleich dort vorne, Herr.«
Dreyling starrte auf das windschiefe Fachwerkgebäude, das sich nur ein paar Meter weiter zu seiner Linken erhob. Es war flankiert von zwei kleinen Bauernhäusern, die ebenfalls nicht gerade den Eindruck erweckten, als ob sie den nächsten Sturm unbeschadet überstehen könnten. »Carolus Magnus« las er auf einem hölzernen Schild über dem Eingang der Schenke.
»Das soll eine Schenke sein?«, fragte er sich selbst. Er zuckte hilflos seine Schultern. »Wohlan denn, was soll's.«
Als er in die Wirtsstube trat, offenbarte sich ihm eine gähnende Stille. Niemand war anwesend, nicht einmal der Wirt. Die Stube war abgedunkelt; trotzdem konnte Dreyling erkennen, dass alles säuberlich aufgeräumt war. Die Schemel verharrten unter den Tischen, auf einem Regal hinter dem Schanktisch standen – penibel der Größe nach sortiert – Dutzende gespülter Becher.
»Ist hier einer gestorben?«, brüllte er durch den Raum. Er klatschte mehrmals in die Hände und ließ sich an einem der Tische nieder. »Also, was ist?«, rief er. »Ist das hier eine Schenke oder ein Leichenhaus?«
Nach einigen Augenblicken hörte er hinter der Holzver-

täfelung des Schanktisches schwerfällige Schritte. Durch eine Tür stolperte ein kleines kahlköpfiges Männlein mit einem dicken Wanst in die Stube. Mit verschlafenen Augen blinzelte es in das Dunkel.
»Hallo? Wer da?«
»Wer da«, dröhnte Dreyling, »ein Gast natürlich.«
Das Männlein trat näher. Neugierig betrachtete es den Fremden mit dem vornehmen Gewand und den vor Schmutz triefenden Stiefeln. Dann breitete es beflissen seine Arme aus. »Willkommen, Fremder. Willkommen im ›Carolus Magnus‹, in dem – wie der Name ja schon sagt – bereits der große Karl zu Gast war.«
Dreyling blickte sich um. »Das glaubt Ihr ja selbst nicht.«
Der kleine Dicke überhörte seine Bemerkung. »Ich bin Leo, der Wirt«, stellte er sich mit seidiger Stimme vor. »Verzeiht, dass Ihr warten musstet. Aber es ist selten, dass mich zu so früher Stunde Gäste aufsuchen.« Er beugte sich vor, kniff ein Auge zu. »Ihr müsst wissen, dass die meisten meiner Gäste Bauern sind. »
»Wirklich? Das hätte ich kaum für möglich gehalten.«
»Und Bauern haben zu dieser Tageszeit leider Gottes anderes zu tun, als mein herrliches Bier zu kosten, das ich im Auftrag der Herren von Merode zu brauen pflege. Trink Leos Bier und es geht besser dir.« Er lachte hell auf über seinen gelungenen Reim. »Darf ich Euch einen Becher davon bringen, edler Herr?«
Dreyling winkte ab. »Bringt mir einen Becher Wein, aber von Eurem besten Roten.«
»Aber mein Bier ist in der ganzen Herrschaft wohlbekannt«, erwiderte Leo fast ein wenig beleidigt.

»So? Und der Blinde ist König unter den Einäugigen. Gibt's nun Wein hier oder nicht?«
Leo lächelte gequält und watschelte zu seinem Schanktisch, wohl wissend, dass es nicht die Qualität seines Weines war, der das »Carolus Magnus« bei den Bauern so beliebt machte. Mit einem tönernen Krug und einem Becher kehrte er zu Dreylings Tisch zurück.
»Ihr seid auf der Durchreise?«, fragte er, während er den Becher seines Gastes füllte.
»Nein, ich besuche meinen Sohn. Mein Name ist Dreyling.«
»Dreyling?« Leo spitzte grübelnd den Mund. »Dreyling?«
»Ich bin der Vater Eures – na, wie sagt man? – Dorfherrn.«
Der Wirt hob überrascht die Augenbrauen, so dass seine Glatze Runzeln warf. »Des Herrn Mathäus?«
»Nein, des Herrn Dreyling.« Er griff nach seinem Weinbecher und schaukelte ihn prüfend, während Leo, der händereibend neben ihm stehen blieb, um Gesprächsstoff bemüht war.
»Vor ein paar Tagen hättet Ihr hier sein sollen, Herr Dreyling«, plapperte er mit seiner hellen Stimme, »ein durchreisender Spielmann sang drei Abende hintereinander vom Lied der Nibelungen. Die halbe Herrschaft saß hier versammelt.« Er hielt inne; scheinbar wartete er nun auf eine Erwiderung seines Gastes. Doch Dreyling war immer noch stumm mit der Prüfung des Weines beschäftigt.
»Mord und Totschlag, sag ich Euch«, fuhr Leo also fort, »da rollten die Köpfe wie anderswo die Kürbisse. Und

wisst Ihr auch, was man alles mit einer Tarnkappe machen kann?«

Dreyling nippte an seinem Becher.

»Eine Tarnkappe ist nicht nur hilfreich, wenn man ein paar lästige Zeitgenossen loswerden möchte.« Der Wirt verfiel in einen schelmischen Flüsterton. »Eine Tarnkappe kann einem auch die Frau seines Herzens bescheren, ohne dass die Liebste dich sieht. Wenn Ihr wisst, was ich meine.«

»Woher habt ihr den?«

»Wen?«

»Den Wein.«

Leos Grinsen wurde schmäler. »Den Wein? Ein Händler aus Düren liefert ihn mir.«

»Er schmeckt nicht.«

»Er … schmeckt nicht? Das ist Rheinwein.«

»Rheinwein, pah! Er schmeckt nach Jauche. Er schmeckt genauso, wie es in diesem Nest riecht. Wer liefert Euch solche Brühe?«

»Vielleicht solltet Ihr doch lieber mein Carolus-Bräu probieren, edler Herr. Natürlich auf Kosten des Hauses.«

»Ach, hört auf.« Dreyling fischte eine Münze aus seinem Gewand hervor, ließ sie auf den Tisch fallen und erhob sich grimmig. »Wahrscheinlich ist Carolus nur gestorben, weil er Euer Bräu probierte.« Mit großen Schritten verließ er die Gaststube und würdigte Leo keines Blickes mehr.

Ein paar leise Flüche murmelnd, dass man in diesem gottverlassenen Nest nicht einmal einen gepflegten Wein trinken könne, stampfte er zurück zum Haus des Dorfherrn. Er ignorierte die beiden kichernden Mägde, die ihm unterwegs begegneten, und stieß einen neuerlichen Fluch aus, als er feststellte, dass sein Sohn noch immer nicht daheim war. Daraufhin ging er in den Stall und sattelte seine Mähre. Schon bald erschien er wie ein rächender Reiter auf der schlammigen Dorfstraße.

»Jetzt wollen wir mal sehen, wo dieses Weibsbild wohnt, das meinem Sohn den Kopf verdreht, Lilli«, erklärte er seinem Pferd. Er winkte einen Bengel zu sich heran, der am Bach mit zwei Kumpanen ein paar Fröschen die Schenkel langzog. »Sag, Junge: Gibt's hier in der Nähe ein Nest namens Schlich?«

»Ja, Herr.« Der Junge deutete die Straße hinab. »Reitet hinter dem letzten Bauernhaus nach rechts, auf den Strangsweg. Der führt Euch direkt dorthin.«

Dreyling schnippte ihm eine Münze hinüber und trieb sein träges Pferd mit einem unsanften Druck seiner Schenkel voran. Der Strangsweg entpuppte sich als besserer Trampelpfad, der über wilde Wiesen führte. Hinter einem Wäldchen voller Sträucher wurden aber schon bald die Dächer der benachbarten Ortschaft sichtbar.

Die Schlicher Dorfstraße war in einem ähnlich bedauernswerten Zustand wie die in Merode. Dreyling gab es schnell auf, sein Pferd um die braunen Pfützen herumzulenken. Aus einem Stall, in dem offenbar eine Sau geschlachtet wurde, erklang ein erbärmliches Quieken. Ein Lausbub kam herausgeeilt und schwenkte grinsend einen Ringelschwanz. Ein junger Knecht, der ihm folgte, um ihm in den Hintern zu treten, stoppte seinen Lauf abrupt; fast wäre er in Dreylings schnaubende Mähre hineingelaufen. Der Bursche, der scheinbar in dem Glauben war, einen Beamten der Meroder Herren vor sich zu haben, deutete eine schüchterne Verbeugung an.

»He, du!« Dreyling machte eine verschwörerische Geste. »Kennst du ein Mädchen namens Jutta?«
Der Bursche lächelte fast wehmütig. »Wer kennt die nicht?«
Dreylings Augen wurden schmal. »Was soll das heißen?«, fragte er lauernd.
»Nichts. Nur, dass Jutta leider schon vergeben ist. Wisst Ihr das nicht? Seid Ihr nicht von der Burg? Sie ist die Geliebte des Meroder Dorfherrn.«
»Danach habe ich dich nicht gefragt!« Dreylings Stimme lag wie ein Donner in der Luft. Der Getadelte senkte schuldbewusst den Kopf.
»Wo wohnt sie, Kerl?«
»Dort hinten, Herr. Das weiß verputzte Haus mit dem steilen Spitzdach.«
Dreylings Blick folgte dem Fingerzeig des Burschen. Dann nickte er ihm verzeihend zu und lenkte sein Pferd vor das Gehöft. Hier stieg er ab. Das Pferd bekam den strengen Befehl, sich nicht von der Stelle zu rühren. Dann trat Dreyling durch ein Gatter in den Hof. Vor einer Scheune war ein knorriger, aber zäher Mann damit beschäftigt, Holz zu hacken. Er stützte sich auf seine Axt, als er den Fremden bemerkte. Auf seiner Stirn perlte der Schweiß. »Kann ich Euch helfen?«, rief er.
Dreyling schaute sich erst einmal gründlich um. Dann ging er gemächlichen Schrittes auf den Holzhacker zu. Mit einem stummen Nicken begrüßten sich die Männer.
»Ist Jutta Eure Tochter?«, begann Dreyling.
In den Augen des anderen blitzte es auf. »In der Tat, das ist sie. Mein Name ist Johann. Und wer, bitte schön, seid Ihr?«

»Das ist Richmond Dreyling!«
Die beiden Männer schauten sich um. Jutta stand vor einem Hühnerstall, in ihren Händen ein Korb voller Eier. Ein Windhauch blies ihr eine schwarze Haarsträhne ins Gesicht. Ihre Mundwinkel zuckten in einer Unentschlossenheit, die sowohl Höflichkeit als auch Wachsamkeit offenbarte. »Das ist Richmond Dreyling!«, wiederholte sie. »Mathäus' Vater!«
Dreyling starrte sie an, als wäre sie die Heilige Jungfrau in Person. Wieder schoss ihm der Gedanke durch den Kopf, dass es ein ironischer Scherz des Schöpfers sein könnte, solche Schönheiten am Arsch der Welt gedeihen zu lassen.
Johanns Stimme beendete seine Gedankenspiele. »Freut mich, Euch kennen zu lernen, Herr Dreyling. Bitte, folgt mir in die Stube und seid unser Gast.«
Er führte ihn hinein, und Jutta folgte ihnen. Drinnen stellte er ihm Heilwig, seine Gattin, vor, die am Herd stand und in einem großen Topf rührte. Heilwig begrüßte ihn mit warmer Herzlichkeit und forderte ihn auf, am Tisch Platz zu nehmen.
»Das mit Eurer Frau tut uns Leid«, sagte sie ernst, was Dreyling wissen ließ, dass Jutta den Eltern ihre Begegnung nicht verschwiegen hatte. Aber was hatte sie bloß über ihn erzählt? Dass er ein bärbeißiger Kerl war? Das würde ihm seine Mission sicherlich erleichtern. Heilwigs herzerfrischende Freundlichkeit indes sprach eindeutig dagegen.
»Wollt Ihr etwas trinken? Milch? Oder etwas Wein?«
»Keinen Wein! Ein wenig Milch bitte«, erwiderte Dreyling schnell.

Bald saßen alle um den Holztisch versammelt, auch die kleine Maria, die dem Ankömmling in jedem unbeobachteten Moment die Zunge präsentierte.
»Ihr habt einen prächtigen Sohn, Herr Dreyling«, schwärmte Heilwig und sah den Gast mit leuchtenden Augen an.
Dreyling lächelte matt. »Seht Ihr das auch so, Johann?«
Der Bauer trank an seiner Milch, fuhr mit dem Hemdsärmel über seinen Mund und sah dem anderen dann offen ins Gesicht. »Ich mache keinen Hehl daraus, dass ich am liebsten einen Bauern zum Schwiegersohn hätte. Einen jungen kräftigen Mann, der eines Tages meinen Hof übernimmt, der sonst in fremde Hände fällt. Diesen Hof übernahm ich einst von meinem Vater, und an diesem Hof hängt mein ganzes bisheriges Leben. Und keiner meiner Söhne hat das frühe Kindesalter überlebt.«
Dreyling horchte auf. Ob ihm in diesem Mann ein Mitstreiter gegenübersaß? Lauernd beugte er sich vor. Doch schon die nächsten Worte, die Johann sprach, zerstörten seine Strategie, die er in Windeseile ersonnen hatte.
»Es ist aber nun einmal so, dass meine Tochter Gefallen an einem Mann gefunden hat, der noch nie in seinem Leben einen Dreschflegel geschwungen hat. Und dieser Mann ist Euer Sohn Mathäus.« Mit dem Ansatz eines Lächelns starrte er in seinen Becher. »Ich mag Euren Sohn sehr, Herr Dreyling. Aber vor allem schätze ich ihn. Ich gestehe, so sehr wie ihn schätze ich nicht viele andere Menschen. Und ich schätze den Willen meiner Tochter.«
Er warf Jutta einen zärtlichen Blick zu, der sich allmählich in einen nachdenklichen verwandelte. »Und wer weiß schon, was der Herrgott mit ihr vorhat.«

Heilwig machte eine unwirsche Geste. Doch ihr Gesicht strahlte unverdrossen. »Findet Ihr nicht, dass Jutta und Mathäus ein wunderbares Paar abgäben, Herr Dreyling?«

Dreyling zwang sich zu einem Lächeln. »Vielleicht.« Sein Blick blieb auf Maria haften. »Was hat es eigentlich mit der Kleinen auf sich?«, fragte er, um einen beiläufigen Ton bemüht.

Heilwig erklärte ihm in blumigen Worten, wie man das Mädchen im vergangenen Sommer aus den Fängen eines Menschenhändlers befreit hatte. Maria nickte nach jedem Satz wie zur Bestätigung und ließ ihre Zunge diesmal drinnen.

Dreyling spürte, wie eine eiserne Faust nach seinem Herzen griff. Er war hierher gekommen, um auf den Putz zu hauen, um deutliche Fronten abzustecken, klare Tatsachen zu schaffen. Er war der festen Überzeugung gewesen, dass man Mathäus zu seinem Glück zwingen musste. Und dieses Glück konnte er unmöglich in einem vertrottelten Dorf finden, mit einem Bauernmädchen an seiner Seite. Doch nun sah er seine Pläne wie in einem reißenden Strom davonschwimmen. Die Leute, denen er gegenübersaß, waren die freundlichsten, die herzlichsten, die ehrlichsten, die er seit langer Zeit getroffen hatte. Und eine bezauberndere Frau wie Jutta würde Mathäus schwerlich finden, selbst wenn er die halbe Welt durchwanderte.

Er unterdrückte einen Seufzer und erhob sich von seinem Schemel. »Bitte entschuldigt mich jetzt«, sagte er mit vorgetäuschtem Frohsinn, »ich werde mich nun wieder auf den Weg machen.«

»Was, Ihr wollt schon weg?«, protestierte Heilwig.

»Ja. Danke für die Milch.«
Man begleitete ihn nach draußen. Die Bäuerin beschwor ihn, sie bald wieder zu besuchen, was er mit ein paar unverbindlichen Worten beantwortete. Er schwang sich auf seine alte Mähre und ritt mit einem stummen Gruß davon.
Unterwegs befiel ihn ein zerfressendes Gefühl der Wut. Diese Wut richtete sich vor allem gegen sich selbst. Sein Weltbild war durch einen belanglosen Besuch bei ein paar einfachen Bauersleuten ins Wanken geraten. Über den gottverlassenen Dörfern der so genannten Herrschaft schien ein Fluch zu liegen. Kein Wunder, dass auch sein Sohn diesem erlegen war. Alles war so verzwickt. Wie war das alles bloß wieder ins Lot zu bringen?
Richmond Dreyling konnte nicht ahnen, dass in der Zwischenzeit in der Kapelle von Burg Merode etwas geschehen war, das ihm das Wiedersehen mit seinem verfluchten Sohn noch an diesem Vormittag ermöglichen sollte.

12

Mathäus stapfte seit zwei Stunden grübelnd durch seine Kammer, als Reiner, der Novize, an die Tür pochte.

»Der Prior schickt mich, Herr.« In seinen Händen trug er ein Tablett mit einem kleinen Laib Brot und etwas Milch.

Mathäus deutete auf den Tisch. »Danke. Stell's nur dorthin.« Die Schüssel mit den Pilzen hatte er inzwischen verschwinden lassen.

»Und sag dem Prior, dass ich Bruder Walraf im Krankensaal einen Besuch abstatten möchte.«

Reiner zupfte an seiner Nase. »Bruder Walraf ist nicht mehr der einzige Patient, Herr«, erklärte er zögerlich.

»Was soll das heißen?«

»Bruder Notker und Karsil bekamen ebenfalls plötzlich heftige Leibschmerzen. Bruder Edmond flößte ihnen schnellstens ein Brechmittel ein, und nun leisten sie Bruder Walraf im Krankensaal Gesellschaft.«

Mathäus machte ein resignierendes Geräusch und murmelte einen Fluch. »Sei's drum. Dann werde ich sie alle drei besuchen.«

Reiner deutete eine Verbeugung an und wollte sich entfernen.

»Warte, Reiner.«

Der Novize sah fragend über die Schulter.

»Hattest du keine Leibschmerzen?«

»Nein, Herr.«

»Und die anderen? Der Pater Prior, Bruder Engelbert und Bruder Edmond?«
»Sie scheinen alle verschont worden zu sein.«
Mathäus nickte. Mit einer Handbewegung entließ er den Novizen. Sein Blick fiel auf das Frühstück, das der angehende Ordensbruder ihm gebracht hatte. Nein, er würde nichts davon anrühren, obwohl sein Magen knurrte wie ein wütender Köter. Er verschränkte die Hände hinter seinem Rücken und schritt zum Fenster, betrachtete nachdenklich die Regentropfen, die an der Fensterscheibe herunterrannen. Eine Weile verharrte er so. Als die Brandwunde an seinem Unterarm wieder zu pochen begann, atmete er tief durch und verließ entschlossen seine Kammer.

Der saure Geruch von Erbrochenem kroch unerquicklich in seine Nase, als er den Krankensaal betrat. Die drei Patienten lagen in ihren Betten, nebeneinander aufgereiht vor einer weiß verkalkten Wand, an der ein mächtiges Holzkreuz hing. Sie schienen in einen sanften Schlummer versunken, doch ihre Gesichter waren bleich und wirkten ausgezehrt. Auf einem Stuhl etwas abseits davon saß der alte Edmond, den ebenfalls der Schlaf heimgesucht hatte. Er hatte die Hände in die Ärmel seiner Kutte geschoben, während sein Kopf wie leblos nach vorne hing und eine von einem weißen Haarring umrandete Tonsur offenbarte. Wahrscheinlich hatte der Gärtner den Rest der unheilvollen Nacht neben seinen hilfsbedürftigen Mitbrüdern verbracht.
Mathäus schnappte sich einen hölzernen Schemel und stellte ihn leise neben das Bett des Novizen. Mühsam dar-

auf bedacht, keine Geräusche zu verursachen, setzte er sich hin; er würde warten müssen, bis die Männer erwachten. Karsil jedoch schien die Gegenwart des Ankömmlings schon bald zu spüren. Mit einem verschluckten Laut des Erschreckens schlug er die Augen auf.

»Ihr?«, flüsterte er.

Der Dorfherr lächelte ihn mitfühlend an.

Karsil zog eine schwache Hand unter der Bettdecke hervor und presste sie an seine Stirn. »Mein Gott, ist mir schlecht!«

»Es wird dir bald wieder besser gehen«, beruhigte ihn der Dorfherr.

»Was … was ist geschehen?«

»Vermutlich ein paar giftige Pilze.«

»Pilze?« Karsils Hand glitt zu seinem Mund. »Bitte, erzählt mir nichts von Pilzen, sonst muss ich mich gleich wieder übergeben.«

Mathäus nickte verständnisvoll. »Sag, Karsil: Ist dir gestern beim Abendmahl nichts Verdächtiges aufgefallen?«

»Was meint Ihr?«

»War irgendetwas anders als sonst?«

»Nicht dass ich wüsste.«

»Und die – entschuldige! – die Pilze? Hatten sie einen eigenartigen Geschmack?«

Karsil schüttelte müde den Kopf.

»Sie waren vielleicht ein wenig bitter«, krächzte eine heisere Stimme nebenan. Mathäus schaute auf. Auch Walraf war inzwischen aufgewacht und hatte das Gespräch der beiden offenbar verfolgt. Sein unsteter Blick war fiebrig verschleiert. Doch selbst im Zustand des Krankseins besaß er noch den Liebreiz einer in der Sonne ruhenden Echse.

»Das würde ich auch sagen«, meldete sich eine weitere Stimme zu Wort. »Die Pilze schmeckten ein wenig bitterer als sonst.« Bruder Notker versuchte sich aufzurichten, merkte aber schnell, dass die Kraft seiner Arme ihn im Stich ließ. Stöhnend ließ er sich wieder in sein Kissen sinken. Zwei ungeordnete graue Haarbüschel neben seiner Tonsur ließen ihn wie einen Uhu aussehen. Er warf dem Dorfherrn einen Blick zu, als sei dieser schuld an seinem ganzen Elend.

»Aha!« Mathäus nahm seinen Schemel und setzte sich in die Mitte, vor das Bett des Cellarius, denn er merkte, dass das laute Sprechen den Mönchen Mühe bereitete. »Vielleicht hilft mir diese Information ja weiter«, erklärte er.

»Ach, hört doch auf damit!« Notker machte eine abwehrende Handbewegung. »Ihr seid ein dummer Wichtigtuer.«

Mathäus runzelte die Stirn. »Wie meint Ihr das, Bruder?«

»Ihr kommt hierher, spielt Euch auf wie ein Vogt und merkt gar nicht, dass Ihr das Unheil anzieht wie ein Misthaufen die Fliegen.«

»Ihr vergesst, dass es Euer Prior war, der mich rufen ließ.«

»Ja, weil er Euch um einen Gefallen bat. Aber Euer Auftreten hier hat nichts mehr mit einer Gefälligkeit zu tun.«

»Nun, ich musste den Prior auf ein paar Dinge hinweisen, die seiner sonst zweifellos geschätzten Aufmerksamkeit entgangen waren. Ich hätte wahrlich andere Dinge zu tun, als mich in Eure Angelegenheiten zu mischen.«

»Warum tut Ihr es dennoch?«

Mathäus zwang sich, ruhig zu bleiben. »Weil es innerhalb dieser Mauern einen Mörder gibt. Darum!«

Walraf lachte zischend. »Und wenn es tatsächlich so ist –

was geht Euch das an? Auf Schwarzenbroich gilt die Gerichtsbarkeit der Heiligen Mutter Kirche.«
Der Dorfherr nickte. »Da stimme ich Euch zu. Aber der Mörder muss zuerst einmal gefunden werden, bevor diese Gerichtsbarkeit überhaupt zum Zuge kommen kann.«
»Leider habe ich bislang nicht den Eindruck, dass Ihr tatsächlich in der Lage seid, diesen vermeintlichen Mörder zu entlarven«, sagte Notker verächtlich. »Vielmehr stelle ich fest, dass die Anzahl der Toten und Katastrophen seit Eurer Ankunft hier drastisch zunimmt.«
Mathäus wollte etwas erwidern, doch dann verbiss er es sich. Er sah, wie sehr die unverblümt zur Schau gestellten Emotionen an den Kräften der beiden Mönche zehrten. Sie hatten ihre Augen wieder geschlossen, als wollten sie somit das Ende ihrer Gesprächsbereitschaft signalisieren. Mathäus sah ein, dass eine weitere Befragung wenig Sinn machen würde, auch wenn er sich von der Unterhaltung wesentlich mehr erhofft hatte. Er fragte sich im Stillen, ob ihre Sturheit ein Symptom der Pilzvergiftung, ein Zeichen von Bigotterie oder ein Vertuschungsversuch war. Und falls das Dritte zutraf: Was gab es zu vertuschen? Wieder führte er sich sämtliche Fakten vor Augen. Karsils Hüsteln riss ihn aus seinen Gedanken. Der junge Novize warf ihm einen bedauernden Blick zu, als wollte er sich von den harten Worten der beiden Mönche distanzieren. Mathäus lächelte ihm zu, hob zum Abschied eine Hand und schickte sich an, den Krankensaal wieder zu verlassen. Auf seinem Stuhl am Rand des Saales saß immer noch zusammengesunken der alte Edmond, der inzwischen laut zu schnarchen begonnen hatte. Die Strapazen der Nacht forderten ihren Tribut. Mathäus empfand Mitleid mit dem

Gärtner, der nach dem Weggang der Laienbrüder nun sicherlich mit noch mehr Arbeit konfrontiert werden würde. Wieder begann er sich zu fragen, ob er richtig gehandelt hatte. Doch sein Instinkt sagte ihm nach wie vor, dass der Meuchler nicht unter den Laienbrüdern zu suchen war. Und ihr Bleiben hätte möglicherweise weitere Leben gefährdet.

Erst jetzt sah Mathäus Bruder Engelbert, den Subprior und Novizenmeister, im Türrahmen stehen. Es war ihm sofort klar, dass er schon längere Zeit dort stehen und sein Gespräch mit den Kranken verfolgt haben musste. Engelberts Blick war wie immer fest und undurchschaubar; mit keiner Regung seines Körpers ließ er erkennen, was er von all dem eben Gesagten hielt. Mathäus beschloss, ihn aus der Reserve zu locken.

»Ein Mörder und Giftmischer weilt mitten unter uns«, erklärte er mit prophetischer Stimme anstatt einer Begrüßung.

Engelbert nickte stumm.

Mathäus war erstaunt über diese widerspruchslose Geste. Etwas verunsichert fuhr er fort: »Ich hoffe, dass Ihr mich in Euer Gebet mit einbezieht. Es gilt, einen Mörder zu finden, bevor er erneut zuschlägt.«

Engelbert hob eine Augenbraue. »Wird er das tun?«

»Das weiß Gott allein.«

»Wenn Gott will, dass Ihr den Mörder findet, dann werdet Ihr ihn finden«, sagte Engelbert ernst.

»Ich kann mir nur schwerlich vorstellen, dass es nicht in Gottes Absicht läge, einen Mörder zu bestrafen.«

»Mein ist die Rache, redet Gott.«

Mathäus sah ihn herausfordernd an. »Man sollte meinen,

Ihr hättet wenig Interesse an der Aufklärung der Todesfälle.«
Der Novizenmeister hob die Schultern. »Was wissen wir schon über die Wege Gottes? Warum ließ Er zu, dass Kain seinen Bruder Abel erschlug?«
»Warum gibt es das fünfte Gebot? Vielleicht weil unserem Schöpfer gerade nichts Besseres einfiel, was er auf die Tafeln des Mose hätte hämmern können?«
Engelbert zuckte zum ersten Mal mit seinen Mundwinkeln. »Eure Ansichten erscheinen mir etwas seltsam«, sagte er spöttisch.
»Und Eure Ansichten kotzen mich an. Wenn Ihr wollt, dass das Sterben in diesem Kloster ein Ende hat, dann lasst mich meine Arbeit tun.« Er machte eine energische Bewegung nach vorn, die den Novizenmeister beiseite treten ließ.
»Und wohin geht Ihr jetzt?«, fragte Engelbert. Seine Stimme war ruhiger und klarer als jemals zuvor.
Dieser Mann ist ein Fuchs, dachte Mathäus. Ein mit einer Kutte bekleideter Fuchs. »Ich gehe in die Krypta«, antwortete er laut.
»In die Krypta? Wo die Toten aufgebahrt liegen?«
»Ihr habt es erfasst.«
»Gestattet, dass ich Euch begleite.«
Mathäus nickte nach kurzem Zögern. Er hätte dem Subprior seine Zustimmung auch kaum verweigern können. Außerdem brauchte er jemanden, der ihm den Durchgang zur Klosterkirche öffnete, unter der die Krypta sich befand. »Habt Ihr denn einen Schlüssel?«
Statt einer Antwort zückte Engelbert einen Schlüsselbund hervor.

»Und ich dachte, nur der Sakristan und der Prior besäßen einen solchen«, bemerkte Mathäus mit gespieltem Erstaunen. Obwohl die Antwort ihm bereits klar war, studierte er neugierig das Gesicht des anderen.
Engelbert aber zuckte mit keiner Wimper. »Der Sakristan ist tot, zwei Mitbrüder und ein Novize liegen krank danieder, Bruder Edmond ist mit der Pflege der Kranken beschäftigt und aufgrund seines Alters damit sichtlich überlastet. Die Laienbrüder sind nicht mehr da, wie Ihr selbst am besten wisst. Das Klosterleben ist nur mit äußerster Mühe aufrechtzuerhalten, und auf unseren Prior lastet ein ganzes Gebirge voller Sorgen. Und da wundert Ihr Euch, dass ich, der ich Subprior und einer der wenigen Gesunden hier bin, einen Schlüssel zur Klosterkirche besitze? Das könnt Ihr mir nicht ernsthaft weismachen, Herr Mathäus.«
Der Dorfherr grinste verwegen. »Wollt Ihr mich trotzdem zur Krypta begleiten, Bruder?«
»Gehen wir.«
Die beiden Männer machten sich schweigend auf den Weg, erreichten den Kreuzgang und schließlich den Durchgang zur Kirche, den Engelbert mit andächtigen, fast rituellen Handgriffen öffnete. Sie betraten die Kirche und schlugen ein Kreuzzeichen in Richtung Altar. Mathäus betrachtete in stummer Ehrfurcht den Chor und das Holzkreuz in der Apsis, von dem der gemarterte Erlöser ihn verzeihend anblickte. Ein paar Heiligenfiguren in den Seitennischen des Hauptschiffes offenbarten erst auf den zweiten Blick, dass sie keine Menschen aus Fleisch und Blut waren. Vor seinem geistigen Auge sah der Dorfherr den alten Adam auf seinen Betstuhl knien, sah, wie der

Mönch nach der weißen Lilie griff, die da vor seinen milchig trüben Augen lag, eine Todesbotin aus dem Jenseits. Er versuchte, sich die Reaktion des Alten auszumalen, doch Engelberts Hand, die er plötzlich auf seiner Schulter spürte, beendete seine Gedankenspiele.

»Folgt mir nach unten«, sagte der Novizenmeister.

Sie stiegen eine steinerne Wendeltreppe hinab. Unten öffnete Engelbert eine weitere Tür. Dann betraten sie die Krypta, einen gewölbigen, kühlen Kellerraum. Vor einem kleinen Altar standen zwei offene Särge, flankiert von eisernen Ständern, auf denen faustdicke Kerzen flackerten und die Krypta in ein gespenstisches Licht tauchten. Der modrige Geruch feuchter Steinwände sowie der Duft von heißem Wachs vermischten sich mit süßlichem Leichengeruch, den die Toten in ihren Särgen ausströmten. Mathäus reckte seinen Hals. Die weißen Gesichter der beiden Mönche waren eingefallen und spitz; die knochigen Hände auf ihren Bäuchen umklammerten ein rotes Holzkreuz mit einem weißen Querbalken.

Engelbert hatte sich auf einen Betstuhl gekniet und flüsterte einen Psalm. Mathäus tat es ihm gleich, doch fehlte es ihm an Andacht, zu seinem Herrn und Schöpfer zu sprechen. Noch vor zwei Tagen, so überlegte er, waren diese sterblichen Überreste dort von beseeltem Leben erfüllt gewesen. Noch immer hatte er Bruder Theodor vor Augen, wie er aus der Apokalypse las, durch Anselms unwilligem Blick jedoch zum Aufschlagen einer anderen Textstelle veranlasst wurde. Und noch immer hallten die Worte in ihm nach, die der junge Mönch gestern im Kapitelsaal hatte verlauten lassen: »Manchmal musste ich mir äußerste Mühe geben, ihn nicht zu hassen. Doch nach seinem Tod hasste ich mich selbst ob der Gedanken, die ich gegen ihn gehegt hatte!« Der arme Theodor! Welche Stürme in seiner Seele wohl getobt haben mussten. Und nun war er selbst tot, lag aufgebahrt neben dem Mann, dessen Gegenwart ihm manchmal schier unerträglich gewesen war, dessen Ableben für so viel Wirbel gesorgt hatte. Die Wege des Herrn waren in der Tat oft unbegreiflich.

Eigentlich hatte Mathäus gehofft, in der Stille der Krypta ein paar klare Gedanken fassen zu können, die ein wenig Licht in die dunklen Geschehnisse auf Kloster Schwarzenbroich bringen mochten. Doch beim Anblick der Toten stellte er erschüttert für sich fest, dass er immer noch weit von einer Lösung der Rätsel entfernt war. Vielleicht machte ihn aber auch die Gegenwart Bruder Engelberts befangen. Immer noch war der Mönch im Gebet versunken.

Eilige Schritte von der Treppe her störten die Ruhe plötzlich empfindlich. Im nächsten Augenblick stürmte Reiner in die Krypta. Als er seinen Novizenmeister sah, senkte er sogleich schuldbewusst den Kopf. Es war ihm klar, dass Engelbert seine ungebührliche Hast tadeln würde.

Engelbert warf ihm einen strengen Blick zu. »Wir sind hier nicht auf einem Jahrmarkt, Novize«, sagte er ungnädig.

»Es tut mir Leid, Frater«, erwiderte Reiner zerknirscht, »doch ich suchte überall nach Herrn Mathäus und bin froh, ihn endlich gefunden zu haben.«

Der Dorfherr zog die Stirn kraus. »Wieso? Was ist denn los?«

»Es ist ein Bote für Euch eingetroffen.«

»Ein Bote? Was für ein Bote?«
»Einer von Burg Merode, Herr. Er wartet im Kapitelsaal.«
Mathäus erhob sich aus seinem Betstuhl, nickte Bruder Engelbert kurz zu und folgte dem Novizen nach oben. Der führte ihn mit nunmehr bedächtigen Schritten durch den Kreuzgang, öffnete einige Türen, bis sie schließlich den Saal erreichten. Reiner machte eine Verbeugung und entfernte sich. Mathäus grinste den Mann an, der ihm dort gegenüberstand.
»Dietrich! Welche Hiobsbotschaft bringst du mir diesmal? Denn dass es sich um eine Hiobsbotschaft handelt, ist wahrscheinlich. Nur selten brachtest du mir gute Nachrichten.«
Der rothaarige Diener erwiderte das Grinsen gequält. »Ihr müsst sofort zur Burg kommen, Herr. Es ist etwas Fürchterliches passiert.«

13

Mathäus seufzte auf. »Was ist denn Fürchterliches passiert? Ist Paulus bei seinem alljährlichen Bad ertrunken?«
»Nein, Herr. Aber …«
»Aber was?«
»Ich … ich weiß nicht, was passiert ist.« Der junge Diener mied den Blick des Dorfherrn. Unbeholfen spielte er mit seinen Fingern.
»Wer schickt dich?«
»Frau Elisabeth von Grafschaft.«
»Frau Elisabeth? Du gehörst doch zu Rikalts Dienerschaft.«
Dietrich hob seine Schultern. »Frau Elisabeth bestand darauf, dass man den schnellsten Reiter der Burg nach Euch schickte.«
»Und das bist zweifellos du. Aber verdammt, du musst doch eine leise Ahnung haben, was vorgefallen ist.«
»Nein, Herr. Man sagte mir nur, dass Ihr sofort kommen müsst.«
Er lügt, ging es Mathäus durch den Kopf. Er weiß mehr, als er zugeben will. Aber warum? Dietrich hat mich noch nie belogen!
»Sofort, Herr«, wiederholte der Diener.
Mathäus unterdrückte einen Fluch und schluckte. »Gut. Hol schon mal die Pferde, Dietrich.«
Der Diener nickte beflissen und war sichtlich froh, sich entfernen zu dürfen. In der Tür stieß er beinahe mit dem

Prior zusammen. Dietrich murmelte eine Entschuldigung und eilte hinaus. Anselms eingefallene Augen sahen Mathäus ungläubig an. Mit einer beschwörenden Geste schritt der Prior auf den Dorfherrn zu. »Sagt, habe ich das eben richtig verstanden? Ihr wollt weg?«
Mathäus nickte seufzend, hob aber sogleich beschwichtigend die Hand. »Ich bin so schnell wie möglich wieder hier, Pater.«
»Und was versteht Ihr unter so schnell wie möglich?«
»Nun, äh …«
»Habt Ihr mir nicht hoch und heilig versprochen, den Mörder zu fassen, der in meinem Kloster wütet wie ein Wolf in einem Schafstall?«
»Sicher, Pater, aber …«
»Und habt Ihr nicht die gesamte Schar der Laienbrüder von hier fortgeschickt, angeblich, um deren Leben nicht zu gefährden und der Lösung der Rätsel somit näher zu kommen?« Die Stimme des Priors wurde immer lauter. Anselm schien mit wachsender Vehemenz aus seiner depressiven Lethargie zu erwachen. »Seht Euch hier einmal um, Herr Mathäus. Das Klosterleben ist fast zum Erliegen gekommen. Schwarzenbroich gleicht einer Stätte für Geister und Tote. Meine Mitbrüder siechen dahin, und dann kommt Ihr, der Ihr hier alles auf den Kopf gestellt habt, und sagt, dass Ihr von hier fort müsst. Difficile est satiram non scribere!«
»Äh, wie?«
»Ich sagte, es ist schwer, hier keine Satire zu schreiben.«
»Ach so.« Mathäus pustete die Luft aus seinen Wangen. Er konnte die Verärgerung des Priors durchaus verstehen. Anselm hatte ja Recht. Es war in der Tat nicht gerade

schicklich, ihn jetzt im Stich zu lassen. Dieser verfluchte Konrad! Am liebsten hätte er den arroganten Edeling in diesem Augenblick erwürgt. Wahrscheinlich war es eine Lappalie, für die man ihn rufen ließ, nicht zu vergleichen mit den mörderischen Vorkommnissen auf Schwarzenbroich. Mathäus legte eine Hand auf den Arm des Priors, den dieser ihm aber sogleich wütend entzog.

»Pater, Ihr müsst mich verstehen. Ich diene den Herren von Merode, und wenn man mich rufen lässt, so habe ich zu erscheinen. Auch Ihr würdet ja nicht Euer Gehorsamsgelübde brechen, oder?«

Anselm brummte etwas Unverständliches. Wieder griff Mathäus nach seinem Arm; diesmal ließ der Prior ihn gewähren. »Ich verspreche Euch, so bald wie möglich wieder hier zu sein. Zuerst einmal muss ich jedoch in Erfahrung bringen, was auf dieser vermaledeiten Burg geschehen ist. – Oh, entschuldigt«, fügte er hinzu, als er den entsetzten Blick des Mönches sah. Mit großen Schritten verließ er den Saal.

Draußen pfiff ein herbstlicher, feuchter Wind. Mathäus hastete hinüber zum Gästehaus, um seinen Übermantel aus seiner Kammer zu holen. Im Flur begegnete ihm Norbert von Kerpen, der an der Seite seines Weibsbildes soeben die Treppe hinunterspazierte.

»Das war eine Nacht, was Mathäus?«, polterte er. »Wie in Sodom und Pandora, oder wie heißen diese verdammten Nester?«

Der Dorfherr grunzte, ging in seine Kammer und kam mit seinem Übermantel wieder zum Vorschein.

»Ihr wollt weg?«, wunderte sich Norbert.

»Ja.«

»Die Schnauze voll von dem ganzen heiligen Schlamassel, was? Kann ich verstehen. Aber der Teufel scheißt immer auf den größten Haufen.«

»Wirklich?« Der Dorfherr warf einen prüfenden Blick auf die Begleiterin des Ritters, die mit gespreizten Fingern provokant durch ihre langen blonden Haare strich. »Oh, sagt, edle Dame: Hattet Ihr nicht gestern noch rote Locken? Tragt Ihr vielleicht eine neue Perücke?«

»Nein, nein«, winkte Norbert ab. »Nicht die Perücke ist neu, sondern die Frau.« Er begann laut zu lachen, so dass es von den steinernen Wänden dröhnend widerhallte. Mathäus verdrehte die Augen und verließ das Gästehaus. Er verzichtete darauf, sich bei dem Ritter noch einmal für die Rettung seines Lebens zu bedanken, denn dieser schien sich vor Lachen nicht mehr halten zu können.

Dietrich stand mit den Pferden bereit; schnaubend begrüßte Julius seinen Herrn. Die Männer hievten sich in die Sättel und begannen ihren Ritt. Das Tor war verschlossen, deshalb ritten sie darum herum. Mathäus wartete auf eine spöttische Bemerkung des Dieners, doch der blieb stumm. Was ist bloß mit dem Jungen los?, fragte sich der Dorfherr. Und was zum Teufel ist los auf Burg Merode?

Sie galoppierten durch den Wald, wo die Bäume im herbstlichen Wind träge hin und her schaukelten. Nach einer knappen halben Stunde hatten sie den Ortsrand von Merode bereits erreicht. Hier ließen sie ihre Pferde in einen Trab fallen. Als sie den Hahndorn erreichten, versperrte ihnen eine leicht gebückte Gestalt, die aufgeregt mit den Armen fuchtelte, den Weg. Vor ihnen stand Lazarus, der irre Knecht, der einst vom Blitz getroffen worden war und seitdem ein Leben in geistiger Verwirrung führte.

Mit schielendem Blick starrte er auf die beiden Reiter, deren Pferde nervös zur Seite tänzelten.
»Ich grüße dich, Lazarus«, sagte der Dorfherr, sich zu einem freundlichen Lächeln zwingend. »Was gibt's denn?«
»Gott schwingt seinen Hammer!«, krächzte der Knecht.
»Tatsächlich? Aber warum sollte er das tun, Lazarus?«
»Er bestraft die Bösen. Gott schwingt seinen Hammer.«
Dietrich schnalzte ungeduldig mit der Zunge. »Geh zur Seite, Lazarus. Wir haben es eilig.«
»Gott haut die Bösen mit seinem großen Hammer!«, beharrte der vom Schicksal Gebeutelte.
Mathäus angelte ein Geldstück hervor und warf es Lazarus zu. »Hier, trink bei Leo einen Becher auf unser aller Wohl. Auf dass Gott nicht uns mit seinem Hammer den Schädel zertrümmert.«
Der irre Knecht fing die Münze mit einer erstaunlich geschickten Bewegung auf, die man ihm aufgrund seiner sonst sehr groben Motorik nicht zugetraut hätte. »Trinken, trinken!«, krähte er und hüpfte davon.
Mathäus und Dietrich ritten weiter. Sie erreichten schließlich das Torhaus der Burg, wo ein Knecht ihre Pferde in Empfang nahm. Aus seiner Kaschemme stürmte Friedrich, der Kastellan, nervös fuchtelnd auf den Dorfherrn zu. »Gut, dass Ihr da seid!«, rief er schon von weitem. »Frau Elisabeth wartet schon voller Ungeduld auf Euch.«
Mathäus winkte den Kastellan zu sich heran. »Was in Herrgottsnamen will diese Gewitterziege eigentlich von mir?«, flüsterte er.
»Oh, es ist etwas Schreckliches geschehen.«

»Das weiß ich inzwischen auch schon. Würde mir gütigst jemand berichten, was denn so Schreckliches passiert ist?«

»Folgt mir!« Der Kastellan führte den Dorfherrn durch ein wappengeschmücktes Portal in den Westflügel der Burg. Ein paar aufgeregte Mägde huschten beiseite, um ihnen Platz zu machen.

»Sind wenigstens die Knechte aus Schwarzenbroich eingetroffen, die ich hierher geschickt habe?«, wollte Mathäus wissen.

»Wie? Ach, die! Ja, ja. Sie können vorläufig in den Stallungen arbeiten.«

Sie stiegen eine Treppe empor, durchquerten einen langen Korridor und erreichten schließlich eine Tür, vor der ein bewaffneter Diener Wache hielt.

»Platz da«, maulte Friedrich und klopfte sachte gegen das Holz der Tür. Nach ein paar Augenblicken öffnete sich diese, und das entrüstete Gesicht einer etwa dreißigjährigen Frau kam zum Vorschein. Elisabeth von Grafschaft, Gattin des Konrad von Merode, war durchaus nicht unattraktiv, doch die harten Züge um ihren Mund verliehen ihr eine unnahbare Strenge.

»Gut. Verschwindet«, raunte sie dem Kastellan zu, der ihrem Befehl nach einer hastigen Verbeugung Folge leistete. Den Dorfherrn aber winkte sie mit einer flüchtigen Handbewegung hinein.

Mathäus betrat den Raum; es war das Schlafgemach der beiden Eheleute. Das Erste, was er wahrnahm, war das jämmerliche Stöhnen eines Mannes: In einem wuchtigen Bett, unter einem roten Baldachin aus kostbarer Seide, lag Konrad von Merode. Sein Kopf war mit einem weißen

Wickel verbunden, und eine Zofe, die neben ihm kniete, war unablässig damit beschäftigt, seine Stirn mit einem feuchten Tuch abzutupfen.

»Seht Euch das an«, sagte Elisabeth und deutete auf den Kranken.

Mathäus versuchte, ein betretenes Gesicht zu machen. »Oh! Hatte Herr Konrad einen Unfall?«

»Unfall?« Elisabeth lachte höhnisch auf. »Von wegen, ein Unfall.«

»Also kein Unfall«, nickte Mathäus. »Sondern?« Er warf der Frau einen Blick zu, der seine Ungeduld offenbaren sollte. Man hatte nach ihm geschickt, und er hatte auf Schwarzenbroich, wo ein Mörder sein Unwesen trieb, alles stehen und liegen lassen. Nun hatte er wenig Lust auf ein Rätselraten.

Elisabeth von Grafschaft rümpfte die Nase. »Jemand hat versucht, ihn umzubringen«, fauchte sie.

Mathäus unterdrückte einen Seufzer. »Wer?«

»Um das herauszufinden, habe ich Euch rufen lassen, Herr Mathäus.«

Konrad, dem offenbar kein Wort entging, hob seinen lädierten Kopf. »Findet diesen Halunken, damit ich ihn aufknüpfen kann«, wisperte er.

»Ich werde mein Bestes geben, Herr. Aber zunächst einmal muss ich wissen, was überhaupt geschehen ist.«

»Das ist schnell erzählt«, meinte Elisabeth. »Heute Morgen besuchten mein Gatte, die Kinder und ich die Frühmesse in der Burgkapelle, so wie jeden Morgen. Nach Beendigung der Messe verließen wir die Kapelle; ich schritt mit den Kindern voran die Treppe zum Burghof hinab. Plötzlich hörten wir hinter uns einen Aufschrei. Es war zweifellos die Stimme meines Gatten. Hastig eilte ich zurück und fand Herrn Konrad halb bewusstlos im Vorraum der Kapelle liegend. Sein Kopf blutete wie der aufgeschlitzte Bauch eines geschlachteten Schweins; jemand hatte von hinten mit einem harten Gegenstand zugeschlagen.«

»War zu diesem Zeitpunkt noch jemand in der Kapelle?«

Elisabeths Mundwinkel zuckten. »Ja!«, erwiderte sie laut. Offensichtlich erwartete sie mit boshafter Vorfreude die nächste Frage des Dorfherrn. Mathäus tat ihr den Gefallen.

»Wer?«

»Natürlich der Kaplan, ein Messdiener, Rikalt und …« In ihren Augen begann es zu lodern. »Und Paulus samt Konsorten.«

Mathäus zwang sich zur Geduld. »Bitte sagt mir, wen Ihr mit Konsorten meint, Frau Elisabeth.«

»Paulus hat seinen Vetter zu Besuch, einen versoffenen Kerl aus Mausbach.«

»Ich weiß. Sein Name ist Harper.«

»Und auch sein Weibsbild hat dieser Harper mitgebracht.«

»Beatrix!« Mathäus merkte, wie unfreiwillig sanft er den Namen der Frau aussprach. Er senkte sogleich den Kopf, weil er befürchtete, seine Wangen könnten rot anlaufen.

»Ein unzüchtiges Gewächs, dieses Luder«, zischte Elisabeth. »Läuft ohne Haube über den Burghof, als wäre sie ein Flittchen. Niederster Adel, sage ich Euch.«

»Um uns umständliches Gerede zu ersparen, liebe Frau Elisabeth: Habt Ihr einen konkreten Verdacht?«

»Ja.« Sie wandte sich ab und warf einen verbitterten Blick aus dem Fenster. »Entweder war es dieser Saufbold, Harper, oder Paulus hat es im Auftrag seines Vetters getan.«
Mathäus stülpte die Unterlippe nach vorne. »Und worauf gründet sich Euer Verdacht?«
»Eine alte Familiengeschichte«, sagte Elisabeth belanglos, »ein Vorfahr meines Gatten, der selige Johann Scheiffart, verweigerte einem von Harpers Vorfahren wohl den Ritterschlag. Jedenfalls sind die Mausbacher bis heute darüber wütend.«
»Und Ihr glaubt tatsächlich, dass wegen dieser alten Geschichte ein Anschlag auf Euren Gatten verübt wurde?«
»Ich würde unseren Anteil der Herrschaft darauf verwetten. Es zu beweisen ist Eure ehrenvolle Aufgabe, Dorfherr.«
»Was nicht einfach sein dürfte«, seufzte Mathäus.
»Lasst Eurer Genialität nur freien Lauf«, ächzte Konrad von seinem Lager her. Trotz seines Unwohlseins war er noch zu Ironie fähig.
»Nun …« Mathäus spreizte die Arme. »Leider beschäftigen mich derzeit auch noch andere Rätsel. Auf Kloster Schwarzenbroich sind mysteriöse Morde geschehen, und …«
»Schwarzenbroich interessiert mich nicht!«, blaffte Elisabeth. »Schwarzenbroich ist eine Gründung der Wernerslinie.«
»Ich diene den Werners ebenso wie den Scheiffarts!«, erwiderte Mathäus ruhig, aber bestimmt.
Elisabeth trat einen Schritt auf ihn zu. Ihre Kiefer zitterten. Drohend hob sie einen Finger. »Ich gebe Euch einen guten Rat, Herr Mathäus: Vergesst das Kloster, bis

Ihr den Attentäter ausfindig gemacht habt. Es geht hier um das Leben des Herren von Merode.«

»Mit Verlaub: von einem der beiden Herrn von Merode«, korrigierte sie Mathäus, was jedoch wenig geeignet war, ihre Wut zu dämpfen.

»Wie auch immer: Findet den Halunken! Oder wollt Ihr, dass ich mich beim Markgrafen über Euch beschwere?«

Mathäus verzog den Mund zu einem spöttischen Grinsen. Doch er hütete sich, weitere Spitzfindigkeiten von sich zu geben und somit Konrads Gattin zur Weißglut zu treiben. Er wusste, der Markgraf würde in einem Beschwerdefall der Elisabeth Recht geben, denn die Angelegenheiten der Adeligen besaßen immer Priorität. Innerklösterliche Angelegenheiten dagegen interessierten den Markgrafen nur wenig, vor allem wenn es sich um ein Kloster handelte, von dessen Einnahmen er keinen Pfennig sah. Sosehr es ihn wurmte, Mathäus musste gute Miene zum bösen Spiel machen. »Ich hoffe, dass ich Euch nicht enttäusche«, sagte er mit gequältem Lächeln.

»Das hoffe ich auch«, krächzte Konrad. Mit einer unwirschen Handbewegung verscheuchte er die Zofe, deren fortwährende Pflegebemühungen ihm inzwischen offenbar zu viel waren.

Mathäus verneigte sich, sah Konrads Gattin ein letztes Mal in die Augen und schickte sich an, den Raum zu verlassen.

»Ihr dürft jetzt gehen!«, rief Elisabeth spitz, als der Dorfherr fast schon draußen war.

»Dumme Zicke«, flüsterte Mathäus auf dem Korridor. Der wachhabende Diener, der die Bemerkung wohl gehört hatte, sah ihn mit offenem Mund an.

»Was ist?«, fauchte Mathäus schlecht gelaunt.
»Nichts, Herr.«
»Na also.«
Als er den Burghof betrat, ließ er sogleich nach Dietrich schicken. Eine anhängliche Katze, die sich an seinem Bein reiben wollte, stieß er unsanft von sich. Ein paar üble Flüche murmelnd suchte er Friedrich in seiner Laube auf.
»Dicke Luft, was?«, sagte der Kastellan mit schraubender Handbewegung.
Mathäus ließ sich auf einen Hocker plumpsen. »Der Teufel soll sie holen.«
»Pssst!« Friedrich presste ängstlich einen Finger auf den Mund. Dann kratzte er nachdenklich seine Bartstoppeln. »Glaubt Ihr wirklich, dass man Herrn Konrad umbringen wollte?«
»Blödsinn! Wenn ihn jemand hätte töten wollen, dann hätte sich derjenige was anderes einfallen lassen, als ihm eins über die Birne zu ziehen.«
»Aber wer war es?«
»Was weiß ich? Einer, der ihm einen Denkzettel verpassen wollte.«
»Einen Denkzettel? Wofür?«
»Was fragt Ihr so dämlich? Ihr wisst doch auch, dass Konrad kein Engel ist. Es gibt weiß Gott genügend Menschen in der Herrschaft, die ihm gerne eins überziehen würden.«
»Ja, ja, aber ...« Er machte eine beschwörende Geste. »Bitte, sprecht doch etwas leiser.«
Jemand klopfte an der Tür der Laube. Dietrich streckte seinen Kopf herein. »Ihr habt mich rufen lassen, Herr?«
»Ja, Dietrich.« Mathäus studierte das Gesicht des jungen

Dieners, der seinen Blick nach wie vor zu meiden schien. »Du musst mir einen großen Gefallen erweisen.«
»Natürlich, Herr.«
»Du musst meinen Freund Heinrich für mich suchen!«
Dietrich machte ein überraschtes Gesicht. »Wo ist denn Euer Freund?«
»Als er mich vergangene Woche verließ, sagte er, er wolle nach Köln. Du musst ihn finden, Dietrich. Sag ihm, dass ich dringend seine Hilfe brauche.«
»Nach Köln?« Friedrich runzelte die Stirn. »In Köln wütet der Schwarze Tod«, erklärte er finster. »Täglich sterben dort an die hundert Menschen.«
Mathäus war bleich geworden. »Wirklich?«, hauchte er.
Der Kastellan nickte ernst. »Man hat sogar das ganze Judenpack aus der Stadt gejagt. Genützt hat es indessen nichts: Das Sterben ging weiter!«
Mathäus schluckte schwer. »Unter diesen Umständen, lieber Dietrich, brauchst du natürlich nicht nach Köln zu reiten.«
»Doch, Herr!«
»Wie?«
»Ich werde reiten! Und ich werde Euren Freund für Euch finden!«
»Du bleibst hier, verdammt! Oder willst du etwa dein Leben riskieren?«
»Bitte, Herr: Lasst mich für Euch reiten!«
»Nein, zum Teufel.«
Friedrich versuchte den Disput zu schlichten. »Vielleicht hat Euer Freund Heinrich ja die pestverseuchte Stadt gemieden.«
Mathäus schüttelte mit einem schmalen Lächeln den

Kopf. »Bestimmt nicht!« Er verzichtete auf eine Begründung seiner Überzeugung. Was ging es den Kastellan an, dass Heinrich den Aufenthalt im pestverseuchten Köln sicherlich als willkommene Buße betrachten würde.
»Dann lasst mich reiten, Herr«, bat Dietrich fast flehentlich.
Mathäus seufzte leise. »Warum willst du das für mich tun, Dietrich?« Er wurde nicht ganz schlau aus dem Verhalten des Dieners. Einerseits wirkte er scheu und verschlossen, andererseits schien er beflissener als jemals zuvor.
»Weil ich Euch dienen möchte!« Seine Miene verriet eiserne Entschlossenheit.
»Also gut«, sagte Mathäus schweren Herzens. »Dann reite, so schnell du kannst, und frag dich durch. Nicht alle Tage sieht man einen einsamen Reiter, der ein schwarzes Mondkalb bei sich hat.«
»Jawohl.«
»Was, wenn man ihn an den Toren der pestverseuchten Stadt abweist?«, gab Friedrich zu bedenken.
»Dann«, Mathäus kramte eine Hand voll Münzen hervor und reichte sie dem Diener, »bestichst du eben die Wächter.«
»Kein Problem, Herr.«
»Wie soll ich dir das jemals danken, Dietrich?«
Dietrich wich seinem Blick einmal mehr verlegen aus. In diesem Augenblick wurde Mathäus klar, dass der Diener wohl in Kürze auf seine Hilfe angewiesen sein würde – aus welchen Gründen auch immer.
»Ich mache mich jetzt auf den Weg, Herr!«
»Gut. Aber sei so nett und reite vorher noch bei der alten Sibylle vorbei. Gib ihr das!« Der Dorfherr wühlte in sei-

nem Gewand und zückte ein zu einem Bündel gebundenes Tuch heraus. »Bitte sie, das für mich zu untersuchen. Sie wird sich denken können, was ich von ihr wissen möchte.«
Der Diener nickte, griff nach dem Bündel und verließ hastig die Kastellanslaube.
Friedrich sah den Dorfherrn fragend an. »Seid Ihr sicher, dass der gute Dietrich den Verlockungen der Geldstücke, die Ihr ihm gabt, widerstehen kann?«
»Ja.«
»Und Ihr glaubt auch, dass Euer Freund Heinrich die Lösung für Euer Dilemma ist?«
»Ja.«
»Paulus kann ihn ausstehen wie Bauchschmerzen.«
»Das macht nichts. Ich werde Heinrich nach Kloster Schwarzenbroich schicken«, erklärte Mathäus, der sich plötzlich sehr müde fühlte. »Dort soll er einen Verbrecher für mich aufspüren.«
Der Kastellan pfiff durch die Zähne.
»Ich bin sowieso mit meinem Latein am Ende. Hier ein Attentäter, dort ein Mönchsmörder – und überall nur vage Anhaltspunkte.«
»Ich bitte Euch, Mathäus«, sagte Friedrich süßlich, »ein heller Kopf wie Ihr wird doch nicht aufgeben wollen. Wenn ich bedenke, mit welcher Raffinesse Ihr die Mädchenmorde im vergangenen Sommer aufgeklärt habt …«
Mathäus lächelte matt. »Überschätzt mich nicht, Friedrich. Den größten Anteil an der Lösung der Fälle hatte mein Freund Heinrich.«
Der Kastellan hob ungläubig eine Augenbraue. »Wirklich?«

»Wirklich!« Mathäus erhob sich von seinem Hocker und schritt zur Tür.
»Wie wollt Ihr nun vorgehen?«, fragte Friedrich, der neugierig hinter ihm hertippelte.
»Zuerst einmal werde ich nach Hause reiten, denn ich habe Hunger wie ein Bär. Außerdem …«, er seufzte leise, »… außerdem ist mein alter Herr bei mir zu Besuch.«
»Da hat er sich aber einen denkbar schlechten Zeitpunkt ausgesucht!«
»Das kann man wohl sagen. Aber vielleicht hat er ja inzwischen sowieso wutentbrannt das Weite gesucht.«
Draußen ließ Mathäus sich sein Pferd bringen. Ein von zwei Schimmeln gezogener Planwagen, der in den Burghof rumpelte, erregte seine Aufmerksamkeit. Vorne, auf dem Kutschbock, saß neben dem schnalzenden Kutscher ein hakennasiger Mann, der mit unbewegter Miene nach vorne starrte. Die hervorstehenden Backenknochen und ein sorgsam gestutzter Kinnbart verliehen ihm eine strenge Würde.
»Wer zum Henker ist das denn?«, fragte Mathäus den Kastellan flüsternd.
»Das ist Meister Cornelius, Medicus aus Düren. Frau Elisabeth hat ihn eigens herbestellt, damit er ihren Gatten behandelt.«
»Warum lässt sie nicht gleich den heiligen Antonius kommen?« Mathäus schwang sich in den Sattel. Nachdenklich verließ er die Burg über die Brücke des Wassergrabens. Er versuchte, die tausend Fragen, die durch seinen Kopf geisterten, für einen Augenblick zu verdrängen. Außerdem gestand er sich ein, dass er mitnichten hoffte, sein Vater habe das Weite gesucht. Es wäre wie ein Relikt aus

seiner Kindheit: Er kommt nach Hause, und Vater erwartet ihn! Nur Mutter – Mathäus empfand es einmal mehr wie einen plötzlichen Dolchstoß – Mutter war tot, ihr Leben unwiederbringlich dahin.
Mathäus war erleichtert, als er die alte Mähre seines Vaters stumpfsinnig vor seinem Haus stehen sah. Er brachte sein Pferd in den Stall, bevor es irgendwelche Bosheiten aushecken konnte, betrat dann mit klopfendem Herzen die Stube.
Richmond Dreyling saß am Tisch und sah überrascht auf. In seinen Händen hielt er einen Würfelbecher. Offenbar hatte er versucht, sich die Zeit zu vertreiben. »Sieh da, der verlorene Sohn!« Er mühte sich redlich, seine Freude in Grenzen zu halten.
»Ich hoffe, du verzeihst mir, Vater. Aber …«
»Ich weiß, ich weiß: die Pflichten!« Er rüttelte seine Würfel. »Ach, bevor ich's vergesse: Eine seltsame Bauernmatrone war hier und beschwerte sich lauthals darüber, dass ein Schwein mitten in das Backhaus geschissen habe.«
Mathäus winkte ab. »Bitte, verschon mich damit, Vater. Ich habe im Moment ganz andere Sorgen.«
»So? Welche denn?«
Mathäus erklärte ihm in knappen Sätzen die Vorfälle auf Schwarzenbroich und Burg Merode, während er sich am Herd zu schaffen machte. Allerdings verschwieg er ihm, in welcher Gefahr er selbst geschwebt hatte.
Dreyling schob seine Unterlippe nach vorne. »Alle Wetter! Hier ist ja tatsächlich was los. Und was hast du da am Unterarm?«
»Verbrannt!«, erwiderte Mathäus lakonisch. Mit einem

Suppenkübel und zwei Tellern kehrte er zum Tisch zurück. Die Männer sprachen ein Gebet und begannen zu essen.
»Ich hoffe, du hast dich nicht allzu sehr gelangweilt, Vater«, bemerkte Mathäus zwischen zwei Löffeln Suppe.
Dreyling zog eine Schnute. »Es ging so. Das Wirtshaus hier jedenfalls lässt zu wünschen übrig.«
Sein Sohn sah lauernd auf. »Du warst im ›Carolus Magnus‹?«
»›Carolus Magnus‹«, lachte Dreyling verächtlich. »Karl der Große würde sich im Grab umdrehen, wenn er wüsste, dass dieser Schuppen nach ihm benannt ist. Und der Wein dort schmeckt nach Jauche.«
»Und wie ich dich kenne, hast du Leo, dem Wirt, dies auch unmissverständlich klar gemacht.«
»Warum nicht? Soll ich ihn etwa belügen?«
Mathäus versuchte seinen Ärger zu schlucken. Er hatte keine Lust auf neue Streitgespräche mit seinem Vater. Stumm löffelte er seine Suppe weiter.
»Übrigens habe ich auch deine – wie nennst du sie? – Gefährtin kennen gelernt.«
Fast hätte Mathäus die Suppe wieder ausgespuckt. »Jutta war hier?«, prustete er.
»Ja. Und das Kind war auch bei ihr.«
Mathäus sah seinen Vater in einer Mischung aus Unwohlsein und Neugierde an. Doch Dreyling widmete sich gleichgültig seinem Essen.
»Und?«, fragte Mathäus.
»Was, und?«
»Was hältst du von ihr?«
Der Alte hob seine Schultern. »Was soll ich schon von ihr

halten«, gab er unwirsch zurück. »Du musst wissen, was du tust.«
»Keine Sorge, das weiß ich. Ich hoffe nur, dass du sie nicht mit ähnlichen Nettigkeiten bedacht hast wie den Wirt.«
»Reg dich ab, Junge. Ich habe ihr keine Schimpfwörter an den Kopf geschmissen.« Er machte eine kurze Pause, bevor er beiläufig hinzufügte: »Und ihren Eltern auch nicht.«
Mathäus fiel die Kinnlade herunter. »Was soll das heißen?«
Der Vater sah ihn an, als verstünde er den Sinn dieser Frage nicht. »Ich habe sie besucht in … Na, wie heißt das Nest?«
»Schlich«, hauchte der Sohn.
»Genau, in Schlich.«
»Warum hast du das getan?«
»Ich wollte sehen, wie und wo das Mädchen lebt, in das mein Sohn sich so unsterblich verliebt hat. Ist das ein Verbrechen?«
»Abgesehen davon, dass es dich nichts angeht …«
»Und ob mich das etwas angeht!«, unterbrach Dreyling ihn aufbrausend. Er ließ eine geballte Faust auf den Tisch krachen. »Ich bin mehr als nur dein Erzeuger, ich bin dein Vater, verstehst du? Weißt du überhaupt, was es heißt, eine Familie zu haben und für sie zu sorgen? Weißt du, was es heißt, seinen Sohn in …« Seine Wut stockte.
»Sprich nur weiter, Vater«, forderte Mathäus ihn mit funkelnden Augen auf.
»Weißt du, was es heißt, seinen Sohn in einem Nest wie diesem hier versauern zu sehen?«, vollendete er leise und mied dabei den Blick seines Sohnes.

Mathäus schüttelte resignierend den Kopf. »Warum verstehst du mich nicht, Vater?«
»Vielleicht muss ich lernen, dich zu verstehen.«
Dieser leise dahingemurmelte Satz ließ den Sohn aufhorchen. Er mag Jutta, wurde ihm plötzlich klar. Er mag Jutta, und er mag die kleine Maria. Auch Heilwig und Johann haben Eindruck auf ihn gemacht. Allerdings würde er das niemals mir gegenüber zugeben. Vielleicht weiß er selbst noch nicht, dass er sie mag!
Mit einem Mal verspürte Mathäus ein Gefühl der Gelassenheit in sich aufkeimen. Die Müdigkeit, die ihn eben auf der Burg noch heimgesucht hatte, war wie weggeblasen. Er erhob sich, griff nach seinem Übergewand und grüßte den Vater mit einem kurzen Nicken.
»Wo gehst du denn jetzt schon wieder hin?«, brummte Dreyling.
»Ich habe dir ja erzählt, was auf der Burg geschehen ist. Jetzt muss ich den Tatort besichtigen und eine Art Verhör führen.« Er rollte mit den Augen, um dem Vater anzudeuten, wie unerfreulich er diese Pflichten empfand. »Bis nachher also«, fügte er hinzu, bevor er die Stube verließ.

14

Der Burgkaplan, den man nur Moses nannte, weil er den wallenden Bart eines Propheten trug, verschränkte die Arme über seinem Bauchansatz. Mit dem Kinn deutete er zu Boden.

»Hier hat er gelegen«, erklärte er mit dunkler Stimme.

Mathäus sah sich in dem ungeheizten Vorraum um. Vorne, hinter einem mit Kreuzsymbolen bestickten Vorhang, lag der Zugang zur Kapelle. Aber sowohl zu seiner Rechten als auch zur Linken erblickte er eine hölzerne Tür.

»Die beiden Türen führen zur Burg, nicht wahr, Herr Kaplan?«

»Ja. Die eine in den Westflügel, die andere in den Ostflügel.«

»Sind sie immer verschlossen?«

»Eigentlich nicht.« Er demonstrierte es an einer der Türen.

»Mit anderen Worten: Der Attentäter braucht nicht zwangsläufig aus der Kapelle gekommen zu sein.«

»Das sehe ich auch so.«

»Entzückend.« Der Dorfherr stöhnte auf. Von diesen beiden Türen hatte er nichts gewusst; natürlich hatte Elisabeth von Grafschaft auch geflissentlich darauf verzichtet, sie zu erwähnen. Im Prinzip konnte also jeder Bewohner der Burg für die Tat in Frage kommen.

Mathäus betrat die Kapelle während seiner Amtszeit als Dorfherr zum ersten Mal. Sie war lediglich für ganz private Gottesdienste der Burgherren bestimmt; sonntags

allerdings wurde auch eine Messe für das Gesinde gelesen. Außerdem durften die Bediensteten zu bestimmten Zeiten dort beten, denn ein Gang zur Echtzer Pfarrkirche hätte sie zu lange von ihren Pflichten abgehalten.
Moses führte den Dorfherrn durch die Kapelle, die kühl und schmucklos wirkte. In Anbetracht des Tabernakels, das wenigstens mit edelsteinartigen Perlen besetzt war, unterhielten sich die Männer nur flüsternd.
»Natürlich will keiner der Burgherren in dieses Gotteshaus investieren, solange sie es sich teilen müssen«, sagte Moses wie zur Entschuldigung. Er winkte den Dorfherrn verschwörerisch zu sich heran. »Herr Konrad sprach sogar davon, eine eigene Kapelle bauen zu lassen.«
Mathäus nickte. Er kannte so manche von Konrads Zukunftsplänen. »Wo wart Ihr, als das Attentat geschah?«, fragte er dann unvermittelt.
»Der Gottesdienst war beendet, ich befand mich wieder in der Sakristei. Und bevor Ihr fragt: Benno, meinen Messdiener, hatte ich bereits weggeschickt.« Er zupfte verlegen an seiner Kutte. »Aber wenn Ihr wollt, kann ich Euch, äh, jemanden nennen, der bezeugen kann, dass ich …«
»Schon gut, schon gut«, winkte der Dorfherr ab. Er wusste, dass man dem Kaplan Frauengeschichten nachsagte. Möglicherweise hatte ein Weib in der Sakristei auf ihn gewartet. Doch Mathäus empfand ein Nachhaken in dieser Angelegenheit als peinlich und hielt es außerdem nicht für erforderlich. Auch wenn der Kaplan das Zölibat nicht bejahte, so war er dennoch ein gottesfürchtiger Mann, der davon überzeugt war, dass das Ende der Welt nicht mehr fern lag. Bei aller notwendigen Buße, fand Moses, sollten die Freuden des Leibes nicht zu kurz kommen. Diese und

andere Ansichten trugen ihm die Gegnerschaft des Pfarrers Johannes von Echtz ein, der einen äußerst strengen Glauben lebte. Und auch sonst gab es für die beiden, die einander zugetan waren wie Katze und Hund, reichlich Anlässe für Rivalitäten.

»Wohlan denn«, fuhr Mathäus fort. »Wer befand sich noch in der Kapelle, als die Tat geschah?«

»Der junge Rikalt, Herr Paulus, Herr Harper von Mausbach und dessen Gattin Beatrix. Als ich Herrn Konrad schreien hörte, eilte ich sofort hinaus. Die Genannten saßen immer noch auf ihren Bänken dort. Frau Elisabeth dagegen hatte die Kapelle noch vor dem Schluss-Segen mit ihren kleinen Söhnen verlassen. Die beiden Kerle waren während der gesamten Messe sehr unruhig gewesen.«

Mathäus machte ein resignierendes Geräusch. Eines stand fest: Paulus und Konsorten, wie Elisabeth sich ausgedrückt hatte, kamen für die Tat nur schwerlich in Betracht. Aber das hatte er von Anfang an auch nicht geglaubt. Nicht, dass er Rikalts Burgvogt keine Boshaftigkeiten zugetraut hätte – der Mann war ehrgeizig, die Zweiteilung der Burg und Herrschaft ein Dorn in seinem Auge –, doch er hätte sich sicherlich subtilerer Methoden bedient, wenn er Konrad ins Jenseits hätte befördern wollen.

»Dort also saßen Rikalt und die Mausbacher«, sagte Mathäus, um seinen Frust zu verbergen, »und wo haben die Scheiffarts ihre Plätze?«

Moses deutete auf eine Kirchenbank auf der anderen Seite. »Da. Wie Ihr seht, trennt der breite Gang in der Mitte die beiden Familien während des Gottesdienstes.« Er warf einen bedauernden Blick nach oben. »Nicht einmal im Hause des Herrn wird Eintracht demonstriert.«

Der Dorfherr hatte nun genug gesehen und erfahren. Er bedankte sich bei dem Kaplan für die bereitwilligen Informationen und verließ die Kapelle, um erneut den Kastellan aufzusuchen. Nun erwartete ihn die undankbare Aufgabe, Paulus, Harper, dessen schöne Gattin und auch den jungen Rikalt zu befragen – Elisabeth von Grafschaft würde darauf bestehen.
Friedrich informierte den Burgvogt, und eine halbe Stunde später saß Mathäus ihnen in dem Saal gegenüber, in dem man vorgestern noch mit Bruder Walraf gesprochen hatte. Paulus hatte, wie nicht anders zu erwarten, ein hochmütiges, von Spott überzogenes Gesicht aufgesetzt; er erkannte das Dilemma des Dorfherrn und weidete sich an dessen Unwohlsein. Harper war ein paar Jahre jünger als sein Vetter, doch er trug den gleichen schwarzen Bart. Desinteressiert ließ er seinen trüben Blick durch den Saal schweifen; er sah aus, als hätte er bereits einen Humpen intus. Neben ihm saß Beatrix, seine hübsche Frau, die den Dorfherrn mit auffordernder Offenheit ansah. Diesmal trug sie ihre Haare unter einer bunten Haube verborgen. Ihr Mund aber schien zu lächeln, so dass Mathäus sich gezwungen sah, schnell in eine andere Richtung zu schauen. Außerdem wurde ihm in diesem Augenblick bewusst, dass er immer noch unrasiert war. Er hatte an diesem turbulenten Tag einfach noch nicht die Gelegenheit dazu gehabt. Am liebsten wäre er aufgestanden und wieder gegangen, denn er empfand das unwillkürliche Gefühl, dieser Frau gefallen zu müssen.
Rikalt zwinkerte dem Dorfherrn zu, und Mathäus war sich nicht sicher, ob das eine seiner freundlichen Gesten war oder ob es sich auf die schöne Frau in ihrer Mitte bezog.

Mathäus begann zu hüsteln. »Ich, äh ...« Er hätte sich selbst ohrfeigen können wegen seiner Unbeholfenheit. Nicht, dass ihm diese Befragung Angst machte – normalerweise machte er sich einen Sport daraus, Paulus ein wenig zu diskreditieren –, doch in diesem Fall konnte der Schuss allzu leicht nach hinten losgehen.

»Was gibt's denn, Herr Hüter der herrschaftlichen Ordnung?«, fragte Paulus süffisant.

Der Dorfherr gab sich einen Ruck. »Wie wir alle wissen, ist auf Herrn Konrad ein Attentat verübt worden.« Er machte eine Pause, um in den Gesichtern der Anwesenden zu lesen.

»Ja, und?« Paulus spreizte die Hände und war sichtlich amüsiert.

»Das Attentat geschah, als ihr alle noch in der Kapelle wart.«

»Das habt Ihr fein herausgefunden!«

Mathäus biss sich auf die Zunge. »Meine Frage an Euch lautet, ob Euch etwas Außergewöhnliches aufgefallen ist.«

»Was denn zum Beispiel?« Harpers Stimme klang ungeduldig und verschwommen, was Mathäus in seinem Eindruck bestärkte, dass der Mausbacher sich schon den einen oder anderen Becher zu Gemüte geführt hatte. Er fragte sich ernsthaft, wie eine Frau wie Beatrix an der Seite eines solchen Kerls leben konnte.

»Nun, habt Ihr vielleicht jemanden flüchten sehen oder eine fremde Stimme gehört?«

Paulus lehnte sich behaglich in seinem Stuhl zurück. »Wie Ihr ja selber sagtet, saßen wir alle noch in der Kapelle. Und da Ihr diese als gewissenhafter Ermittler sicherlich

besichtigt habt, wird es Eurer Aufmerksamkeit nicht entgangen sein, dass der Vorraum von der Kapelle durch einen schweren Vorhang getrennt ist. Da wir aber weder Augen am Hinterkopf haben noch durch einen Vorhang hindurchsehen können, konnten wir bedauerlicherweise nicht erkennen, was dort vor sich ging. Und außer einem dumpfen Schlag und Herrn Konrads kläglichem Wehgeschrei haben wir nichts vernommen.«
Harper begann schallend zu lachen, so dass seiner Kehle ein unwillkürliches Rülpsen entfuhr. Mathäus entging nicht, welch verachtenden Blick seine schöne Gemahlin ihm zuwarf.
»Ach, Herr Paulus, Euer Witz ist immer wieder erquickend«, sagte der Dorfherr und verdrehte die Augen. »Also, niemand kann mir einen Anhaltspunkt geben, wer im Vorraum der Kapelle Herrn Konrad etwas Böses wollte?« Er stellte die Frage laut in den Raum.
»Ich fürchte, nein«, antwortete Beatrix nach ein paar Augenblicken. Ihre Stimme faszinierte den Dorfherrn. Sie war nicht zu hell, verriet, ebenso wie ihre Augen, Leidenschaft und Intelligenz. »Der Attentäter muss aus einer der seitlichen Türen gekommen und sogleich wieder verschwunden sein. Leider können wir Euch in dieser Sache nicht weiterhelfen, Herr Mathäus.«
Plötzlich sah Harper seinen Vetter verdutzt an. Mit dem Daumen deutete er auf Mathäus. »Ob der vielleicht glaubt, einer von uns war's?«, fragte er, als wäre ihm dieser Gedanke erst jetzt gekommen.
»Wer weiß«, erwiderte Paulus mit einem hämischen Grinsen. Er erhob sich gelangweilt aus seinem Stuhl und spazierte zu einem der Fenster, die man mit Schweinsblasen

zugehängt hatte. Angestrengt versuchte er hindurchzusehen. »Vielleicht sollten wir den Dorfherrn das einmal fragen«, sagte er gefährlich leise.

»Herr Mathäus tut nur seine Pflicht!«, erklärte Rikalt mit einer erstaunlichen Strenge, die keinen Widerspruch duldete.

Paulus nickte. Er grinste immer noch. Beatrix bedachte den jungen Herrn von Merode mit einem bewundernden Blick, für den Mathäus ihn fast beneidete.

Die heimliche Anerkennung der Schönen schien den jungen Herrn von Merode zu beflügeln. »Es dürfte doch jedem Einfaltspinsel einleuchten«, sprach er weiter, »dass Herr Mathäus diese förmliche Befragung nur im Auftrag der Gattin meines Vetters durchführt. Wahrscheinlich hat sie ihm etwas über alte Familienstreitigkeiten erzählt.«

»Welche Familienstreitigkeiten?«, fragte Harper dümmlich, doch Rikalt winkte ab.

»Dass Mathäus darauf verzichtet, sich deswegen vor uns zu rechtfertigen, zeugt von seiner Bescheidenheit, seiner Loyalität und seinem aufrechten Charakter.«

Jedem Anwesenden – selbst Harper – war klar, dass sich diese Spitze gegen Paulus, den Vertreter seines Vormundes, richtete. Diesem war das Grinsen inzwischen vergangen. Offensichtlich spielte er mit dem Gedanken, etwas auf Rikalts Worte zu erwidern, doch Mathäus, dem die Rede des Knaben recht peinlich war, nahm ihm die Gelegenheit dazu.

»Ich will Eure Zeit ohnehin nicht weiter in Anspruch nehmen«, sagte er schnell und erhob sich aus seinem Stuhl. »Danke, dass Ihr mir Eure Aufmerksamkeit geschenkt habt.« Er sah sie der Reihe nach an, wobei er zu seinem

Entsetzen feststellte, wie sein Herz sich bei Beatrix' Anblick zusammenballte. Mit schnellem Schritt verließ er den Saal.

»Was denn? Und deshalb mussten wir unsere Vesper unterbrechen?«, fragte Harper ungläubig.

»Halt die Klappe!«, brummte Paulus.

15

Gedankenverloren betrachtete Heinrich das gewaltige Bauwerk, das vor seinen Augen in die Höhe wuchs. Obwohl noch im Bau befindlich und von zahllosen hölzernen Gerüsten umgeben, auf denen es von Arbeitern nur so wimmelte, vermittelte es einen Eindruck vom Ehrgeiz der Kölner, die scheinbar beschlossen hatten, ihre Stadt mit der größten Kathedrale der Welt zu schmücken. Und weder Pest noch Tod sollten sie von ihrem Vorhaben abbringen.

Vor hundert Jahren hatte man mit dem Bau der Kathedrale begonnen, und sicherlich würde es noch einmal hundert Jahre dauern, bis die Arbeiten daran beendet sein würden. Doch wer wusste schon, ob es diese Welt in hundert Jahren noch gab?

Zuerst hatte vor einigen Wochen die Pest ihren furchtbaren Einzug in die Mauern Kölns gehalten. Man hatte ganze Gassen verbarrikadiert, um der Verbreitung der Seuche Einhalt zu gebieten. Der Tod war allgegenwärtig gewesen. Dann hatten die Kölner aus Paris die Nachricht vom Ableben ihres Erzbischofs, Walram, erhalten. Schließlich war es zu grausamen Judenverfolgungen gekommen, weil man nach Schuldigen suchte, die die Vorboten der Apokalypse herbeibeschworen hätten. Noch nie hatte man das Ende der Zeiten so deutlich vor Augen gehabt.

Inzwischen war die schreckliche Seuche so weit abgeflaut, dass man wieder einem halbwegs geregelten Leben nachgehen konnte. Zwar flammten immer wieder neue Pestherde in der Stadt auf, doch erreichten diese längst nicht mehr jene furchtbare Vehemenz wie noch vor wenigen Wochen. Die Menschen hatten gelernt, mit dem Schrecken zu leben. Nichtsdestotrotz gab es immer noch viele Stimmen, die behaupteten, dass der Herrgott das Weltenende beschlossen habe.

Heinrich zweifelte daran. Er bezweifelte, dass es überhaupt einen Gott im Himmel gab, der die Geschicke der Menschen lenkte. Er zweifelte nun bereits seit elf Jahren, seit jenem unheilvollen Tag, als sein Schwert durch den zarten Leib eines unschuldigen Kindes drang. Nie wieder würde er das schauerliche Geräusch zerberstender Rippen vergessen. Sicher, er hatte auch vorher schon Menschen getötet, schließlich war er ein Soldat des Markgrafen gewesen und hatte an seiner Seite an so mancher Fehde teilgenommen. Doch das war etwas völlig anderes gewesen. Der Tod des kleinen Mädchens hatte sein Leben verändert. Zwar hatte jeder – auch sein bester Freund Mathäus – ihm versichert, dass das Ganze ein bedauerlicher Unfall gewesen sei. Er hatte auch lange Zeit versucht, sich das selbst einzureden – erfolglos! Dass man ihn zudem noch als Retter des englischen Königs feierte und ihn mit Auszeichnungen überschüttete, hatte die Qualen seines Gewissens nur noch verschlimmert. Seine Gier nach Ruhm hatte das Leben eines Kindes ausgelöscht! Irgendwann hatte er den Dienst quittiert, führte seitdem ein Leben als herumreisender Vagabund. Und seine einzigen Begleiter waren Thusnelda, sein Rappe, und Chlodwig, die riesige schwarze Dogge.

Das Pferd hatte Heinrich einem Kölner Stallknecht in

Verwahrung gegeben, der Hund jedoch saß neben seinem Herrn und blinzelte gelangweilt über den Domplatz, auf dem das städtische Leben pulsierte.
Heinrich versuchte, die trüben Gedanken, die ihn wieder einmal heimgesucht hatten, zu vertreiben. Er betrachtete die kunstvoll verzierten Türmchen der Kathedrale, soweit sie hinter den Gerüsten auszumachen waren. Ohne die Kathedrale betreten zu haben, wusste er genau, was ihre Baumeister im Schilde führten. Offensichtlich beabsichtigten sie, es ihren französischen Kollegen gleichzutun. In Frankreich nämlich versuchte man bereits seit langem, durch von Pfeilern getragene Kreuzrippengewölbe beim Betrachter ein neues Raumgefühl zu schaffen. Dieser Stil hatte auch im Reich in den vergangenen Jahrzehnten eine regelrechte Revolution ausgelöst. Selbst der unbedeutendste Adelige versuchte heutzutage, diesen Stil zu kopieren. Doch leider gab es nicht allzu viele Bauherren, die sich in dieser Kunst verstanden.
Heinrich musste an seinen Vater denken, einen Steinmetz, der ebenfalls eine Zeit lang hier beschäftigt gewesen war. Doch das lag über zwei Jahrzehnte zurück. Damals hatten sie hier in Köln gelebt, der Stadt des Erzbischofs, doch Heinrich hatte nur noch blasse Erinnerungen an diese Jahre. Zu viel hatte sich inzwischen verändert, zu sehr war der mächtige Leib der Kathedrale gewachsen. Nur an die große Feier konnte er sich gut erinnern, als man den Hochchor einweihte. Immer noch sah er hinter dem Altar den prunkvoll gewandeten Erzbischof stehen, der sich an diesem Tag sogar dazu herabließ, die Steinmetze und ihre Familien mit seinem persönlichen Segen zu beglücken.

Ein Bußprediger, der sich in seiner unmittelbaren Nähe auf eine Kiste gestellt hatte und düstere Prophezeiungen ausstieß, ließ seine Gedanken in die Gegenwart zurückkehren. Eine bunte Schar von Zuhörern hatte sich um den mit einer weißen Kutte bekleideten Mann geschart, dessen knochenartiges Gesicht von zahlreichen roten Striemen übersät war. Auch auf seiner Kleidung waren diese Spuren sichtbar. Offensichtlich fügte der Mann sich diese Wunden selbst zu, denn in seiner Rechten schwang er eine Geißel, die er manchmal, zwischen zwei donnernden Sätzen, auf ein Körperteil sausen ließ. Mit vibrierender Stimme verkündete er, das Wüten der Pest sei nur ein Kinderspiel in Anbetracht der biblischen Plagen, die Gott für die Menschheit noch vorgesehen habe. Nur durch Buße und demütige Selbstkasteiung könne der Allmächtige dazu bewegt werden, diese Strafe abzuwenden …

Zwei herbeieilende erzbischöfliche Soldaten verscheuchten schließlich den apokalyptischen Prediger, der mit kaum vermuteter Flinkheit das Weite suchte. Teils murrend, teils schadenfroh lachend zerstreuten sich seine Zuhörer.

An Stelle des Predigers trat schon bald ein Gaukler, auf dessen Schulter ein kleiner Affe saß. Der Affe demonstrierte ein paar obszöne Gesten, wobei er seine Zähne vielsagend bleckte. Es dauerte nicht lange, und das Publikum hatte sich erneut zusammengefunden und grölte lauthals über die Zoten des Tieres. Der Gaukler zückte eine Flöte, und der Affe ließ im Takt der schrillen Töne sein Becken kreisen.

Auch Chlodwig verfolgte von weitem mit hoch aufgerichteten Ohren das schlüpfrige Schauspiel. Nach einer

Weile verlor er das Interesse daran und schaute gähnend zu seinem Herrn empor.
»Du hast Recht, wir sollten hier keine Wurzeln schlagen«, murmelte Heinrich.
Sie überquerten den Platz und kehrten in eine Gasse Richtung Alter Markt ein, an deren Rand sich der Unrat in überschaubaren Grenzen hielt. Aus einer Nebengasse stürmte urplötzlich ein keuchender Halbwüchsiger hervor. Ungestüm stieß er mit Heinrich zusammen, so dass beide auf das Pflaster purzelten. Chlodwig begann wütend zu knurren und wollte sich auf den vermeintlichen Angreifer stürzen, allein der Befehl seines Herrn hielt ihn zurück. Im nächsten Augenblick stand ein korpulenter Mann mit hochrotem Gesicht und weißer Schürze neben ihnen. Mit einer Backrolle drosch er auf den Knaben ein, der schützend seine Hände über den Kopf hob und verzweifelt versuchte, sich aufzurichten.
»Dich werd ich lehren, meine Brötchen zu stehlen«, fauchte der Dicke, der selbst Mühe hatte, wieder zu Atem zu kommen.
Heinrich richtete sich ächzend auf und fasste den wild prügelnden Mann an der Schulter. »Lasst es jetzt gut sein, Meister. Dem Jungen wird's schon eine Lehre sein.«
Ein wütendes Augenpaar richtete sich auf ihn. »Was geht Euch das an? Hat der Bengel etwa Euch beklaut?« Mit bebenden Kiefern hielt er Ausschau nach den städtischen Bütteln.
Heinrich schüttelte den Kopf. Er zückte einen Geldbeutel und drückte dem feisten Bäcker eine Münze in die Handfläche. »Das dürfte reichen für ein paar Brötchen«, meinte er.

Der Bäcker starrte in seine Hand, wobei sein pochender Hals hinter einer wulstigen Fleischrolle verschwand. Noch einmal warf er einen vernichtenden Blick auf den Bengel und watschelte knurrend davon.
Heinrich half dem Dieb wieder auf die Beine. Unter den verschlissenen Hosenbeinen des Jungen kamen ein paar blutige Knie zum Vorschein. Er tastete stöhnend nach seinen Blessuren, die die Backrolle an seinen Armen hinterlassen hatte. Scheu blickte er zu seinem Helfer hoch. Heinrich fischte eine weitere Münze aus seinem Beutel und warf sie ihm zu. Der Junge fing sie geschickt auf, schenkte ihm ein dankbares Lächeln und verschwand dann hinkend hinter einem vorüberrumpelnden Karren.
»Keine Sorge, wir können uns diese Barmherzigkeit leisten«, erklärte Heinrich seinem Hund. Chlodwigs Augen funkelten tatsächlich, als wollte er seinem Herrn einen Vorwurf machen. »Der Hufschmied hat mich gut entlohnt«, fuhr dieser fort. »Aber nun sollten wir an unsere eigenen Bedürfnisse denken.« Er deutete auf das Gasthaus zu ihrer Linken. »Zu den Heiligen Drei Königen« stand dort auf einem kupfernen Schild zu lesen. »Was hältst du von einer warmen Mahlzeit und einem kühlen Trunk?«
Chlodwigs Blick verriet weiß Gott keine Begeisterung. Gelangweilt betrachtete er die vorübergehenden Menschen.
»Ich weiß«, seufzte Heinrich. »Du willst lieber einer läufigen Hündin nachstellen. Nur zu – du weißt ja, wo ich zu finden bin!«
Als hätte er diese Aufforderung nur abgewartet, sauste der Hund wie ein schwarzer Schatten davon.
»Aber meide das Rheinufer und die Ratten!«, rief sein

Herr ihm noch nach. Heinrich teilte die Vermutung eines Gelehrten, der ihm einmal begegnet war, die Ratten könnten Überträger von Krankheiten sein.
Er wandte sich dem Gasthaus zu. Inzwischen war es Mittag, entsprechend gefüllt war die Gaststube, in die er trat. An einem der vorderen Tische saßen drei Webergesellen, die hinter vorgehaltener Hand über ein paar Zunftherren schimpften. Weiterhin waren sehr viele Domarbeiter hier anwesend; Heinrich erkannte sie an ihren Kellen und Hämmern, die sie – um keine Diebe in Versuchung zu führen – mit sich trugen. Ein schlaksiger Kerl parlierte laut über die schlechte Verpflegung in der Bauhütte, ein anderer, dessen Weib offenbar in der dortigen Garküche arbeitete, widersprach ihm heftig. Eine lautstarke Diskussion entbrannte, die sich von Tisch zu Tisch ausbreitete. Als wäre der Geräuschpegel nicht schon hoch genug, begann das vor dem Schanktisch hockende Söhnchen des Wirts in eine Posaune zu pusten, aus deren vorderer Öffnung ein holzgeschnitzter Hintern erschien.
Heinrich betrachtete die Gesichter der Anwesenden. Sicherlich gab es nicht einen unter ihnen, der in den vergangenen Wochen nicht einen oder mehrere seiner Angehörigen verloren hatte. Doch offenbar waren diese Menschen darum bemüht, dass der Alltag sie wieder einholte. Sie versuchten unverdrossen, ihrem Jammertal zu entfliehen.
Er erspähte einen kleinen freien Tisch an der hinteren Wand des Raumes. Hier ließ er sich nieder und versuchte, den Lärm um sich herum zu ignorieren. Beim Wirt, einem rundlichen Mann mit rosigen Wangen und hektischen Bewegungen, bestellte er eine Fleischpastete mit Gemüse

und einen Krug Bier. Ein freundlich dreinschauendes Schankmädchen servierte ihm nach einer Weile das Gewünschte; mit Genuss machte er sich darüber her. Das Mädchen warf ihm vom Schanktisch des Öfteren süße Blicke zu, was sein Herz hüpfen ließ. Wie oft sehnte er sich danach, den Leib einer Frau an dem seinen zu spüren! Wie oft musste er an Johanna denken, die er vor langer Zeit verloren hatte. Johanna! Nun war sie mit einem anderen Mann verheiratet, einem Aachener Ratsherrn. Aber er hatte es ja selbst so gewollt!
Er leerte seinen Becher in einem Zug, als könne er so seine neuerlich aufkeimende Schwermut ertränken. Der Mann, der plötzlich mit Aufmerksamkeit heischendem Gepolter in die Wirtsstube trat, bewahrte ihn davor, seine Gedanken weiterzuspinnen.
»Leute, alles wird gut«, verkündete der Ankömmling mit überspitztem Frohsinn. »Der Rätselmeister ist da!«
»Verzieh dich!«, riet ihm einer der Steinmetze unwirsch. Auch die Gesichter der anderen hießen ihn nicht gerade willkommen.
Der Mann glaubte zu wissen, was die Männer so abweisend machte. »Keine Sorge, Leute. Ich habe jeden Umgang mit Pestkranken gemieden! Von mir habt ihr nichts zu befürchten. Aber vielleicht seid ihr ja etwas gastfreundlicher, wenn ihr erfahrt, dass einer von euch einen Silbergulden gewinnen kann!« Diese Behauptung zeigte Wirkung. Allmählich verebbten die Gespräche, und alle Blicke richteten sich auf ihn, wenngleich immer noch von Misstrauen und Skepsis erfüllt.
Heinrich betrachtete den Mann eingehend. Er war sicherlich noch ein paar Jahre jünger als er selbst, sein bartloses

Gesicht wirkte auf Anhieb durchtrieben, und seine Miene verriet, dass er ständig auf der Hut war. Er trug ein grelles Kostüm, das, wie Heinrich vermutete, die Aufmerksamkeit der Menschen auf sich ziehen sollte. In seinen Händen drehte er einen nicht minder grellen Hut.
»Derjenige von euch, der das Rätsel löst, das ich euch stellen werde, erhält einen echten Rheinischen Silbergulden!«, behauptete er noch einmal, als endgültige Ruhe eingekehrt war. Aus einer Tasche seines Kostüms zückte er eine riesige Münze, die er in die Höhe hob wie ein Priester eine Hostie.
»Dann schieß schon los!«, forderte ihn jemand auf.
Der Rätselmeister hob beschwichtigend einen Arm. »Langsam, Freunde, langsam. Zuerst einmal müsst ihr einen Einsatz riskieren. Nur wer einsetzt, kann auch gewinnen.«
»Wusste ich doch gleich«, rief einer der Weber erbost. »So läuft der Hase!«
Der Rätselmeister erstickte aufkommendes Gemurmel im Keim. »Ich bitte euch, Freunde. Der Einsatz für einen jeden beträgt nur einen Pfennig. Seid ihr so arm, dass ihr keinen Pfennig entbehren könnt? Denkt doch an den Gewinn!«
Er begann durch die Reihen zu schreiten und streckte seinen Hut aus. Anfangs noch zögerlich füllte sich dieser allmählich immer mehr mit kleinen Münzen. Jeder hatte bereits seinen Obolus entrichtet, als der Rätselmeister vor Heinrichs Tisch erschien. Der machte keine Anstalten, eine Münze in den Hut zu werfen.
»Was denn, traust du dich nicht?«, höhnte der Rätselmeister.

Heinrich sah lächelnd zu ihm hoch. »Ich möchte dich ungern um einen Silbergulden erleichtern«, erwiderte er.
»Pah!« Der andere drehte sich Unterstützung heischend um. »Habt ihr das gehört? Wie nennt man einen solchen Mann? Geizhals? Angeber? Oder Drückeberger?«
»Los, gib ihm doch diesen gottverdammten Pfennig!«, forderte eine raue Stimme.
Heinrich hob seine Schultern, wühlte in seiner Börse und schnippte das Verlangte in den Hut.
»Danke!«, sagte der Rätselmeister, sich spöttisch verbeugend. Dann schritt er nach vorne, wo alle ihn sehen konnten, wartete, bis wieder absolute Ruhe eingekehrt war, und holte mit einer bedächtigen Bewegung eine hölzerne Schachtel aus seinem Kostüm hervor. »Den Inhalt dieser Schachtel gilt es zu erraten«, erklärte er geheimnisvoll. Er machte eine Pause, um die Spannung zu steigern, bevor er fortfuhr: »Der Inhalt dieser Schachtel diente seinem Besitzer einst zur Nahrungsbeschaffung!«
Alle sahen ihn stumm an. Der Rätselmeister machte ein paar Schritte auf und ab, als überlegte er, welche Information er als Nächstes preisgeben sollte. »Später«, sagte er dann versonnen, »später, nach der Aufforderung durch den Meister, ließ er diese Tätigkeit bleiben!«
»Weiter!«, drängte ein Steinmetz.
»Er war primus inter pares!«
»Was zum Teufel heißt das denn?«, wollte jemand wissen.
Der Rätselmeister bedachte ihn mit einem ungnädigen Blick. »Das heißt Erster unter Gleichen, du ungebildeter Strolch. Doch nun hört weiter: Ein Geschöpf mit Federn beschämte ihn! Und obwohl sein Ende grausam war, ob-

wohl das Rätsel in der Schachtel ihn unvollkommen macht, so ist er dennoch vollkommen nun, achtet streng, dass kein Gauner seine Pforte passiert.«

Alle warteten gebannt auf weitere Informationen, doch der Rätselmeister machte durch eine Geste deutlich, dass er die Fragestellung als beendet betrachtete. Mit einem kaum wahrnehmbaren Grinsen hörte er sich die Reaktionen seiner Rater an.

»Wer soll aus diesem beschissenen Kauderwelsch denn schlau werden?«

»Wahrscheinlich weiß er selber nicht, was er meint.«

»Gib uns wenigstens noch eine weitere Information!«

Der Rätselmeister schüttelte entschlossen den Kopf. »Ihr habt genug gehört. Nun müsst ihr raten!«

»Rappel doch mal an der Schachtel!«, sagte das Söhnchen des Wirtes keck.

Der Rätselmeister machte ein entrüstetes Gesicht. »Törichter Bengel! Glaubst du etwa, ich hätte die Schachtel nicht mit Samt auskleiden lassen, auf dass ihr geheiligter Inhalt nicht beschädigt wird?«

Nun entbrannte eine aufgeregte Diskussion. Man ließ die Mitteilungen des Rätselmeisters Revue passieren. Ein jeder stellte eine Vermutung in den Raum, die sogleich von einem anderen widerlegt wurde.

»Ein Geschöpf mit Federn? Was soll das sein? Ein Vogel?«

»Quatsch!«

»Was sonst?«

»Etwas Mysteriöses! Ein Phönix oder so was!«

»Und welcher Meister befahl wem, keine Nahrung mehr zu beschaffen?«

»Das frage ich mich auch.«
»Vielleicht einer von diesen Gildemeistern?«
»Hast du schon einmal einen Gildemeister gesehen, der in eine Schachtel passt, du Schwachkopf?«
»Und was hat ein Gildemeister mit einem Phönix zu tun?«
»Ich sag doch, es ist ein Vogel.«
Der Rätselmeister ließ sie eine Weile debattieren. Schließlich hob er eine Hand und bat um Ruhe.
»Es sieht nicht so aus, als könnte jemand von euch das Rätsel lösen.«
Niemand widersprach ihm. Sorgfältig steckte er die Schachtel in seine Tasche zurück und spazierte, die Hände hinter dem Rücken verschränkt, durch die Tischreihen. Vor Heinrichs Tisch blieb er grinsend stehen.
»Nun, Meister Angeber? Auch keine Idee?«
Heinrich schob sich den letzten Rest seiner Pastete in den Mund. »Doch«, antwortete er schmatzend. »Aber dann bist du deinen Silbergulden los.«
»Ach was?« Die Mundwinkel des Rätselmeisters zuckten unsicher. »Nimm auf mich bloß keine Rücksicht. Ich bin ganz Ohr!«
Heinrich wischte über seinen Mund. »Nun, in der Schachtel befindet sich eine Reliquie«, sagte er und lehnte sich zurück. »Oder besser gesagt: Du behauptest, es sei eine Reliquie.«
Die Männer im Schankraum starrten auf den Rätselmeister, der nun merklich still geworden war.
»In deinem Rätsel ist vom heiligen Petrus die Rede«, fuhr Heinrich ruhig fort. »Und in der Schachtel befinden sich – angeblich, versteht sich – die Knochen seiner Hand.«

»Erklär uns das!«, rief das Mädchen hinter dem Schanktisch mit einem kecken Lächeln.
Heinrich zwinkerte ihr zu. »Gerne. Petrus war zunächst ein Fischer«, erklärte er. »Mit der Kraft seiner Hände zog er die Netze aus dem Wasser. Seine Hände dienten ihm also zur …?« Er stellte die Frage in den Raum.
»Nahrungsbeschaffung«, murmelten einige Stimmen wie erleuchtet.
Heinrich nickte schmunzelnd. »Der Meister, der ihn aufforderte, dies bleiben zu lassen, war kein Geringerer als Jesus Christus. Denn der wollte einen Menschenfischer aus ihm machen. Petrus hatte schon bald die wichtigste Position unter den Aposteln des Herrn eingenommen – er war ein primus inter pares!«
»Der Kerl hat Recht«, staunte einer der Steinmetze.
Der Rätselmeister hatte inzwischen Heinrich gegenüber Platz genommen und versuchte seine Zerknirschung zu verbergen, indem er sein Gesicht durch ein arrogantes Grienen verzog.
»Das fedrige Geschöpf, das ihn beschämte«, sprach Heinrich nun weiter, »war ein Hahn. Noch ehe dieser nämlich dreimal krähte, hatte Petrus seinen Herrn dreimal verleugnet.« Er beugte sich wieder vor und faltete die Hände über dem Tisch zusammen. »Sein späteres Ende war grausam: Die Römer ließen ihn kreuzigen – mit dem Kopf nach unten! Und obwohl die Knochen seiner Hand sich angeblich in jener Schachtel befinden, ist er nun vollkommen, denn er ist ein Heiliger und bewacht die Himmelspforte.« Er bedachte den Rätselmeister mit einem scheelen Blick. »Und er achtet darauf, dass kein Gauner diese Himmelspforte passiert!«

In der Wirtsstube brandete lauter Beifall auf. Der Rätselmeister aber bat mit erhobener Hand um Ruhe.
»Scheinbar zweifelt dieser Mann daran, dass es sich um die Knochen des heiligen Petrus handelt«, bemerkte er kühl.
»Ja, das tue ich. Zeig mal her!«
Der Rätselmeister reichte ihm widerwillig die Schachtel.
»Aber sei vorsichtig damit«, brummte er.
Heinrich öffnete die Schachtel und sah prüfend hinein.
»Diese Knochen sind nie und nimmer tausend Jahre alt«, erklärte er kopfschüttelnd. »Wahrscheinlich stammen sie von einem armen Sünder, den du irgendwo am Galgen baumeln sahest. Und dieser hier …«, er fischte einen dürren Knochen hervor, »… könnte ebenso gut von einem alten Gockel stammen.«
Schallendes Gelächter breitete sich aus.
»Wenn das so ist«, rief der Rätselmeister in die Runde, »dann hat er das Rätsel nicht gelöst. Dann hätte er halt sagen müssen, es befänden sich Hühnerknochen in der Schachtel.«
»Quatsch nicht so dämlich daher!«, maulte ein hünenhafter Steinmetz, der die Schultern eines Ochsen zu haben schien. »Er hat das Rätsel gelöst, nun gib ihm seinen Preis.« Die Blicke der anderen stimmten ihm zu.
Der Rätselmeister zögerte zunächst. Seine funkelnden Augen schweiften umher. Als er sah, wie der Mann mit der Ochsenschulter eine drohende Haltung einnahm, zückte er den Silbergulden, warf ihn auf den Tisch und verließ mit schnellem Schritt die Wirtsstube.
Wieder begannen die Männer zu applaudieren. Heinrich bedankte sich mit einem artigen Kopfnicken. Das Schank-

mädchen warf ihm eine Kusshand zu und klimperte mit ihren Augenlidern. Kurze Zeit später hatte sich das Treiben in der Schenke wieder normalisiert.
Heinrich trank seinen Bierbecher leer. Der Mann mit dem Ochsenkreuz linste verstohlen zu ihm herüber. Dann wandte er sich an seinen Sitznachbarn, einem blatternarbigen Gesellen mit fehlenden Schneidezähnen, raunte ihm ein paar schnelle Worte zu. Der Blatternarbige nickte grinsend. Gleich darauf erhoben sich die beiden und schlenderten auf Heinrichs Tisch zu.
»Grüß dich, Meisterrater«, sagte der Hüne.
Heinrich nickte ihnen zu und seufzte innerlich auf. Er schien zu wissen, was nun folgen würde.
»Dürfen wir uns zu dir setzen?«
»Wenn's denn sein muss.«
Die beiden ließen sich auf einen Hocker sinken. »Wir haben nämlich noch nie einen echten Rheinischen Silbergulden aus der Nähe gesehen«, erklärte der Blatternarbige mit einem gierigen Blick auf die Münze, die immer noch mitten auf dem Tisch lag.
Heinrich schob sie zu ihm hinüber. »Nur zu«, sagte er matt. »Seht sie euch ruhig an.«
Die beiden betrachteten das Geldstück abwechselnd von allen Seiten, wiegten es prüfend in ihren Händen und bissen zu guter Letzt hinein. Mit einem schmalen Grinsen schob der Hüne es wieder in die Mitte des Tisches zurück.
»Spielst du gern?«, fragte er unvermittelt.
»Nein!«
Die beiden Steinmetze wechselten einen spöttischen Blick.
»Ein Mann, der nicht gerne spielt«, lachte der Blatternarbige. »Bist du etwa ein Bußprediger?«

»Nein!«
»Na also!« Sie zauberten drei Würfelbecher aus ihren Kitteln hervor. Einen davon reichten sie Heinrich. Der aber schüttelte mit dem Kopf.
»Ich sagte, ich spiele nicht!«, sagte er fest.
»Ich sagte, ich spiele nicht«, äffte der Hüne ihn nach. »Hast wohl Angst, du könntest verlieren, wie?«
»Ich habe keine Angst. Ich habe nur keine Lust, mich von euch betrügen zu lassen!«
Die Steinmetze setzten ein erzürntes Gesicht auf. »Du nennst uns Betrüger?«, riefen sie im Chor.
In der Schenke wurde es wieder still.
Heinrich blieb ruhig und streckte eine Hand aus. »Zeigt mir doch mal eure Würfel!«
»Was willst du mit unseren Würfeln?«, fragte der Blatternarbige schluckend.
»Ganz einfach, ich will beweisen, dass ihr Betrüger seid!«
Der Hüne erhob sich gefährlich langsam von seinem Hocker und beugte sich über den Tisch. Mit einer ansatzlosen Bewegung packte er Heinrich beim Kragen. »Das nimmst du zurück, Freundchen, sonst reiß ich dir die Eingeweide raus.«
Heinrich zuckte mit keiner Wimper. »Lass mich los!«, sagte er ruhig. »Sofort!«
»Ich sagte, das nimmst du zurück!«
»Und ich sagte, lass mich los!«
Die Männer an den Tischen beobachteten die Szene neugierig. Der Hüne war sich seines Publikums bewusst und versuchte, ein unterhaltsames Schauspiel zu inszenieren. Sein Kopf beugte sich noch weiter vor, so dass er sich fast

mit dem von Heinrich berührte. »Ich zerquetsche dich wie eine Laus!«, knirschte er.
Heinrich streckte seinen Kopf weit nach hinten. Ein paar Männer, die dies für Ängstlichkeit hielten, begannen amüsiert zu kichern. Doch urplötzlich katapultierte sich Heinrich nach vorne. Seine Schläfe traf dumpf die Stirn des anderen, der laut aufschreiend zurücktorkelte und benommen nach seinem Schädel tastete. Sogleich sprang auch sein Kamerad auf. Er ballte drohend seine Fäuste, traute sich aber offensichtlich nicht, den immer noch gelassen dasitzenden Heinrich anzugreifen.
Inzwischen hatte sich der andere von dem Kopfstoß erholt. Sein linkes Auge war kräftig geschwollen, was den Ausdruck der Wut in seinem Gesicht nur noch steigerte.
»Los, auf ihn!«, forderte er seinen Kumpan auf. Gemeinsam preschten sie voran, um sich auf den Kerl zu stürzen, der sie vor aller Augen gedemütigt hatte.
Heinrich aber erhob sich blitzschnell von seinem Hocker, griff mit beiden Händen nach der Kante des Tisches und kippte ihn nach vorne, so dass die beiden Angreifer ungestüm dagegenrannten.
»He, was soll das?«, rief der entsetzte Wirt hinter dem Schanktisch.
Die beiden Steinmetze zeigten sich nur kurz verblüfft, mit neuer Wut stürmten sie auf Heinrich zu. Der versuchte beiseite zu springen, doch der Blatternarbige erwischte ihn bei der Schulter. Die drei Männer stürzten zu Boden, wobei der Hüne auf dem Bauch seines Kumpans landete. Nach Luft ringend begann dieser wild um sich zu schlagen. Heinrich nutzte die Verwirrung, um sich aus dem Knäuel zu befreien und auf die Beine zu kommen, doch

der Hüne tat es ihm mit erstaunlicher Schnelligkeit gleich. Seine Augen flackerten wie die Feuer der Hölle. Heinrich sah eine gewaltige Faust auf sich zusausen; reflexartig bog er seinen Oberkörper zur Seite.
Der Hieb ging ins Leere. Vom Schwung seines eigenen Schlages mitgerissen taumelte der Steinmetz nach vorne und stolperte über seinen immer noch ächzend am Boden liegenden Kumpan. Sofort rappelte er sich wieder hoch und wandte sich mit wutverzerrtem Gesicht an seine Berufskollegen, die den Kampf interessiert verfolgten.
»Los, helft uns gefälligst, den Kerl fertig zu machen, ihr Trottel!«, schnaufte er.
Die Männer sahen sich an. Heinrich erkannte an ihren Mienen, dass sie den beiden Kerlen diese Abreibung durchaus zu gönnen schienen; offensichtlich waren sie nicht sonderlich beliebt in der Gemeinschaft der Steinmetze. Nur zwei junge Burschen, die es sich mit den Streitbaren nicht verscherzen wollten, erhoben sich und schritten zum Kampfort.
»Wir nehmen ihn in die Zange«, bestimmte der Hüne. Inzwischen hatte sich auch der Blatternarbige von seinem Bauchtrauma erholt. Sein Grimm war unübersehbar.
Heinrich sah sich nun einem Halbkreis von vier Gegnern gegenüber, die bedrohlich näher rückten. Er bückte sich nach einem Bierkrug und schleuderte ihn zielsicher auf einen der beiden herbeigerufenen Burschen. Der Krug landete auf seinem Kopf, wo er in mehrere Teile zerbrach. Benommen plumpste der Kerl auf sein Hinterteil.
Diese unvermutete Attacke war für die anderen drei das Signal, unverzüglich loszustürmen. Plötzlich fand Heinrich sich unter einer Traube wütender Berserker wieder.

Gezielte Faustschläge trommelten auf sein Gesicht ein. Alle Kraft zusammennehmend brachte er einen kräftigen Fußtritt zustande, der zumindest den Blatternarbigen aus der Traube katapultierte. Der landete, vergeblich um Balance bemüht, auf einem der Schenktische, der krachend in seine Einzelteile zerbarst. Krüge zerbrachen und Becher polterten. Niemand achtete auf die verzweifelten Rufe des händeringenden Wirtes.
Inzwischen hatte Heinrich auch den anderen Burschen von sich stoßen können, sah sich für einen kurzen Moment nur noch dem Hünen gegenüber, der gotteslästerliche Flüche ausstieß. Diesen Moment galt es zu nutzen. Heinrich zog eine entsetzte Grimasse, als hätte er hinter seinem Angreifer ein Rudel zähnefletschender Dämonen erblickt. Als der Hüne einen fragenden Blick über die Schulter warf, spürte er schon den wuchtigen Tritt in seinem Unterleib. Seine Augen verloren jeglichen Glanz; keuchend und kampfunfähig sackte er in die Knie.
Der Blatternarbige hatte sich derweil einen schweren hölzernen Hammer reichen lassen, womit er einen neuen Angriff wagte. Heinrich konnte diesem mehr schlecht als recht ausweichen; der Schlag des Hammers traf ihn dumpf am Brustkorb. Für einen Augenblick blieb ihm die Luft weg. Doch schnell fasste er sich wieder. Er bekam den Arm mit dem Hammer zu fassen und schleuderte den Angreifer stöhnend von sich. Der Blatternarbige taumelte gegen die Wand, wo sich ein Schild, der ein verblichenes Wappen trug, aus der Aufhängung löste und mit einem glockenartigen Geräusch auf seinem Kopf landete. Wie im Schneckentempo glitt er, mit dem Rücken an der Wand entlang, zu Boden.

»Der Schild stammte aus der Stauferzeit«, jammerte der Wirt, doch seine Worte gingen im allgemeinen Gelächter unter.
Die beiden noch verbliebenen Burschen sahen einander unsicher an. Auch sie hatten sichtbare Läsionen davongetragen. Auf der Stirn des einen klaffte ein blutender Riss, während der andere sein schmerzendes Knie rieb. Ihre Anstifter wälzten sich kampfunfähig über die Dielen, doch das Gejohle und die höhnischen Kommentare der Kollegen wollten sie nicht auf sich sitzen lassen. Mit einem wütenden Schrei preschten sie noch einmal vor, doch der Tisch, der ihnen plötzlich entgegenflog, ließ auch sie zu Boden gehen. Von splitternden Brettern umgeben blieben sie diesmal unten.
Tosender Applaus wurde laut. Heinrich ließ sich schnaubend auf einen Hocker fallen. Sein Gesicht war von roten Schwellungen überzogen, und aus seiner Nase tropfte Blut. Außerdem pochte die kaum vernarbte Wunde an seiner Schulter fürchterlich. Wie benommen nahm er das Mädchen hinter dem Schanktisch wahr, das ihn inbrünstig anhimmelte und nicht auf den Wirt achtete, der mit lamentierenden Gesten um sie herumhüpfte.
Im nächsten Augenblick stürmte eine schwarze, knurrende Bestie in die Wirtsstube.
»Gib dir keine Mühe, Chlodwig«, seufzte Heinrich und betastete mit einem Finger seine aufgeplatzten Lippen. »Du kommst – wie immer, wenn man dich braucht – zu spät!«
Der Hund senkte schuldbewusst den Kopf. Die Männer machten eiligst eine Gasse frei, als er auf seinen Herrn zutrottete.

Heinrich wollte sich soeben erheben, als er an der Tür einen ihm bekannten rothaarigen Burschen stehen sah, der seine Augen ungläubig über das Trümmerfeld schweifen ließ. »Dietrich! Was um alles in der Welt machst du denn hier?«
Der Diener schluckte. »Euch suchen, Herr.« Mit einem fassungslosen Blick auf die am Boden wimmernden Verletzten schritt er Heinrich entgegen. »Wart Ihr das etwa?«, staunte er.
»Ja, leider.«
»Alleine?«
»Da mein treuer Hund lieber auf läufige Hündinnen steigt, anstatt seinem in Bedrängnis geratenen Herrn zu helfen, musste ich mich dieser Kerle notgedrungen selbst erwehren.«
Chlodwig gähnte, und Dietrich bekam den Mund nicht mehr zu.
»Du suchst mich also?«, riss Heinrich den Diener aus seinem Staunen.
»Ja, Herr.«
»Lass mich raten: Der gute Mätthes braucht meine Hilfe!«
»Ja, Herr. Er sagt, es sei dringend!«
»Sieh mal einer an. Sag bloß, in Merode ist schon wieder der Teufel los. Seit wann suchst du mich?«
»Seit gestern.«
Heinrich pfiff durch seine blutverschmierten Zähne. »Respekt! Du bist wahrlich ein schneller Finder, Dietrich.«
»Na ja, wenn ich Euer Mondk…, äh, Euren Hund nicht in dieses Wirtshaus hätte springen sehen, hätte es wohl noch etwas länger gedauert.«

»Dann ist er ja wenigstens zu etwas nütze. Lass uns sofort auf den Weg machen.«
»Moment mal«, rief der Wirt mit Nachdruck. »Und wer kommt für den Schaden auf, den Ihr hier angerichtet habt?«
Heinrich hob die Achseln und bückte sich nach dem Silbergulden, der im Kampfgetümmel zu Boden gefallen war. Im hohen Bogen flog die Münze durch die Stube und landete klimpernd auf dem Schanktisch.
»Reicht das?«, wollte Heinrich wissen.
Der Wirt nickte schluckend.
Unter den neugierigen Blicken der tuschelnden Gäste verließen Heinrich, Dietrich und Chlodwig das Gasthaus »Zu den Heiligen Drei Königen«.

16

Der Dorfherr stieß einen schweren Seufzer aus, als der letzte Bedienstete den Vorraum der Burgkapelle verlassen hatte. Vor ihm, auf dem kleinen Pult, das er sich hatte herbringen lassen, lag ein weißes Pergament, doch außer einiger weniger, belangloser Notizen war es unbeschrieben. In einem plötzlichen Anfall von Wut und Enttäuschung zerknüllte er es und schmiss es über die Schulter nach hinten.

Dabei war er von seiner eigenen Idee so angetan gewesen: Sowohl Konrads als auch Rikalts Gesinde hatte vor ihm erscheinen müssen. Und das an der Stätte des Attentats, ein durchdachter Kniff, mit dem er an der schuldbewussten Seele des Täters rütteln wollte. Nacheinander waren Mägde, Zofen, Knechte, Knappen und Pagen vorgetreten, doch niemand wollte am gestrigen Tag etwas Verdächtiges gehört oder gesehen haben. Und niemand von ihnen hatte übermäßig nervös gewirkt.

Mathäus lehnte sich auf seinem Stuhl zurück und presste nachdenklich zwei Finger auf seine geschlossenen Augenlider. Eine Zeit lang verharrte er müde in dieser Position. Plötzlich spürte er, dass er nicht mehr alleine war. Er öffnete seine Augen und brauchte einen Moment, bis er erkannte, wer dort vor ihm stand.

Es war Beatrix.

Der Dorfherr sprang von seinem Stuhl auf und stammelte irritiert eine Begrüßung. Beatrix lächelte ihn an; sie trug ein seidenes Kleid, das ihre Körperformen auffallend betonte. Ihre Haare fielen wallend über die Schultern nach vorne. So muss eine Fee aussehen, schwirrte es Mathäus durch den Kopf. Er versuchte, ihr Lächeln zu erwidern, doch sein Gesicht verzog sich zu einer nervösen Grimasse, wofür er sich am liebsten selbst geohrfeigt hätte. Beatrix' Worte erlösten ihn von dem Gedanken, die Konversation eröffnen zu müssen.

»Habt Ihr den Übeltäter bereits ausfindig gemacht, Herr Mathäus?«

Wieder war es ihre Stimme, die den Dorfherrn faszinierte. Er ließ sie eine Weile nachklingen, bevor ihm die Worte bewusst wurden.

»Was? Wie? Den Übeltäter? Nein, ich, äh … Ich habe, um ehrlich zu sein, nicht die geringste Ahnung.«

Beatrix zog bedauernd eine Augenbraue nach oben. Doch sie lächelte immer noch. »Sicherlich ist Euer Posten hier nicht ganz einfach«, sagte sie. Es klang nicht wie eine Frage, sondern mehr wie eine Feststellung.

»Wie? Ach so. Nun, man tut, was man kann, nicht wahr?«

»Ich kann mir gut vorstellen, dass es kein Vergnügen ist, Leuten wie Konrad oder Paulus zu dienen.«

Ihre Direktheit steigerte seine Verwirrung. Dümmlich grinsend kratzte er sich am Kopf. »Spielt das eine Rolle?«, stammelte er.

Beatrix hob ihre Schultern. »Ihr habt Recht! Was spielt schon eine Rolle im Leben? Wer fragt nach Wünschen und Gefühlen?« Ihr Blick schien mit einem Mal in weite Fernen entrückt. »Man wird geboren, und niemand kann sagen, wie lange dieses Leben währen wird. Man wächst auf, wird älter und bleibt ein Stück Treibholz im Strom der Zeit. Man wird vermählt, und keiner fragt nach Liebe oder Zuneigung. Und wenn der Gemahl ein Trunkenbold ist, schert das auch niemanden.«

»Warum verlasst Ihr Harper nicht?«, fragte Mathäus, doch noch während er sprach, bereute er seine Worte. Wie konnte er sich bloß dazu hinreißen lassen, dieser Frau seine Gedanken zu offenbaren? Ob sie ihn womöglich verzaubert hatte? Er nagte an seiner Unterlippe. »Ich rede Unsinn. Bitte, verzeiht mir«, bat er sie schließlich leise.

Beatrix deutete ein sanftes Kopfschütteln an. »Was sollte ich Euch verzeihen? Dass Ihr mir eine Frage stellt, die mich selbst verfolgt wie der Teufel eine schwarze Seele? Nein, Eure Frage ist durchaus berechtigt, Herr Mathäus. Und dennoch ist sie töricht, wie wir beide wissen.« Sie machte ein paar Schritte durch den Raum, bevor sie vor dem Dorfherrn wieder stehen blieb. »Ich möchte Euch nicht langweilen mit der Geschichte von der Tochter eines verarmten Ritters. Ihr könnt Euch ohnehin denken, was geschieht: Mein Vater ist heilfroh, dass sich bei meiner geringen Mitgift überhaupt ein Freier findet. Und schon erfüllt sich das Schicksal.«

»Harpers klügste Tat«, entfuhr es Mathäus ungewollt. Mit Unbehagen sah er das sinnliche Feuer, das seine Worte in Beatrix' Augen auslösten. Ihre Lippen begannen sich unendlich langsam zu öffnen.

»Was gäbe ich darum«, hauchte sie, »in den starken Armen eines Mannes mit Herz, Leidenschaft und Verstand zu liegen.«

Mathäus wollte zu einer Erwiderung ansetzen, doch ein Kloß in seinem Hals blockierte jedes Wort.

»Was gäbe ich für einen Mann wie dich«, fuhr Beatrix

fort. Ihre Stimme war vollends in ein Flüstern übergegangen. »Du magst zwar unbedarft wirken, doch in Wirklichkeit bist du wie ein Edelstein.«

Mathäus schluckte. »Wer, ich?«

»Ja, du bist ein roher Edelstein, den man nicht schleifen sollte.«

Mit einer unendlichen Langsamkeit kam ihr Gesicht dem seinen näher. Er sah ihre roten, vollen Lippen, und sein Herz schlug ihm bis zum Hals.

»Wir sollten das nicht tun!«, brachte er schließlich hervor.

Beatrix lächelte, als habe ein tumber Knabe ihr etwas Verrücktes erzählt. »Wirklich nicht?«

»Wirklich nicht!« Er trat einen Schritt zurück, so dass sein Stuhl polternd umfiel. Es verwirrte ihn, dass das Lächeln auf den Lippen der Frau trotz seiner Zurückweisung noch immer nicht erloschen war. Aus seinen Augenwinkeln nahm er im nächsten Augenblick eine weitere Person wahr. Siedend heiß durchfuhr es ihn. An der Schwelle der Tür, die in den Westflügel führte, stand Elisabeth von Grafschaft.

Er hatte keine Ahnung, wie lange sie dort schon stand. Hatte sie gelauscht? Hatte sie ihr Gespräch verfolgt? Und wie mochte sie das Bild, das sich ihr geboten hatte, wohl deuten?

Elisabeths ohnehin kühles Gesicht wirkte wie aus Stein gemeißelt. Auch Beatrix hatte ihre Anwesenheit inzwischen bemerkt; mit einem höhnischen Zug um ihre Mundwinkel und einem letzten vielsagenden Nicken Richtung Mathäus verließ sie den Kapellenvorraum über die Tür zum Ostflügel.

Mathäus hatte sich inzwischen wieder gefasst. »Ich hoffe, dass es Eurem Gatten besser geht, Frau Elisabeth«, sagte er, ein Hüsteln unterdrückend.

»Dank Meister Cornelius' Heilkünste geht es ihm nun tatsächlich besser. Aber es würde mich brennend interessieren, wie weit Ihr inzwischen mit Euren Ermittlungen seid«, fügte sie mit einem lauernden Blick hinzu. Sie trat näher.

Mathäus atmete tief durch. »Nun, es ist nicht zu leugnen, dass sich die Suche nach dem Attentäter als äußerst schwierig erweist.«

Elisabeth deutete auf das am Boden liegende Papierknäuel. »Ja, offensichtlich!« In ihren Augen glomm ein gefährliches Licht. »Aber vielleicht wart Ihr ja auch zu sehr abgelenkt!«

»Macht Euch darüber keine Gedanken, Frau Elisabeth«, erwiderte Mathäus kühl. »Ich nehme meine Pflichten durchaus ernst. Aber ich bin kein Hellseher, und ich kann Euch den Attentäter nur dann präsentieren, wenn ich genügend Beweise für seine Schuld gefunden habe. Ach, und übrigens ...« Er verschränkte seine Arme. »Sicher habt Ihr gestern einfach nur vergessen, mir mitzuteilen, dass es diese beiden Türen gibt.«

»Was haben die Türen mit der Sache zu tun?«

»Es fällt mir schwer zu glauben, dass eine intelligente Frau wie Ihr mir diese Frage stellt.«

»Was erlaubt Ihr Euch, so mit mir zu sprechen?«

»Vielleicht wollt Ihr mich ja auch nur für dumm verkaufen«, fuhr Mathäus unbeirrt fort, »dies allerdings empfände ich als Beleidigung. Die Tatsache, dass es im Kapellenvorraum zwei unverschlossene Türen gibt, die sowohl in den West- als auch in den Ostflügel führen, besagt nichts anderes, als dass jeder – hört Ihr: jeder! – das Attentat auf Euren Gatten verübt haben könnte.«

Elisabeths Kiefer begannen zu zittern, doch Mathäus war noch nicht fertig: »Und es ist sogar unwahrscheinlich, dass der Attentäter aus der Kapelle kam. Unmittelbar nach dem Aufschrei Eures Gatten stürmte der Kaplan aus seiner Sakristei. Die Leute, die Ihr verdächtigt, saßen dort immer noch auf ihren Plätzen.«

»Moses«, zischte Elisabeth. »Wie viel Glauben kann man den Worten eines sündigen Priesters schenken?«

Mathäus zuckte mit den Achseln. »Die Verlockungen des Fleisches sind eine Sache, der Drang nach der Wahrheit eine andere. Ich weiß nicht, ob ich Euch jemals den Attentäter präsentieren werden kann.« Mit großen Schritten rauschte er an Konrads Gattin vorbei. Ihre schneidige Stimme ließ ihn unter dem Bogen des Portals verharren.

»Herr Mathäus!«

Er wandte sich um.

»Ich erwarte von Euch, dass Ihr den Kerl findet, habt Ihr verstanden?« Sie schien auf eine Antwort zu warten, doch diese erfolgte nicht. »Es kann nicht angehen«, fuhr sie deshalb fort, »dass man dem Herrn von Merode ungestraft nach dem Leben trachtet. Ich bin mir sicher, dass der Markgraf die Sache genauso sieht.«

Mathäus schluckte eine verärgerte Erwiderung hinunter. Wortlos hastete er die Treppe zum Burghof hinab. Ein kühler Herbstwind strich um sein Gesicht, was er bei der Fülle der Gedanken, die durch seinen Kopf schwirrten, als äußerst erfrischend empfand.

Meister Cornelius' Planwagen erregte seine Aufmerk-

samkeit. Offenbar war der Medicus im Begriff, abzureisen. Zwei von Konrads Dienern halfen ihm auf den Kutschbock, während der Kutscher die beiden Schimmel anschirrte.
»Demnächst lässt man mich noch rufen, wenn einem die Nase tropft«, hörte Mathäus den Medicus brummen. Die Diener kicherten verstohlen, und der Kutscher schwang sich auf seinen Platz. Schon bald rumpelte der Wagen durch das Torhaus. Mathäus sah ihm versonnen nach, bis er hinter den Sträuchern einer Wegbiegung verschwunden war. Plötzlich verspürte er den brennenden Wunsch, Jutta in seine Arme zu schließen. Doch ungewollt tauchte immer wieder Beatrix' Gesicht vor seinen Augen auf. Er sah ihre leuchtenden Augen, ihre vollen Lippen. Er wollte dieses Bild verbannen, doch es gelang ihm nicht. Was will diese Frau von mir, dachte er wütend. Ich liebe sie nicht! Ich liebe nur Jutta! Ja, er war sich völlig sicher, dass es keine Liebe war, die er für Beatrix empfand. Aber was war es dann? Was faszinierte ihn so an ihr? Ob sie ihn tatsächlich verhext hatte?
Eine raue Hand, die sich plötzlich auf seine Schulter legte, riss ihn jäh aus seinen Gedanken.
»Herrgott, Friedrich, müsst Ihr mich so erschrecken?«
»Verzeiht mir. Aber ich habe Euch mehrmals angesprochen, und Ihr habt nicht reagiert.«
»Wirklich?«
»Ich dachte schon, Ihr seid taub. Wie eine Statue standet Ihr da.«
»Also, was gibt's denn?«
Der Kastellan winkte ihn näher zu sich heran. »Mir ist da noch was eingefallen«, erklärte er geheimnisvoll.

»Ich bin ganz Ohr!«
»Ihr kennt doch Wiprecht, den Bauern vom Hahndorn?«
Mathäus nickte.
»Nun, zufällig weiß ich, dass er mit seinen Abgaben ziemlich im Rückstand ist.«
»Und?«
»Es geht das Gerücht, dass Konrad ihm ein Angebot gemacht hat.« Friedrich sah sich verstohlen um, bevor er flüsternd fortfuhr: »Ein Schäferstündchen mit seiner hübschen Tochter Edeltrud gegen den Erlass der diesjährigen Abgabe.«
»Weiter!«, drängte Mathäus ungeduldig. Er hatte die Nase voll von solcherlei Geschichten.
»Wiprecht hat Konrads Boten angeblich mit einem Tritt in die Eier fortgejagt.«
»Angeblich, angeblich«, blaffte Mathäus, so dass der Kastellan erschrocken zusammenfuhr. »Warum verschont Ihr mich nicht mit solchem Gerede, von dem Ihr selbst zugebt, dass es nur Gerüchte sind?«
»Weil ich Wiprecht gestern gesehen habe«, erwiderte Friedrich eingeschnappt, »hier auf dem Burghof. Das war, kurz bevor die Kunde über das Attentat auf Herrn Konrad die Runde machte.«
»Gut, Wiprecht war also hier!« Mathäus legte versöhnlich eine Hand auf Friedrichs Schulter. Es tat ihm längst Leid, den Kastellan, der ihm ja nur helfen wollte, so angefahren zu haben. »Danke für Euren Hinweis. Ich werde der Sache nachgehen.«
»Ach, und noch etwas: Diese Laienmönche, die Ihr mir geschickt habt – sie vertragen sich nicht mit unseren Stallburschen. Es gab schon ein paar deftige Schlägereien.«

Mathäus hatte wenig Lust, sich auch noch über solche Dinge den Kopf zu zermartern. »Ich bin sicher, dass Ihr in der Lage seid, diese Sache vernünftig zu regeln, Friedrich.« Seufzend verließ er den Burghof.

Es hatte längst zu dämmern begonnen. Mathäus stapfte gedankenverloren durch ein Meer brauner Blätter, die der Wind durch die Gegend blies. Schließlich erreichte er die Dorfstraße. Er zwang sich zu einem freundlichen Lächeln, als ein paar Kinder, die eine gefüllte Schweinsblase vor sich her trieben, ihm zuwinkten.

Der Duft von gekochtem Haferbrei stieg ihm in die Nase, als er sein Haus betrat. Richmond Dreyling stand vor dem Herd und schaute über seine Schulter, während er in einem Kessel rührte.

»Na, wie war dein Tag?«

»Beschissen!«

»Wen wundert's? Ein beschissener Tag in einem beschissenen Nest.«

Mathäus verdrehte die Augen. »Sehr geistreich, Vater.«

Die Männer setzten sich. Sie sprachen ein Tischgebet und begannen zu essen. Mehrmals versuchte Dreyling, seinen Sohn über die Geschehnisse auf der Burg auszufragen, doch der gab sich wortkarg.

Als sie draußen Hufgetrampel vernahmen, ahnte Mathäus es bereits: Gleich würde sein herbeigesehnter Freund Heinrich die Stube betreten.

17

Hein!«
»Mätthes!«
Die beiden fielen sich lachend um den Hals. Mathäus sah den schwarzen Schatten, der auf sie zustürmte. Erschrocken löste er sich aus der Umklammerung des Freundes. Im nächsten Augenblick lag er auf dem Boden, und die riesige Dogge leckte schmatzend quer durch sein Gesicht.
»Halt mir das Viech vom Hals«, ächzte Mathäus.
»Chlodwig, lass das doch«, schimpfte Heinrich.
Dreyling aber hatte sich von seinem Hocker erhoben und spähte ungläubig herüber. »Was ist denn jetzt los?«, wollte er wissen.
Mit einem unwilligen Blick auf die Dogge, mit der ihn eine seltsame Hassliebe verband, rappelte Mathäus sich hoch. »Darf ich vorstellen, Vater: Das ist Heinrich, ein alter Freund von mir. Wir haben gemeinsam in der Garde des Markgrafen gedient.«
»Soso.« Dreylings Augen blitzten interessiert auf.
»Hein, das ist mein Vater, Richmond Dreyling!«, fuhr Mathäus fort.
Die Männer schüttelten einander die Hände.
»Und wo sind Jutta und Maria, deine bezaubernden Freundinnen?«, wandte sich Heinrich wieder an seinen Freund.
»Nicht da, wie du siehst!«
»Oh, wie schade!«

»Ach, Süßholz raspeln kannst du immer noch. Setz dich!«

Heinrich kam der Aufforderung nach, während Chlodwig sich mehrmals um die eigene Achse drehte und sich neben seinem Herrn mit einem zufriedenen Brummen zu Boden plumpsen ließ.

Mathäus eilte zum Herd, um mit einer ordentlichen Portion Haferbrei zurückzukehren. Heinrich dankte ihm und begann zu löffeln, denn nach dem langen Ritt war er in der Tat äußerst hungrig. Während er aß, beobachtete ihn Mathäus mit gerunzelter Stirn. Im Gesicht des Freundes leuchteten rote und blaue Schwellungen. »Du siehst aus, als hättest du dich mit einer Bande Strolche geprügelt«, bemerkte er schließlich.

»So ähnlich war es auch«, schmatzte Heinrich.

»Das ist etwas, was ich nie verstehen werde: Ein friedfertiger Mensch wie du – und trotzdem immer in Händel verwickelt!«

Sie hatten sich viel zu erzählen, obwohl nicht einmal zwei Wochen vergangen waren, seit sie sich zum letzten Mal gesehen hatten. Mathäus nahm erleichtert zur Kenntnis, dass der Schwarze Tod in Köln auf dem Rückzug war. Heinrich und Dietrich hatten die Stadt also unversehrt verlassen können.

»Dient Ihr eigentlich immer noch der Garde des Markgrafen?«, begehrte Dreyling zu wissen, obwohl er sich eine Beantwortung dieser Frage längst aus dem bisherigen Gesprächsverlauf hätte zusammenreimen können.

Heinrich schüttelte mit einem schmalen Lächeln den Kopf.

»Seid Ihr Kaufmann?«

Heinrich wollte zu einer Antwort ansetzen, doch Mathäus kam ihm zuvor. »Nein, Vater! Heinrich ist kein Kaufmann. Er ist … eine Art Bote.«
»Ach was?«
»Und er ist bekannt für seinen scharfen Geist, seine Menschenkenntnisse und seinen Spürsinn. Deshalb habe ich ihn zu mir gebeten. Ich brauche seine Hilfe.«
Dreyling zupfte verwirrt an seinem Bart. »Aha, aha!« Er sah den Freund seines Sohnes nachdenklich an. »Wenn dem so ist, könnt Ihr ja vielleicht meinem Filius klar machen, dass es in diesem Kuhdorf keine Zukunft für ihn gibt.«
Mathäus' Faust, die krachend auf dem Tisch aufschlug, ließ die Männer zusammenfahren, während Chlodwig knurrend seinen Kopf hob.
»Vater, jetzt nicht! Schluss damit, verstehst du? Ich will nichts davon hören!«
Dreyling hob seine Hände. »Schon gut, Junge, schon gut«, sagte er besänftigend. »Niemand will dich zu deinem Glück zwingen.« Schmollend betrachtete er seinen Hornlöffel.
Inzwischen hatte Heinrich sein Mahl beendet und schob den Teller von sich. Sein sorgenvoller Blick galt dem bebenden Mathäus, und er spürte die Notwendigkeit, die Unterhaltung in andere Bahnen zu lenken. »Über welches Problem zermarterst du dir denn diesmal den Kopf, Mätthes«, sagte er deshalb ohne Umschweife.
Mathäus schüttelte den Kopf. Er war immer noch sichtlich erregt wegen der Kommentare seines Vaters. »Nicht hier!«, knirschte er. »Wir gehen ins ›Carolus Magnus‹. Bei einem kühlen Bier lässt es sich besser reden.«

»Und ich?«, empörte sich Dreyling. »Willst du deinen alten Vater schon wieder hier zurücklassen?«
Mathäus zwang sich, nicht die Augen zu verdrehen. »Ich denke, du magst den Wein nicht, den man dort serviert, Vater.«
»Dann trinke ich eben ein Bier!«, erwiderte Dreyling wie ein trotziger Knabe.
»Ich freue mich, dass Ihr mit uns kommen wollt, Herr Dreyling.« Heinrich schenkte ihm ein gewinnendes Lächeln, für das Mathäus ihn fast beneidete.

»He, Leo! Wo zum Henker bleibt mein Bier?«
Mathäus warf den Bauern am Nachbartisch einen Blick zu, mit dem er sie flehentlich um Nachsicht erbat.
»Leo! Wo bleibt mein Bier?«, rief Richmond Dreyling noch einmal. Seine Stimme klang bereits leicht verschwommen. Die Hand seines Sohnes legte sich sachte auf die seine.
»Vater! Du hast jetzt genug. Das wäre bereits dein achtes.«
»Na und? Ich habe Durst, und dieses Gesöff schmeckt gar nicht mal so übel.«
»Also gut, Vater. Dann trinkst du eben noch eins. Aber bitte, sei doch so freundlich und schrei hier nicht so rum.«
»Ja, ja«, brummte Dreyling.
In diesem Augenblick erschien Leo und schob ihm den nächsten Becher zu. »Bier von mir, das mundet dir«, krähte er lachend. »Es freut mich, dass mein Bier Euch schmeckt, edler Herr Dreyling.«
»Fast so gut wie ein Rheinwein«, jauchzte dieser.

»Findet Ihr? Tja, es ist eben was Besonderes. Nicht umsonst behauptet man von meinem Bier, dass es …«
»Schon gut, Leo«, schnitt Mathäus dem Wirt das Wort ab. Er deutete auf das Pergament, das ausgebreitet vor ihnen auf dem Tisch lag und von Notizen nur so übersät war. »Wir haben hier zu tun!«
Leo nickte verständnisvoll und watschelte davon.
»Fahrt nur fort und lasst euch durch mich nicht stören«, meinte Dreyling unschuldsvoll.
Mathäus sah Heinrich flehend an, doch der schien köstlich amüsiert zu sein. »Wir sollten tun, was dein Vater sagt: fortfahren!«, schmunzelte er.
Nach einem ausgiebigen Blick auf seine Notizen wurde Heinrich wieder ernst. »Zunächst einmal will ich zusammenfassend wiederholen, was sich in diesem Kloster zugetragen hat!« Er atmete tief durch und straffte die Schultern. »Vergangenen Montag«, hub er schließlich an, »suchte Bruder Walraf, der Cellarius der Kreuzherren von Kloster Schwarzenbroich, Herrn Rikalt von Merode oder besser gesagt dessen Vormund Paulus auf. Er bat ihn im Namen seines Priors, den Dorfherrn von Merode – also dich! – für eine Leichenbeschauung zum Kloster zu entsenden. Natürlich wurde ihm diese Bitte nicht abgeschlagen.«
Mathäus nickte. Erleichtert stellte er fest, dass sein Vater keine Kommentare von sich gab.
»Schwarzenbroich ist ein noch sehr junges Kloster«, sprach Heinrich weiter, »keine zehn Jahre alt. Gewisse Baulichkeiten sind noch nicht vollendet, andere befinden sich sogar noch in der Planung. Entsprechend klein ist der Konvent.

Anselm, der Prior, der dich empfängt, ist offenbar ein gewissenhafter und gottesfürchtiger Mann, wenn auch durch die Ereignisse um ihn herum zu einem Nervenbündel geworden. Jedenfalls teilt er dir mit, dass demnächst eine Visite des Generalpriors anstehe. Der Tod eines alten Mönches jedoch habe eine gewisse spirituelle Unruhe unter den Mitbrüdern ausgelöst. Grund: Der Verstorbene, Bruder Adam, fand wenige Tage vor seinem Tod eine weiße Lilie auf seinem Platz in der Klosterkirche. Die weiße Lilie aber gilt in den Legenden der Mönche als Todesbotin aus dem Jenseits. Im Konvent jedoch wird schon längst von Mord gemunkelt. Aus diesem Grund sollst du eine natürliche Todesursache bestätigen, um den Brüdern die Furcht und dem Generalprior den Argwohn zu nehmen. Leider musst du aber feststellen, dass Bruder Adam durchaus keines natürlichen Todes gestorben ist. In seinem Mund findet sich ein Fetzen seines Kissens. Offensichtlich wurde er damit erstickt.«

Wieder nickte Mathäus. Er hing wie gebannt an den von Kampfspuren gezeichneten Lippen des Freundes. Auch Dreyling schien den Ausführungen trotz seines besäuselten Zustandes interessiert zu folgen.

»Der Prior ist wie vor den Kopf geschlagen. Du ordnest eine Befragung des gesamten Konvents an, die am Nachmittag im Kapitelsaal stattfindet. Nun lernst du auch die anderen Mönche genauer kennen: Neben dem Prior und dem kühlen Cellarius besteht der Konvent zu diesem Zeitpunkt aus Engelbert, dem Subprior und Novizenmeister, Notker, dem Prokurator, Theodor, dem Bibliothekar, und Edmond, dem alten Gärtner. Ferner gibt es noch zwei junge Novizen, die auf Anselms Anordnung bei der Befragung allerdings nicht anwesend sein dürfen. Die Wesenszüge all dieser Männer hast du mir hinreichend beschrieben. Zu der Befragung später mehr. Denn noch weitere Tatsachen verdienen unbedingte Aufmerksamkeit.«

Er nippte an seinem Becher, bevor er fortfuhr. »Schon bei deiner Ankunft hattest du die verkohlten Reste einer Scheune registriert. Später erfährst du von den Novizen, dass beim Brand dieser Scheune wenige Tage zuvor ein Knecht namens Odo – angeblich betrunken – ums Leben gekommen ist. Und dass dieser Knecht sich mit Männern vergnügte. Letzteres vermutet Ritter Norbert von Kerpen, ein jovialer und unflätiger Kerl, ein schamloser Schürzenjäger, den die Mönche hassen wie Bauchschmerzen. Norbert von Kerpen lebt im Gästehaus des Klosters, denn sein Vater hat dem Konvent einst großzügige Spenden zukommen lassen. Norbert und der ermordete Adam waren wie Katze und Hund.

Zurück zu der Befragung im Kapitelsaal: Du erfährst, was Norbert dir zuvor ebenfalls schon andeutete: Bruder Adam war zwar inbrünstig fromm, aber streng und halsstarrig gegenüber seinen Mitbrüdern. Deswegen scheint er nicht sonderlich beliebt gewesen zu sein. Nur der alte Edmond, der ihn seit seiner Novizenzeit kannte, wusste ihn richtig zu nehmen.

Weiter: Der Prior ist leicht verlegen, als du ihn fragst, warum er dir den Brand der Scheune und den Tod des Stallburschen Odo verschwiegen hat. Er erklärt es mit apokalyptischer Angst, die ihn zeitweise heimsucht. In der Tat, er wird immer nervöser.

Die Mönche sind sich übrigens einig, dass Adam in seinen

letzten Tagen eine Wesensveränderung erfuhr. Mit einem Male war er gütig und freundlich gegenüber seinen Mitbrüdern. Auch Norbert von Kerpen bestätigt diese Behauptung. Wahrscheinlich ist diese Wesensveränderung darauf zurückzuführen, dass der Todgeweihte sich innerlich mit seinem bevorstehenden Lebensende auseinander setzte. Adam glaubte offenbar an die Symbolkraft der weißen Lilie.
Und dann wäre da noch Theodor, der äußerst verunsichert wirkt. Er ist Adams Nachfolger im Amt des Bibliothekars. Der alte Adam aber hat es nie verarbeitet, dass er durch einen Jüngeren ersetzt wurde, denn er liebte Bücher über alles. Anselm jedoch hielt diesen Schritt für ratsam, denn das Augenlicht des Alten ließ immer mehr nach. Theodor indessen macht keinen Hehl daraus, dass er Adam, der ihm seinen Unwillen oft genug anmerken ließ, manchmal hasste.
Mit der Absichtserklärung, am nächsten Tag die Laienbrüder ausführlich zu befragen, beendest du die Versammlung. Aufgrund der nachfolgenden Ereignisse lässt dich dies vermuten, dass der Mörder in diesem Augenblick anwesend ist. Richtig?«
»Ja. Denn die Baracke der Laienbrüder brennt in der folgenden Nacht nieder«, stimmte Mathäus zu. »Nur wie durch ein Wunder entkommen sie – bis auf einen armen Teufel namens Iring – dem Tod. Wenn der Mörder nicht im Verborgenen gelauscht hat, dann war er in der Tat im Saal anwesend.«
Heinrich fuhr mit dem Finger über seine Notizen. »Der Brand!«, sagte er. »Du wirst wach vom Schein und vom Tosen der Flammen. Sogleich rennst du zum Ort des

Geschehens, und heldenmütig, wie du nun einmal bist, versuchst du, den armen Iring aus dem brennenden Inferno zu befreien. Ein herabstürzender Balken vereitelt deine lobenswerte Tat.«

»Dummer Kerl«, brummte Dreyling vor sich hin.

»Kurioserweise ist es der grobe Norbert von Kerpen, der dich aus der Flammenhölle befreit. Und schon wird aus einer suspekten Person ein Lebensretter.«

»Ein Häuflein Asche wäre er jetzt«, schimpfte Dreyling kopfschüttelnd.

»Die Löschversuche jedenfalls bleiben vergeblich. Schnell ist die Baracke niedergebrannt. Schließlich bricht Walraf stöhnend zusammen. Und dann die Nachricht vom Tod Theodors!«

»Eine grausige Nacht«, sinnierte Mathäus.

»Zum erneuten Entsetzen des Priors findest du heraus, dass Theodor offensichtlich vergiftet wurde. Und der Prior gibt unter vier Augen zu, dass Theodor genauso veranlagt war wie der tote Odo. Eine weiße Lilie aber findet sich nicht in der Kammer des Toten. Schuld an seinem Tod war wahrscheinlich ein Pilzgericht. Ein tragisches Unglück?

Drei weitere Männer erleiden Vergiftungen, doch sie überleben: Walraf, Notker und der Novize Karsil. Sie alle haben Pilze gegessen. Am nächsten Morgen wirst du sie im Krankensaal aufsuchen. Dich dagegen bewahrt nur deine Abneigung gegen Pilze vor diesem Übel.

Du hast allen Grund zu glauben, dass es sich bei diesen Vergiftungen keineswegs um ein Unglück handelt. Der Mörder wütet wie ein Berserker, weil er fürchtet, enttarnt zu werden. Und weil du um das Leben der Lai-

enbrüder fürchtest, die möglicherweise wichtige Informationsträger sind, schickst du sie zur Burg Merode. Zuvor bestätigen sie dir aber noch, was du ohnehin schon von Norbert wusstest: Odos Neigung zu seinesgleichen!
Aber du erfährst auch noch etwas Neues: Odo mochte keinen Alkohol! Deshalb kann er schwerlich betrunken gewesen sein, als er in den Flammen der Scheune ums Leben kam.«
»Rätsel über Rätsel«, lamentierte Mathäus. »Ich bin mir sicher, dass es Zusammenhänge zwischen all diesen Ereignissen geben muss. Und irgendwo hinter den Klostermauern gibt es einen Dreckskerl, der für all diese Todesfälle verantwortlich ist. Aber wer? Und warum?« Er stürzte den Rest seines Bechers die Kehle hinab. Dann ballte er wütend eine Faust. »Ich war fest entschlossen, diesen Verbrecher zu finden, doch dann …« Seine Stimme ging in ein entrüstetes Flüstern über. »Doch dann zieht irgendein Idiot dem edlen Herrn Konrad eins über die Birne, so dass seine aufgebrachte Gattin unverzüglich nach mir rufen lässt und mir befiehlt, diesen größten Schurken der Welt dingfest zu machen.«
»Schon gut, dein Dilemma ist mir bewusst, Mätthes«, erklärte Heinrich. »Du möchtest, dass ich mich an deiner Statt nach Schwarzenbroich begebe und dort nach dem Mörder fahnde.«
»Würdest du das für mich tun, Hein?«
»Welche Frage! Wann soll ich los?«
»Morgen früh. Dietrich wird dich hinführen.«
»Dietrich? Wo du auf ihn zu sprechen kommst: Irgendetwas bedrückt den Burschen.«

Mathäus hob seine Schultern. »Diesen Eindruck habe ich auch. Vielleicht klappt's ja nicht mit seinem Liebchen.«
Just in diesem Augenblick betrat der rothaarige Diener das Gasthaus und spähte durch die Stube.
»Sieh an, wenn man vom Teufel spricht«, murmelte Mathäus.
Dietrich hatte sie entdeckt und kam mit gesenktem Kopf auf sie zu.
»Dietrich, alter Kämpe! Was gibt's denn diesmal?«, begrüßte ihn der Dorfherr.
»Nachricht von der alten Sibylle: Keiner von den Pilzen ist giftig, Herr.«
Mathäus warf Heinrich einen fassungslosen Blick zu. Mit einem Male sah er seine Theorie in Frage gestellt.
»Allerdings ...« Der Diener hob einen Finger und starrte zur Decke, als müsse er sich die Worte der Sibylle ins Gedächtnis zurückrufen. »Allerdings sind die Pilze mit einem Kraut gewürzt, das in bestimmten Mengen tödlich wirkt. Es nennt sich Bilsenkraut.«
»Also doch!« Mathäus klatschte in die Hände. »Warum sagst du das nicht gleich, Kerl?«
»Sibylle sagt, die Menge des Bilsenkrauts auf Euren Pilzen hätte auch ein fettes Schwein umgebracht.«
Dietrichs Worte lösten ein bedrücktes Schweigen bei Dreyling, Mathäus und Heinrich aus.
»Kann ich jetzt gehen, Herr?«
»Wie? Ach so, natürlich.«
Der Diener machte kehrt und beeilte sich, zur Tür zu kommen.
»Ach, noch etwas, Dietrich!«, rief Mathäus.
»Ja, Herr?«

»Ich möchte, dass du meinen alten Freund Heinrich morgen früh nach Schwarzenbroich begleitest. Ihr reitet sofort nach dem Morgengrauen los.«
»Ja, Herr.« Hurtig verschwand er nach draußen.
»Du willst deinen Freund wirklich in diesen Mörderbau schicken?«, fragte Dreyling, ein Rülpsen unterdrückend.
Mathäus faltete die Hände vor seinem Mund. »Allmählich beginne ich mich auch zu fragen, ob ich ihm das zumuten kann.«
»Blödsinn!«, winkte Heinrich ab. »Ich würde es mir niemals verzeihen, wenn ich dir nicht helfen würde.«
»Der Mörder könnte versuchen, auch dich umzubringen.«
»Ich werde es ihm bestimmt nicht leicht machen.«
»Du wirst auf Widerstand seitens der Mönche stoßen. Sie waren von meiner Anwesenheit nicht gerade begeistert.«
»Mach dir keine Gedanken, Mätthes.« Heinrich schmunzelte verwegen und machte eine Geste, die keine weiteren Einwände mehr zuließ.
Mathäus wusste, dass er den Intellekt des Freundes herausgefordert hatte. Obwohl er ihm unendlich dankbar war, fühlte er sich nicht besonders wohl in seiner Haut.
»Darauf sollten wir noch einen trinken«, schlug Dreyling vor und hickste. »Leooo!«

18

Kalt und unheimlich wirkten die Mauern des Klosters, als sie vor den beiden Reitern im Morgennebel sichtbar wurden. In den Wipfeln der sich entlaubenden Bäume krächzten schwarze Vögel, und auf einer Wiese jenseits der Mauern waren im Dunst die Schemen von drei Schafen zu erkennen, die auf die Betrachter wie Tiere aus der Apokalypse wirkten.

Dietrich trieb sein Pferd stumm voran, Heinrich und sein Hund folgten ihm. Sie gelangten an das verschlossene Tor der unvollendeten Klostermauer. Da weit und breit kein Pförtner zu sehen war, der ohnehin nur symbolischen Nutzen gehabt hätte, lenkten sie ihre Pferde um das Tor herum. Bald standen sie im Klosterhof.

Heinrich machte keinerlei Anstalten abzusteigen. Sein Blick wanderte über den Klosterkomplex. Akribisch betrachtete er das Hauptgebäude, hinter dem die Spitze der Klosterkirche in die Höhe ragte. Er sah das Gästehaus zu seiner Rechten, und auch die weiter entfernt liegenden verkohlten Gerippe der niedergebrannten Holzbauten vermochte der Nebel nicht zu verbergen. Noch immer lag der Geruch von kaltem Rauch in der morgendlichen Luft.

Eine ganze Weile saßen sie still in ihren Sätteln, bis Dietrich schließlich unruhig wurde.

»Soll ich an das Portal klopfen, Herr?«

Heinrich schüttelte den Kopf. »Ich bin überzeugt, dass man unser Kommen längst schon bemerkt hat, Dietrich. Man wird uns sicher gleich empfangen.«

Er behielt Recht. Nach einem weiteren Moment begann das Portal sich langsam zu öffnen. Heraus trat ein großer hagerer Mönch. Sein fester Blick verriet keinerlei Gefühle. Er hatte die Hände in den Ärmeln seiner Kutte vergraben.
»Ich grüße Euch, Bruder Engelbert!«
Nun reckte der Angesprochene doch erstaunt seinen Kopf. »Ihr kennt mich?«
Heinrich nickte und schwang sich aus dem Sattel. Er schritt auf den Subprior zu, wobei er seinem durchdringenden Blick standhielt. »Ich kenne Euch vom Hörensagen. Bitte führt mich zu Eurem Prior.«
Engelbert deutete mit dem Kinn auf Chlodwig. »Der Hund kann aber nicht mit rein.«
»Natürlich nicht. Hast du gehört, Chlodwig? Du bleibst hier und rührst dich nicht von der Stelle.«
Chlodwig setzte sich auf sein Hinterteil und gähnte herzhaft.
»Folgt mir«, sagte Engelbert.
»Wartet! Mein Aufenthalt hier wird wohl etwas länger dauern. Darf der Diener mein Pferd in den Stall führen?«
Engelbert blinzelte skeptisch. »Sicher. Aber leider gibt es keine Stallburschen, die sich darum kümmern könnten.«
»Ich weiß. Macht Euch deswegen keine Gedanken.« Er wandte sich an den rothaarigen Diener. »Du hast es gehört, Dietrich. Bitte, bring Thusnelda in den Stall. Anschließend kannst du wieder nach Merode reiten.« Er winkte ihn zu sich heran. »Und wenn du Kummer hast«, flüsterte er, »dann vertraue dich dem Dorfherrn an. Ich bin sicher, er wird dir nicht den Kopf abreißen.«
Verwirrt und erstaunt zugleich stammelte Dietrich ein

paar unvollendete Sätze, doch Heinrich folgte dem Subprior bereits in das Innere des Klostergebäudes.
Engelbert führte ihn durch schmale Korridore. Schließlich erreichten sie den Kapitelsaal, wo Engelbert ihn warten hieß. Durch die Tür, die der Subprior nicht wieder hinter sich verschlossen hatte, spähte Heinrich nach draußen. Am Ende des Korridors sah er einen alten Mönch eiligst hinter einer Tür verschwinden. Das wird Edmond, der Gärtner, sein, überlegte er. Nach ein paar Augenblicken kam der alte Mönch wieder zum Vorschein; seine auffällige Eile war mit einem Male verflogen. Dann verschwand er aus Heinrichs Blickfeld.
Heinrich betrachtete den Kapitelsaal. Hier also hatte Mathäus seine Befragung durchgeführt. Ob es hier Verstecke gab, von denen aus ein Verborgener hätte lauschen können? Er schritt prüfend die weiß gekalkten Wände entlang, die er hier abklopfte und dort abtastete.
»Sucht Ihr etwas Bestimmtes?«
Heinrich wandte sich um. Hinter ihm stand Anselm, der Prior. Der Tonfall seiner Stimme signalisierte gedämpfte Verärgerung, seine Augen indessen waren kaum noch imstande, dieses Gefühl zu unterstreichen. Tief eingefallen lagen sie in ihren Höhlen, umrandet von traurigen grauen Ringen.
»Ja, Pater! Ich suche nach möglichen Verstecken, in denen jemand hier stattfindende Gespräche verfolgen könnte.«
»Was geht Euch das an? Wer seid Ihr?«
Statt einer Antwort holte Heinrich eine Briefrolle aus seinem Gewand hervor und reichte sie dem Prior. Der warf einen fragenden Blick darauf.
»Vom Meroder Dorfherrn? Der Mann, der einen Schwarm

schlafender Hornissen aufschreckte und dann verschwand?«

»Sicherlich tut Ihr ihm Unrecht mit diesem Vergleich, Pater.«

Anselm zuckte müde seine Achseln. Dann entrollte er den Brief und begann zu lesen. Ab und zu schaute er auf und runzelte die Stirn. Schließlich gab er den Brief mit einem abschätzigen Grunzlaut seinem Überbringer zurück. »Und nun sollt Ihr den Mörder finden?«, fragte er ungläubig. »Bitte, nehmt es mir nicht übel, aber ich fürchte, die Lösung dieses Falles ist eine Frage des Geistes, nicht eine der rohen Gewalt.«

»Wenn Ihr damit auf die Läsionen in meinem Gesicht anspielt, Pater, so seid beruhigt: Ich denke nicht, dass mein Geist unter den Schlägen, die ich erhielt, gelitten hat.«

»Gott stehe uns bei«, stöhnte der Prior in Anbetracht des vermeintlichen Raufboldes vor seinen Augen.

Heinrich ignorierte sein Stoßgebet. »Wie geht es Euren Mitbrüdern Walraf, Notker und Karsil, Pater?«

Anselm zeigte ein bitteres Lächeln. »Ist das Euer erstes Verhör?«

Heinrich fasste ihn sanft bei der Schulter. »Es ist mir durchaus klar, Pater, dass mein Auftrag Euch äußerst seltsam erscheint. Die vergangenen Tage müssen wie ein Alptraum für Euch gewesen sein. Doch bitte: Versucht, mir zu vertrauen! Ich möchte nur den Mörder entlarven – sonst nichts!«

Der Prior sah ihn mit seinen müden Augen an, sagte aber nichts.

»Also, Pater: Wie geht es Euren Mitbrüdern?«

»Sie sind wohlauf«, erklärte Anselm leise. »Nachdem die giftigen Säfte ihren Körpern vollständig entwichen waren, setzte allmählich Besserung ein. Inzwischen sind sie wieder in das Klosterleben integriert. Und das ist gut so, denn die anfallende Arbeit wäre ohne sie kaum zu bewältigen. Es ist so schon schwer genug.« Seine Stimme bekam einen säuerlichen Klang. »Wie Ihr ja sicherlich wisst, hat Euer Vorgänger sämtliche Klosterbedienstete nach Burg Merode geschickt.«

»Zu ihrer eigenen Sicherheit«, ergänzte Heinrich. »Lasst Euch versichern, dass die Laienbrüder unverzüglich zurückkehren werden, sobald die Sache geklärt ist.«

»Ja, ja. Homo proponit, sed Deus disponit!«

»Daran zweifle ich, Pater.«

»So? Und woran zweifelt Ihr? Dass der Mensch denkt, oder dass Gott lenkt?«

An beidem, wollte Heinrich erwidern. Doch er besann sich eines Besseren. Es war nicht der rechte Augenblick, mit einem Mönch theologische Fragen zu erörtern, zumal er auf dessen Vertrauen angewiesen war. Deshalb antwortete er: »Ich zweifle am Verstand vieler Menschen.«

»Wer kennt schon Gottes Absichten dahinter?«, erwiderte der Prior mit einem Anflug von Ungeduld. »Ich bitte Euch nun, mich zu entschuldigen. Ich muss die Totenmesse für Bruder Adam, Bruder Theodor und Iring lesen. Anschließend werden wir die drei zu Grabe tragen.«

»Sicher, Pater. Ich bitte Euch nur um die Erlaubnis, mich im Kloster frei bewegen zu dürfen.«

»Die habt Ihr.«

»Danke. Dann werde ich jetzt endlich dem Drängen meiner Blase nachgeben und die Latrine aufsuchen.«

»Sicher. Geht nur den Korridor hinunter, lasst das Refektorium zu Eurer Linken, und …«
»Danke, Pater, aber ich weiß, wo sich die Latrine befindet«, unterbrach ihn Heinrich mit einer sanften Geste.
Anselm nickte und wollte gehen. Doch plötzlich hielt er inne. »Ihr seid doch zum ersten Mal hier, nicht wahr?«, fragte er lauernd.
»Ja, Pater.«
»Dennoch wisst Ihr, wo sich die Latrine befindet?«
»Es ist nur so, Pater: Vorhin sah ich, wie einer Eurer älteren Mitbrüder in ziemlicher Eile durch diese Tür dort hinten verschwand«, erklärte Heinrich augenzwinkernd. »Zurück kam er sehr viel langsamer, mit einem Ausdruck der Erleichterung.«
Anselm sah ihn an wie eine Erscheinung. Dann verschwand er.

Heinrich hatte auf der hintersten Bank der Klosterkirche Platz genommen und lauschte den Mönchen, die inbrünstig ein Requiem sangen. Zwei Bänke vor ihm kniete Norbert von Kerpen; es war nicht schwierig gewesen, ihn aufgrund von Mathäus' Schilderung zu identifizieren. Während der Lesung hatte der Ritter unter den vorwurfsvollen Blicken der Mönche die Kirche betreten. Heinrich roch die Weindünste, die ihn umwehten, als er durch den Gang stolzierte; nichtsdestotrotz – oder gerade deswegen – tat er es den Mönchen gleich und sang aus Leibeskräften.
Heinrich beneidete die Männer für ihre Gottesfurcht, doch andererseits machte er sich bewusst, dass möglicherweise – oder sehr wahrscheinlich sogar – ein Mörder unter ihnen weilte.

Vor dem Hochchor harrten auf drei Holzkarren drei blumengeschmückte Särge. Als der Prior schließlich die Totenmesse mit einem Gebet beendete, erhoben sich die Mönche von ihren Plätzen, begaben sich paarweise zu den Karren und zogen diese stumm durch den Mittelgang. Heinrich blieb zunächst auf seinem Platz und beobachtete die Prozession.

Anselm und Engelbert zogen den ersten Karren, auf dem sich Adams Sarg befand. Die beiden Mönche wirkten tief versunken.

Ihnen folgten Notker und Walraf, die den toten Theodor hinter sich herzogen. Ihre Augen blitzten erbost, als sie Heinrich ansichtig wurden.

Reiner und Karsil, die beiden Novizen, folgten ihnen, im Schlepptau den Sarg des in den Flammen ums Leben gekommenen Iring. Heinrich fragte sich, welche Überreste man von dem armen Kerl wohl noch gefunden haben mochte.

Der alte Edmond, dem man offensichtlich keine körperliche Anstrengung zumuten wollte, folgte den rumpelnden Karren gebeugt, und das Knirschen der Räder hallte traurig-schauerlich durch die Kirche.

Den Schluss des Leichenzuges bildete Norbert von Kerpen. Er bedachte Heinrich mit einem neugierigen Blick, obwohl er Mühe zu haben schien, sich auf den Beinen zu halten.

Als der Leichenzug die Kirche verlassen hatte, erhob sich Heinrich von seiner Bank. Das mächtige Holzkreuz in der Apsis erschien ihm plötzlich wie ein Fanal. Einen Augenblick lang war er versucht, sich zu bekreuzigen – ein Relikt aus früheren Zeiten –, doch dann ließ er es kopfschüttelnd bleiben und folgte dem Leichenzug nach draußen.

Der Friedhof befand sich auf der Südseite der Kirche. Außer einem alten Ordensmann namens Bernhard, der vor drei Jahren gestorben war, waren Adam und Theodor die ersten Mönche überhaupt, die auf Schwarzenbroich beerdigt wurden. Der Prior verlas einige weitere Gebete, bevor man die Särge der beiden Kreuzbrüder mit Hilfe von Seilen in die Gruben hinabließ. Von weitem studierte Heinrich die Gesichter der Anwesenden, doch er musste gestehen, außer Betroffenheit und Trauer nichts in ihnen lesen zu können. Wer von ihnen heuchelte?

Ein wenig weiter abseits – neben einem frischen Grab, in dem wohl der Stallknecht Odo ruhte – bestattete man schließlich noch das Flammenopfer Iring. Dann erklärte Anselm das Begräbnis für beendet. Dennoch verharrten die Mönche an den Gräbern. Nur Norbert machte kehrt und kam schwankend auf Heinrich zu.

»Wer zum Kuckuck seid Ihr denn eigentlich?«, posaunte er, noch ehe er bei Heinrich angekommen war.

Heinrich wartete, bis der Ritter vor ihm Halt machte. »Mein Name ist Heinrich«, erklärte er. »Ich vertrete Mathäus, den Dorfherrn von Merode.«

»Was? Diesen Spaßvogel?« Er begann dröhnend zu lachen, so dass die Mönche ihm finstere Blicke zuwarfen. Allmählich wurde ihm jedoch klar, dass es wohl kaum der richtige Augenblick und erst recht nicht der geeignete Ort war, sich lauthals über irgendetwas lustig zu machen. Sein Lachen ging in ein Hüsteln über. »Der war wirklich ein Spaßvogel«, sagte er dann leidlich gedämpft.

»So? Findet Ihr? Und weshalb?«

»Er führte sich auf, als wäre er einer der Kurfürsten persönlich.«

»Wenn Ihr ihn nicht mochtet – weshalb habt Ihr ihn dann aus der brennenden Baracke gerettet und Euer eigenes Leben dabei aufs Spiel gesetzt?«

»Ich habe nicht gesagt, dass ich ihn nicht mochte.« Norbert grinste verwegen. »Im Gegenteil, ich fand ihn recht amüsant, den Kerl. Ich hatte den Eindruck, dass er tatsächlich noch an eine höhere Gerechtigkeit glaubte. Das imponierte mir. Er wusste, dass diese verdammten Mönche nicht so heilig sind, wie sie gerne tun.«

»Spielt Ihr damit auf die Todesfälle an?«

»Ja, ja, die Todesfälle«, sinnierte der Ritter theatralisch. »Selig ist der, der keinen Dreck am Stecken hat.«

»Habt Ihr denn Dreck am Stecken?«, fragte Heinrich und schaute ihm fest in die Augen.

Norberts Trunkenheit schien wie weggeblasen. »Ihr etwa nicht?«, sagte er nach einer Weile. »Aber ich bin sicher, dass einer von diesen Brüdern gehörigen Dreck am Stecken hat.«

»Und wer?«

»Ich dachte, um das herauszufinden, seid Ihr hier!« Mit einem schmalen Grinsen entfernte er sich.

Auch die Gruppe der Mönche vor den Gräbern begann sich aufzulösen. Heinrich sah Notker und Walraf mit steinernen Mienen auf sich zukommen. Es war ihm klar, dass der Prior sie längst über den Grund seines Hierseins unterrichtet hatte.

Heinrich nickte ihnen zu. »Seid gegrüßt, Brüder.«

Notker und Walraf blieben vor ihm stehen und sahen sich an, als müssten sie erst beratschlagen, ob man den Gruß

des Fremden erwidern solle. Heinrich versuchte, es ihnen leichter zu machen.
»Mein Name ist Heinrich, und ich …«
»Wir wissen, wer Ihr seid«, unterbrach ihn der Cellarius barsch.
»Und wenn wir uns Euer Gesicht so betrachten«, fügte Notker spitz hinzu, »dann wissen wir auch, wie Ihr Euch sonst die Zeit zu vertreiben pflegt.«
Heinrich verzichtete darauf, ihren Spott in die Schranken zu weisen. Er brauchte unbedingt ihr Vertrauen. »Blau ist eben meine Lieblingsfarbe«, erklärte er lächelnd.
Notkers Gesicht lief puterrot an. »Schämt Euch, dumme Späße zu machen, kaum dass unsere verehrungswürdigen Mitbrüder in geweihter Erde bestattet wurden«, fauchte er.
Heinrich senkte schuldbewusst den Kopf. »Ihr habt vollkommen Recht. Bitte verzeiht mir, Brüder.«
Notker und Walraf grunzten etwas Unverständliches.
»Ich möchte euch nur bitten, verehrte Brüder«, fuhr Heinrich tief durchatmend fort, »mir wichtige Informationen nicht vorzuenthalten, die Licht in die schrecklichen Ereignisse der vergangenen Tage bringen könnten. Es soll zu eurem eigenen Wohl geschehen.«
»Pah!« Walraf machte eine verächtliche Handbewegung, und die Sehnen seines Halses kamen zum Vorschein. »Unser Wohl liegt allein in Gottes Hand!«
Notker nickte zustimmend. »Und wenn denn tatsächlich die Sünde Einkehr gehalten hat in unser Kloster, so wird Gott darüber richten. Es handelt sich hierbei nicht um eine weltliche Angelegenheit. Aber wenn Ihr meint, hier trotzdem herumschnüffeln zu müssen, dann haltet doch

ein schärferes Auge auf unseren edlen Ritter. Dieser ungehobelte Mensch ist zu allen Schandtaten fähig.«
Heinrich nutzte die Gelegenheit, sie aus der Reserve zu locken. »Hm! Dass Norbert und Bruder Adam sich hassten, ist kein Geheimnis. Aber warum hätte Norbert auch Bruder Theodor umbringen sollen?«
»Ein Kreuzbruder hasst nicht!«, warf Walraf ein, ohne auf Heinrichs Frage einzugehen.
Notker stieß seinen Mitbruder an. »Lass ihn nur!«, zischte er. »Seine Unwissenheit verleitet ihn eben zu Torheiten. Wir sollten uns wieder unseren wahren Aufgaben widmen.« Sie ließen Heinrich stehen und folgten ihren Mitbrüdern, die inzwischen durch die Klosterkirche wieder in das Hauptgebäude gelangt waren. Nachdenklich sah Heinrich ihnen nach. Spätestens jetzt wusste er, dass die Suche nach dem Mörder sich als äußerst heikel erweisen würde.
Ein verlegenes Räuspern ließ ihn herumfahren. Reiner und Karsil, die beiden Novizen, waren von hinten an ihn herangetreten.
»Der Prior sagt, wir sollen Euch ins Gästehaus bringen, Herr«, erklärte Reiner.
Heinrich schenkte ihnen ein wohlwollendes Lächeln. Von Mathäus wusste er, dass die beiden offen und umgänglich waren. Er beschloss, ihnen später die Fragen zu stellen, die er eigentlich den Mönchen hatte stellen wollen. »Gut, zeigt mir mein Zimmer«, sagte er. »Aber zuerst müssen wir meinen Hund holen. Er liegt immer noch auf dem Klosterhof – hoffe ich zumindest.«
Die Novizen zuckten zusammen, als sie sahen, wie der riesige Hund auf seinen Herrn zustürmte. Heinrich beru-

higte sie. »Keine Angst! Chlodwig ist meistens zahm wie ein Lamm.« Dennoch ließen Reiner und Karsil ihn auf dem Weg zum Gästehaus nicht aus den Augen.
Sie führten ihn in das Zimmer, in dem bereits Mathäus genächtigt hatte. Ein Holzkohlebecken in der Ecke spendete glimmende Wärme. »Ich danke euch«, sagte Heinrich und verscheuchte den voreiligen Chlodwig mit einer verärgerten Handbewegung von seinem Bett.
Die Novizen nickten ihm zu und wollten sich wieder entfernen. Heinrich aber, der sie nicht ziehen lassen wollte, ohne ihnen wenigstens ein paar Informationen entlockt zu haben, rief sie zurück. Obwohl er wusste, dass die beiden intelligent genug waren, seine Masche zu durchschauen, eröffnete er die Befragung mit leichtem Geplänkel.
»Wer von euch ist Karsil?«
»Ich, Herr!«
»Wie ich hörte, gehörtest du zu den Unglücklichen, die sich eine Pilzvergiftung zuzogen.«
»Ja, Herr. Aber nennt mich deswegen nicht unglücklich. Denn Bruder Walraf, Bruder Notker und ich haben es überlebt – ganz im Gegensatz zu unserem armen Bibliothekar.«
»Kanntet ihr Theodor gut?«
»Nicht besser oder schlechter als die anderen Mitbrüder«, erwiderte Reiner. »Aber eines kann man getrost behaupten: Er war ein sehr verschlossener Mensch. Zu Karsil allerdings empfand er eine gewisse Zuneigung.«
»Ist das wahr, Karsil?«
Der Novize nickte zustimmend.
»Weshalb gerade zu dir?«
»Ich weiß es nicht.«

»Wie ließ er es dich merken?«
»Wenn es Botengänge zu erledigen galt, ließ er immer nur mich rufen.«
»Welche Botengänge?«
»Nun«, Karsil kratzte nachdenklich über seine Tonsur. »Beispielsweise durfte ich im vergangenen Sommer ein bestelltes Buch im Kloster Wenau abholen. Wie Ihr ja sicherlich wisst, besitzt Schwarzenbroich bislang kein eigenes Scriptorium. Aus diesem Grund ließ Bruder Theodor ab und zu Bücher bei den Prämonstratensern in Auftrag geben.«
»Um welches Buch handelte es sich hierbei?«, fragte Heinrich interessiert.
»Um eine Kommentierung der Weisheiten Salomos.«
»Und du hast keine Ahnung, warum er ausgerechnet dich für diese Botengänge ausersah?« Heinrich sah ihn eindringlich an, obwohl er sich die Antwort auf diese Frage längst zusammengereimt hatte: Offenbar hatte Theodor Gefallen an dem jungen Mann gehabt.
»Nein, Herr, ich weiß es nicht. Aber es ist durchaus üblich, dass man einen Novizen schickt.«
»Könnt ihr euch einen Reim auf all die schrecklichen Geschehnisse der letzten Tage machen?«, fragte Heinrich nun ohne Umschweife. »Seht ihr irgendwelche Zusammenhänge zwischen Adams und Theodors Tod? Gibt es Dinge, die euch im Nachhinein merkwürdig erscheinen?«
»Alles erscheint mir merkwürdig, Herr«, antwortete Reiner kopfschüttelnd. »Wenn ich niemals in meinem noch jungen Leben ratlos war – jetzt bin ich es. Vielleicht ist es ja wirklich der Teufel, der Einzug in unsere Mauern gehalten hat.«

»In der Nacht, in der Bruder Adam starb«, erzählte Karsil nachsinnend, »wurde ich wach durch laute Schritte auf dem Flur. Doch es waren keine normalen Schritte, Herr, es klang wie …«

»Ja, Karsil?«

»Bitte, verspottet mich nicht, aber es klang, als wäre einer der Schuhe behuft gewesen.« Er schien mit sich zu kämpfen, ob er weitersprechen sollte. »Sagt man nicht, dass der Teufel einen Pferdefuß hat?«, flüsterte er schließlich.

»Ja, das sagt man«, stimmte Heinrich zu. »Aber warum hast du das nicht schon Mathäus, dem Dorfherrn von Merode, erzählt?«

Karsil senkte verlegen seinen Kopf. »Nun, ich redete mir ein, nur geträumt zu haben. Außerdem wollte ich mich nicht wichtig machen.«

Vom Kloster her erklang eine Glocke. »Wir müssen nun gehen, Herr«, erklärte Karsil, der sichtlich erleichtert war, sich entfernen zu können.

Heinrich spreizte die Hände. »Sicher, geht nur. Wir sehen uns später noch.«

Eilig huschten die beiden Novizen davon.

»Puh!«, machte Reiner, als sie sich bereits auf dem Klosterhof befanden. »Wie kann ein Mensch bloß so viel fragen?«

»Kein Wunder, dass man ihm die Visage poliert hat«, erwiderte Karsil. »Bei solcher Neugier …«

Die beiden lachten, doch es klang eher, als wollten sie damit ihre Bedrückung verdrängen. Schließlich verschwanden sie im Klostergebäude.

Am Himmel war längst wieder eine Front dunkler Wolken angerückt. Heinrich sah es durch die milchig trüben

Fensterscheiben, die er interessiert begutachtete. Als er seine Wissbegierde befriedigt sah, setzte er sich auf das Bett und zückte aus einem mitgebrachten Bündel einen Laib Dinkelbrot hervor. Mathäus hatte ihm das Versprechen abgenommen, keinerlei Speisen von den Mönchen anzunehmen. Deshalb hatte er seinen Freund reichlich mit Proviant eingedeckt.
Nachdem Heinrich seinen Hunger gestillt hatte, erhob er sich, kramte ein Stück Pergament und einen Federkiel aus seinem Bündel und begab sich zum Tisch, wobei er fast über seinen Hund gestolpert wäre, der sich auf dem Fußboden breit gemacht hatte. Er murmelte einen Fluch und setzte sich. Dann begann er die Eindrücke dieses Morgens niederzuschreiben.

19

Mathäus spurtete über den Hahndorn, um dem einsetzenden Regen zu entkommen. Schnatternde Gänse und gackernde Hühner flatterten aufgescheucht zur Seite. Ein vorwitziger Köter schnappte nach dem Bein des sich sputenden Dorfherrn; ein wütender Tritt des Attackierten beendete diesen Angriff. Winselnd trollte sich der Hund.

Bald stand der Dorfherr vor dem Haus des Wiprecht. Kein Zweifel, Wiprecht gehörte zu den ärmeren Bauern der Herrschaft. Sein bescheidenes Haus mit dem abbröckelnden Putz wirkte renovierungsbedürftig, und ein angrenzender Holzschuppen schien kurz vor dem Einsturz. Ein trauriger Hahn, der kaum noch Federn besaß, hockte stumpfsinnig vor der morschen Haustür des Bauern. Träge machte er Mathäus Platz.

Wiprechts Frau öffnete ihm. Sie war sicherlich nicht älter als Mathäus, doch in ihren Mund klafften gewaltige Zahnlücken. Auch die graue Haube, die sie trug, war nicht gerade geeignet, sie jünger wirken zu lassen.

»Darf ich eintreten?«, fragte Mathäus freundlich.

Die Frau nickte nur.

Beißender Rauch schlug ihm entgegen, als er die Stube betrat. Dieser wurde verursacht durch offenbar feuchte Holzscheite, die in der Feuerstelle an der Stirnseite der Stube unter einem rußgeschwärzten Abzug schwelten und kaum imstande waren, Wärme zu verbreiten. Über den zischenden Holzscheiten baumelte ein alter, unför-

miger Topf, aus dem wenig appetitanregender Geruch entwich und sich mit dem Rauch auf unerquickliche Weise vermischte.
Mathäus sah sich um. Auf dem lehmgestampften Fußboden hockte ein halbes Dutzend Kinder, das jüngste etwa fünf, das älteste vielleicht dreizehn Jahre alt. Sie unterbrachen ihr Murmelspiel und sahen den Dorfherrn neugierig an.
Auf einer Bank in der Nähe der Feuerstelle saß ein weiteres Kind, das man jedoch getrost schon als junge Frau bezeichnen konnte. Mathäus wusste, dass es sich hierbei um Edeltrud handelte, Wiprechts älteste Tochter.
Auch Edeltrud hielt in ihrer Tätigkeit inne. Sie war mit Näharbeiten beschäftigt; nun hob sie ihren Lockenkopf und bedachte den Dorfherrn mit einem fragenden Blick, der beinahe ängstlich wirkte. Im Gegensatz zu ihrer verblühten Mutter konnte man Edeltrud fast eine Schönheit nennen. Das helle Blöken eines Lämmleins, das unter einem klapprigen Tisch hervoräugte, riss Mathäus aus seinen Gedanken.
»Bring das Tier jetzt raus!«, befahl die Bäuerin einem ihrer Sprösslinge mit spröder Stimme. Der Bursche sprang auf, packte das strampelnde Lamm und eilte aus der Stube.
»Und sag dem Vater, er soll kommen!«, rief die Mutter ihm nach. »Sag ihm, der Herr Mathäus ist hier!«
Mathäus verschränkte die Arme hinter seinem Rücken und schenkte den immer noch glotzenden Kindern ein mildes Lächeln. Edeltrud hatte ihre Näharbeiten wieder aufgenommen, wobei sie es im Gegensatz zu ihren jüngeren Geschwistern tunlichst vermied, den Dorfherrn wei-

ter anzustarren. Als ob sie ein aufkommendes Unwetter fürchtete, sinnierte Mathäus.

Die Bäuerin hatte sich inzwischen zur Feuerstelle begeben und rührte in dem Topf. »Wollt Ihr mit uns essen, Herr?«, fragte sie über ihre Schulter.

»Nein, nein«, beeilte Mathäus sich zu antworten. »Aber vielen Dank für Eure Gastfreundschaft.«

Nach einer Weile betrat Wiprecht, gefolgt von seinem zappligen Söhnchen, die Stube und sah den Dorfherrn mit großen Augen an. Mathäus entging nicht, wie seine Lippen unter dem schwarzen Schnauzbart nervös bebten.

»Herr Mathäus? Was gibt mir die Ehre?«

»Ich hätte Euch gerne gesprochen, Wiprecht.«

»Jetzt?«, fragte der Bauer verunsichert.

»Ja.«

»Hier?«

»Ich weiß, dass Ihr sehr viel Arbeit habt, Wiprecht. Deshalb ersparte ich Euch eine Vorladung und suche Euch selbst auf.«

Sofort war es mucksmäuschenstill in der Stube. Die Bäuerin hielt inne in ihrer Tätigkeit, ohne sich freilich umzudrehen. Edeltrud ließ Nadel und Faden auf ihren Schoß sinken, doch auch sie traute sich nicht, aufzusehen. Selbst die Kleinen schienen die Tragweite der Worte des Dorfherrn zu begreifen. Das Klimpern ihrer Murmeln hatte aufgehört.

»Eine Vorladung?« Wiprecht zwang sich zu einem schmalen Lächeln. »Habe ich etwas verbrochen?«

»Das hoffe ich nicht«, erwiderte Mathäus mit gespreizten Händen.

Der Bauer schluckte. Dann wandte er sich an Frau und Kinder. »Raus hier!«, befahl er laut.
Die Frau sah ihn entsetzt an.
»Raus, habe ich gesagt! Alle!«
Die Bäuerin scheuchte die flüsternden Kleinen zur Tür hinaus. Gemeinsam mit Edeltrud, ihrer Ältesten, verließ sie als Letzte die Stube. Wiprecht vergewisserte sich, dass niemand an der Tür lauschte, bevor er Mathäus einen Platz am Tisch anbot und sich ihm schließlich gegenübersetzte. Sein Gesicht war totenbleich geworden.
»Also?«, fragte er hohl.
Mathäus faltete seine Hände über der Tischkante und sah ihn offen an. »Wart Ihr vorgestern auf der Burg?«, fragte er geradeheraus.
Wieder schluckte Wiprecht. »Warum?«
»Die Fragen stelle ich, Wiprecht. Also: Wart Ihr dort?«
Ein verzweifeltes Auflachen war die Antwort.
Mathäus zog die Stirn kraus. »Darf ich dies als ein Ja verstehen?«
»Ja. Ich war vorgestern auf der Burg.«
»Wann?«
»Am frühen Morgen.«
»Was habt Ihr dort gemacht?«
»Ich habe … Eier abgeliefert. Und etwas geräucherten Speck.«
»Ich nehme an, dies waren Abgaben für Herrn Konrad?«
Wiprecht zögerte mit der Antwort. »Nein, Herr«, sagte er schließlich.
»So? Das überrascht mich allerdings. Zumal Ihr mit Euren Abgaben erheblich im Rückstand seid, wie ich weiß. Wem also habt Ihr den Speck und die Eier gebracht?«

Wiprecht sah sich um wie ein gehetztes Wild. Seine Stimme ging in ein beschwörendes Flüstern über. »Ihr dürft meiner Frau nichts verraten, Herr. Und Ihr dürft mich nicht verurteilen.«
»Ich bin nicht Euer Beichtvater«, sagte Mathäus ruhig. »Aber meine Frage solltet Ihr dennoch beantworten.«
Wiprecht nickte verzweifelt. »Die Sache ist so …« Mühsam rang er nach Worten. »Auf Burg Merode gibt es im Gesinde Rikalts eine Frau namens Guta.«
»Die Köchin?«
»Ja, die!«
»Ich kenne sie. Weiter!«
»Nun …« Wiprecht zupfte an seinem Schnauzbart. »Vor vielen Jahren hatten Guta und ich ein Verhältnis. Bevor Ihr fragt: Ja, ich war damals bereits verheiratet. Und wir hatten auch schon Kinder.« Beschämt senkte er seinen Kopf. »Eines Tages«, fuhr er fort, »teilte Guta mir mit, dass sie schwanger sei. Ich war wie vor den Kopf geschlagen. Guta aber stellte mir keinerlei Bedingungen. Wir beendeten unsere Affäre, und wenige Monate später brachte sie einen Sohn zur Welt.«
»Den kleinen Benno!«, sagte Mathäus nachdenklich.
Wiprechts Augen begannen feucht zu glänzen. »Benno ist mein Sohn. Und Guta hat niemals jemandem auch nur ein Sterbenswörtchen über seinen Vater verraten. Deshalb bin ich ihr unendlich dankbar.«
»Und deshalb bringt Ihr ihr von Zeit zu Zeit ein paar Nahrungsmittel vorbei«, ergänzte Mathäus.
Der Bauer nickte. »Wir mögen uns immer noch«, erklärte er mit einem matten Lächeln. »Aber uns verbindet keine Liebschaft mehr.«

»Darüber schuldet Ihr mir keine Rechenschaft«, winkte Mathäus ab. »Mich interessiert vielmehr, ob Ihr vorgestern, bei Eurem heimlichen Besuch auf Burg Merode, Herrn Konrad begegnet seid.«
»Nein, Herr.« Wieder erschien dieser gehetzte Ausdruck in seinen Augen.
»Und Ihr wart auch nicht im Vorraum der Burgkapelle?«
»Nein, Herr. Glaubt mir, ich habe den Herrn Konrad nicht niedergeschlagen. Obwohl ...«
»Obwohl was, Wiprecht?«
»Ich glaube, wenn ich die Gelegenheit dazu bekäme, würde ich ihm auch eins über den Schädel brennen.« Er biss sich auf die Unterlippe, als bereue er seine Worte bereits.
Mathäus zog eine Schnute. »So stimmt also die Geschichte, die man sich erzählt? Die Geschichte von Konrads Angebot?«
Wiprecht nickte. »Im vergangenen Frühjahr kam einer von Konrads Knappen hierher«, erzählte er mit kaum verhohlener Wut. »Er teilte mir mit, dass Herr Konrad bereit wäre, auf die diesjährige Abgabe zu verzichten, wenn ich meine Älteste eine Nacht lang ...«, er versuchte, sich die Worte des Knappen ins Gedächtnis zurückzurufen, »... entbehren könnte.«
Mathäus überlegte. Im April hatte Elisabeth von Grafschaft ihre Eltern für mehrere Wochen in ihrer Heimat besucht. »Und was habt Ihr ihm geantwortet?«
»Gar nichts. Ich habe ihn da hingetreten, wo es einen Mann am meisten schmerzt.«
»Habt Ihr Edeltrud davon erzählt?«
»Niemals hätte ich das getan. Aber dummerweise hatte uns irgendeiner der Lausbuben aus der Nachbarschaft be-

lauscht. Später hat der gottverdammte Bengel es dann im Dorf breitgetreten. Natürlich kam die Sache auch meiner Tochter zu Ohren. Seitdem lebt sie in ständiger Angst vor Herrn Konrad.«

Und deshalb hatte sie solche Angst vor mir, überlegte Mathäus. Auch er verspürte in diesem Augenblick einmal mehr den fast unbezwingbaren Drang, Konrad zu erwürgen.

Wiprecht ballte unwillkürlich seine Fäuste. »Aber es ist nicht nur die Angst allein«, sagte er. »Edeltrud glaubt seitdem, es sei ihre Schuld, dass es uns nicht besser geht.«

»Ihr habt richtig gehandelt, Wiprecht«, sagte Mathäus aufmunternd. »Auch wenn ich Konrads Knappen auf andere Weise einen abschlägigen Bescheid erteilt hätte. Aber Ihr könnt stolz auf Euch und Eure Tochter sein.«

»Sie soll kein Opfer der Sünde werden – so wie ich einst.«

Mathäus erhob sich. »Gut. Das war's dann. Ich danke Euch, Wiprecht.«

Fast ungläubig sah der Bauer zu ihm hoch. »Ihr glaubt mir also?«

»Ja. Und ich möchte Euch noch einen guten Rat geben: Sollte Herr Konrad oder einer seiner Leute Euch in Zukunft irgendwelche Schwierigkeiten machen, wendet Euch zuerst an mich. Habt Ihr verstanden?«

»Ja, Herr. Danke.«

Der Dorfherr ließ eine Münze auf den Tisch fallen. »Hier! Vielleicht könnt Ihr damit schon einen kleinen Teil Eurer Schuld bei Herrn Konrad abtragen.«

Der Bauer suchte verdutzt nach Worten, doch Mathäus hatte das Haus bereits verlassen.

Der Regen war noch stärker geworden. Wieder setzte Mathäus zu einem Spurt an, doch auf dem Dorfanger rutschte er aus und flog der Länge nach in den Matsch. Fluchend rappelte er sich hoch. Schließlich erreichte er sein Haus und betrat, immer noch böse vor sich hin schimpfend, die Stube.

Lauthalses Lachen empfing ihn. Jutta und Maria, die am Tisch saßen und Gemüse putzten, waren köstlich amüsiert. Dreyling indessen saß auf seinem Bett und betrachtete unbeteiligt eine von Marias Holzpuppen.

»Auch wenn mein Herz einen Riesensatz macht, euch hier zu sehen, so wünschte ich mir etwas weniger Spott bei der Begrüßung«, sagte Mathäus, dessen Groll langsam zu schwinden begann.

»Du solltest dich sehen, mein Goldstück«, schniefte Jutta. »Siehst aus wie ein Bär, der sich im Schlamm gesuhlt hat.«

»Schlammbär! Schlammbär!«, krächzte Maria begeistert und wurde von einem Besorgnis erregenden Hustenanfall heimgesucht. Mathäus zuckte mit den Achseln und begab sich in einen kleinen Nebenraum, wo er seine Kleider wechselte. Als er die Stube wieder betrat, hustete Maria immer noch.

»Die ganze Zeit geht das jetzt so«, erklärte Dreyling mit einem vorwurfsvollen Blick auf Jutta. »Die Kleine wird krank. Du hättest nicht mit ihr herkommen sollen. Und das durch den Regen.«

Jutta war anzumerken, dass sie diese Worte als Kränkung auffasste. Dreyling hatte ihre empfindliche Stelle getroffen. Jutta strebte danach, eine perfekte Mutter zu sein. Warf man ihr Verantwortungslosigkeit vor, so war dies eins der wenigen Dinge, die sie rasend machen konnten. Schon von Heilwig, ihrer eigenen Mutter, die sich nichtsdestotrotz ebenfalls als Mutter der kleinen Maria fühlte, musste sie sich genügend gut gemeinter Ratschläge anhören.

Mit einem mahnenden Blick gebot Mathäus seinem Vater zu schweigen. »Dann legen wir Maria eben ins Bett!«, verkündete er. »Vater, würdest du bitte so freundlich sein …?«

Dreyling erhob sich brummend von der Bettstatt.

Mathäus nahm die Kleine auf seinen Arm, legte sie hin und deckte sie zu. Jutta kniete sich daneben und tippte mitleidvoll auf die Nase der Kleinen. »Mein armer Schatz. Ich glaube, du hast Fieber.«

»Ihr beide werdet jetzt hier bleiben«, erklärte Mathäus. »Morgen sehen wir weiter.«

»Hier bleiben?« Dreyling hob eine Augenbraue. Er fasste den Sohn beim Ärmel und zog ihn beiseite. »Was sind denn das für Sitten?«, flüsterte er. »Ihr seid nicht miteinander verheiratet. Was glaubst du, was die Leute von dir sagen werden?«

»Seit wann interessierst du dich für den Klatsch in einem Kuhdorf?«

»Und ihre Eltern? Was werden die dazu sagen, wenn sie nicht nach Hause kommen?«

»Jutta und Maria nächtigen nicht zum ersten Mal hier, Vater. Und Heilwig und Johann haben noch nie die Moralwächter gespielt.« Den letzten Satz betonte er genüsslich.

Dreyling schnappte nach Luft. »Und wo sollen wir schlafen?«

»Kein Problem. Ich hole frisches Stroh.«

»Na, entzückend«, seufzte der Vater. Er wandte sich wieder an die beiden Mädchen. Maria wurde von einem neuerlichen Hustenanfall geschüttelt. »Warum kochst du ihr keine Brühe?«, blaffte er Jutta an.

Die sah ihn aus schmalen Augen an. »Herr Dreyling, ich …«

»Lass es gut sein, Liebste«, unterbrach sie Mathäus schnell und hob beide Hände. »Vater, würdest du bitte so freundlich sein und dich dort an den Tisch setzen?« Seine Stimme klang gefährlich leise. »Jutta ist in der Krankenpflege nicht ganz unerfahren, und sie wird schon wissen, was zu tun ist.«

»Macht doch, was ihr wollt. Inzwischen werde ich dem dicken Leo noch einen Besuch abstatten.« Er griff nach seinem Umhang und verließ grummelnd die Stube.

Seufzend ließ Mathäus sich auf einen Hocker sinken. »Du sollst Vater und Mutter ehren«, skandierte er leise vor sich hin.

»Ja, das sollte man in der Tat«, erwiderte Jutta gereizt. »Aber nirgends steht geschrieben, dass die Eltern ihre Kinder drangsalieren sollen. Vor allem, wenn diese längst für sich selbst sprechen können.«

»Er meint es nicht so, wirklich nicht.«

Jutta murmelte etwas Unverständliches und kümmerte sich wieder um die kleine Maria.

Mathäus fühlte sich leer und ausgelaugt. Wie immer, wenn ihn dieser Seelenzustand befiel, wünschte er sich die Geliebte in seine Arme, denn nur sie war imstande, seine Bedrückung augenblicklich zu vertreiben.

Doch Juttas Verärgerung schien auch ihm zu gelten. Schuld daran war Richmond Dreyling, sein eigener Vater.

Mathäus ertappte sich erstmals bei dem Gedanken, seinen Vater in weite Ferne zu wünschen. Zu allem Überfluss tauchte das Bild seiner verstorbenen Mutter wieder vor ihm auf und steigerte seinen Trübsinn. Sicherlich hätte Mutter die Fronten geglättet.
Er versuchte, an etwas anderes zu denken. Wie mochte es Heinrich auf Schwarzenbroich inzwischen ergangen sein? Doch auch dieser Gedanke mündete schon bald in selbstquälerische Gewissensbisse. Wie hatte er nur seinen besten Freund in die Höhle des Löwen schicken können? Sicherlich würde der Mörder versuchen, auch ihn ins Jenseits zu befördern.
Erst als er plötzlich merkte, wie Juttas Hände sich von hinten auf seine Schultern legten, beruhigte sich sein aufgewühltes Gemüt allmählich. Juttas schwarze Haare fielen über sein Gesicht, und er spürte ihren heißen Atem in seinem Nacken.
»Ich liebe dich«, hauchte sie.
Mathäus kostete dieses Glücksmoment mit geschlossenen Augen aus. Juttas Zuneigung strömte wie ein warmer Quell durch seinen Körper. Und er begann sich ernsthaft zu fragen, wie Beatrix' Anblick seinen Herzschlag auch nur hatte beschleunigen können.

20

Das Pochen an der Tür ließ Mathäus erwachen. Einen Augenblick lang wusste er nicht, wo er sich befand. Dann spürte er das knisternde Stroh unter seinem Kopf und vernahm das laute Schnarchen seines Vaters, der zusammengekrümmt neben ihm lag. Im Bett schlummerten Jutta und Maria; schützend hatte die Ältere einen Arm um das Kind gelegt.

Mathäus erinnerte sich: Spät am Abend, als die beiden Mädchen bereits schliefen, war sein Vater in die Stube gepoltert; nur mit Mühe hatte Mathäus ihn überreden können, seinen Gesang zu beenden. Trotzdem war die kleine Maria wach geworden. Die ebenfalls erwachte Jutta hatte die Kranke mit einem Lied wieder in den Schlaf gesummt. Dreyling hatte sich indessen der Länge nach auf den Strohhaufen plumpsen lassen und noch eine Weile vor sich hin gebrummt. Schließlich war auch er eingeschlafen.

Das Pochen an der Tür wurde energischer. Mathäus erhob sich ächzend von seinem Nachtlager, bekleidete sich hastig und schritt zur Tür. Am liebsten hätte er sie sogleich wieder ins Schloss geworfen, als er draußen Kunigundes erhitztes Gesicht erblickte. »Die Schweinescheiße liegt immer noch da!«, blökte sie.

Mathäus rieb sich seufzend ein Auge. »Welche Schweinescheiße?«

»Die im Backhaus. Hat man Euch nicht darüber unterrichtet?«

»Doch, aber … Es gibt im Moment wirklich wichtigere Angelegenheiten als …«
»Wichtigere Angelegenheiten, he? Nur, weil irgendein Hornochse dem edlen Herrn Konrad eins über den Schädel gezogen hat, dürfen die Unterdörfler Mist machen, so viel sie wollen, wie?«
Mathäus hob beschwichtigend eine Hand. Es gehörte in der Tat zu seinen Aufgaben, die Einhaltung der Vereinbarungen zwischen Unter- und Oberdörflern zu überwachen. Schließlich hatte er diese Regelungen zum größten Teil selbst festgelegt. Aber sein Kopf war voll mit anderen Dingen: Morde in einem Kloster, ein Attentat auf einen der Herren von Merode, der nervenaufreibende Besuch seines Vaters – was interessierte ihn da die Schweinescheiße im Backhaus? Allerdings gedachte er nicht, sich deswegen mit der Bäuerin zu streiten. »Frau Kunigunde, ich werde mich bald um die Angelegenheit kümmern«, versprach er.
Kunigunde aber starrte mit einem Male an ihm vorbei, als hätte sie eine Erscheinung.
»Alles in Ordnung, Frau Kunigunde?«
Sie schien wie aus Stein gemeißelt. Erst jetzt bemerkte der Dorfherr, dass die kleine Maria hinter ihm stand. Oh, natürlich, überlegte er, jetzt ist der Grundstein für ein paar deftige Gerüchte gelegt. Andererseits konnte er sich den abgrundtiefen Schrecken im Gesicht der dicken Bäuerin nur schwer erklären. Diese trat nun mehrere Schritte zurück.
»Der Schwarze Tod! Der Schwarze Tod!«, kreischte sie schließlich. Sie presste eine Hand auf ihren Mund, stolperte fast über einen Stein und lief schnaufend und schreiend davon. »Das Kind hat die Pest!«, hallte es durch das Dorf.

Mathäus sah die Kleine verwirrt an. Nun erkannte er, was Kunigunde so in Panik versetzt hatte: Marias Gesicht war übersät mit kleinen, roten Flecken. Auch ihr Hals und ihre Arme waren davon gezeichnet. Ein siedend heißer Schreck fuhr durch seinen Körper.

»Was hat die Tante?«, fragte Maria mit heiserer Stimme.

»N-nichts, mein Engel«, stotterte Mathäus. Hilfe suchend spähte er in die Stube. Auch Dreyling und Jutta waren durch Kunigundes Geschrei geweckt worden.

»War das schon wieder diese dusselige Bäuerin?«, gähnte Dreyling und reckte sich.

»Bitte schaut euch mal das Kind an«, beschwörte Mathäus sie leise.

Sofort eilten Dreyling und Jutta herbei. Juttas Gesicht wurde leichenblass. »Nein«, stammelte sie. Maria sah sie mit großen Augen an. Offensichtlich war ihr nicht klar, warum sich plötzlich alle für sie interessierten. Jutta beugte sich zu ihr herunter und drückte sie fest, als habe sie das Kind eine Ewigkeit nicht mehr gesehen. Tapfer unterdrückte sie ein Schluchzen.

»Was habt ihr denn?«, fragte Dreyling unwillig.

Mathäus stieß ihn an. »Hast du die roten Flecken nicht gesehen?«, flüsterte er.

»Doch, habe ich. Und?«

»Das ist die Pest!«

»Pest, Pest! So ein Quatsch!«, trompetete der Vater. »Glaubt mir, die Pest sieht anders aus. Ich weiß, wovon ich rede.«

Jutta sah hoffnungsvoll zu ihm hoch. »Aber was ist es dann?«

»Man merkt, dass ihr noch keine Blagen in die Welt gesetzt

habt. Das Kind hat die Fleckenkrankheit! Auch ihr habt sie einst gehabt. Fast jedes Kind bekommt sie irgendwann.«
Mathäus atmete erleichtert auf. Andererseits ärgerte er sich, von seinem Vater so ostentativ belehrt worden zu sein. »Diese schreckliche Kunigunde hat mich eben total verwirrt«, murmelte er.
»Was ist die Pest?«, schniefte die kleine Maria.
Jutta küsste zärtlich ihre Stirn. »Nichts, worüber du dich sorgen müsstest.«
»Gut. Dann sollten wir jetzt etwas frühstücken«, schlug Dreyling vor.
Bald saßen sie alle um den Tisch und löffelten einen Getreidebrei. Maria war in eine große Decke gehüllt und musste von Zeit zu Zeit von ihrer Ziehmutter zum Essen bewegt werden.
»Lass sie nur, wenn sie nicht mag«, sagte Dreyling. »In wenigen Tagen ist sie wieder die Alte. Oh, ich vergaß«, fügte er mit gespielter Kränkung hinzu. »Ihr braucht meine Ratschläge ja gar nicht.«
Jutta lächelte ihn verlegen an. »Doch, Eure Ratschläge sind mir willkommen, Herr Dreyling.« Plötzlich wurde sie ernst. »Wenn es Ratschläge bleiben«, ergänzte sie, ohne die Augen von ihm abzuwenden.
Dreyling hörte auf zu kauen und sah sie lange an. »Es tut mir Leid, wenn ich gestern Abend etwas laut war und euch geweckt habe«, verkündete er. »Es wird nicht wieder vorkommen.«
Jutta und Mathäus wechselten einen überraschten Blick.
Dreyling widmete sich wieder seinem Brei.
Lautes Rufen, das von der Dorfstraße herkam, ließ sie schließlich aufhorchen.

»Was ist denn da los?«, wunderte sich Dreyling.
Mathäus erhob sich, um nachzusehen. »Wahrscheinlich wieder ein Schwein, das an verbotenen Orten scheißt«, erklärte er mürrisch.
Als er vor die Tür trat, richteten sich ungefähr zwei Dutzend Mistgabeln auf ihn. Verdutzt starrte Mathäus in die Gesichter der zahllosen Bauern und Knechte, die da drohend vor ihm standen. Von der anderen Straßenseite beobachteten einige wild palavernde Bäuerinnen und Mägde den Schauplatz.
»Darf ich fragen, was das soll?«, fragte Mathäus entgeistert.
»Bitte, bleibt, wo Ihr seid, Herr!«, antwortete einer der Bauern entschlossen.
»Und wieso?«
»Weil das Kind da drinnen die Pest hat!«
Wie erleichtert atmete Mathäus auf. »Ach, das meint Ihr. Keine Sorge, die Kleine hat nicht die Pest. Es ist die Fleckenkrankheit.« Hatte er damit gerechnet, dass die Männer seine Erklärung mit Erleichterung zur Kenntnis nehmen würden, so sah er sich nun getäuscht. Im Gegenteil, ihre Mienen wurden noch ernster, ihre Gebärden kein bisschen nachgiebiger.
»Bleibt, wo Ihr seid!«, wiederholte der Bauer.
Der Dorfherr schluckte und sah sie der Reihe nach an. »Männer, seid doch vernünftig. Hermann, Neidhardt, Eberhard …! Was ist bloß los mit euch? Ich sagte, die Kleine hat die Fleckenkrankheit!«
»Woher wollt Ihr das wissen?«, brüllte Kunigunde von hinten.
»Holt die Sibylle her, sie wird es Euch bestätigen!«

»Ach, Sibylle«, winkte ein Knecht ab. »Wer glaubt denn noch diesem senilen Kräuterweib?« Die anderen nickten zustimmend.
Die Bäuerin Frieda straffte die Schultern, so dass ihr gewaltiger Busen sich nach vorne stülpte. »War nicht gestern Euer seltsamer Freund zu Besuch? Und kam er nicht aus Köln?«
»Heinrich und Maria sind sich überhaupt nicht begegnet!«
Mathäus sah in ihren Mienen, dass sie sein Argument nicht zur Kenntnis nehmen wollten. Er strich sich fassungslos durch die Haare. Hinter ihm war inzwischen sein Vater erschienen. »Was wollen diese Volltrottel?«
»Sie hindern uns daran, das Haus zu verlassen. Sie glauben, Maria habe die Pest.«
»Hat der Schwarze Tod erst einmal Einzug in unser Dorf gehalten«, erklärte einer der Männer wie zur Entschuldigung, »dann wird bald keiner von uns mehr am Leben sein!«
»So ein Quatsch!«, bellte Dreyling. »Ihr habt doch selbst Kinder, oder nicht?« Er trat einen Schritt nach vorne. »Es handelt sich hier um …«
»Stehen bleiben!« Die Mistgabeln zuckten entschlossen.
Mathäus hielt seinen Vater fest.
Auch der Bauer Wiprecht war inzwischen am Versammlungsort eingetroffen. Offensichtlich fühlte er sich Mathäus verpflichtet. »Wie könnt Ihr es wagen, den Dorfherrn …«
»Halt's Maul, Wiprecht«, unterbrach man ihn unwirsch.
»Komm, lass uns hineingehen, Vater«, murmelte Mathäus tonlos. Die Männer kehrten in die Stube zurück und warfen die Tür hinter sich zu.

»Und was jetzt?«, fragte Jutta, die den Disput verfolgt hatte.
»Nun bleibt zu hoffen, dass die Kerle bald wieder zur Vernunft kommen«, erwiderte Mathäus niedergeschlagen.
Dreyling lachte hohl. »Sie werden uns noch das Dach überm Kopf anzünden, diese Idioten.«
Mathäus schüttelte den Kopf. »Es sind Bauern, Vater, keine Mörder.« Er ließ sich auf einen Hocker sinken und seufzte. »Es ist zum Haareraufen: Ein Mörder auf Schwarzenbroich, ein Attentäter, der immer noch ungestraft umherläuft – und ich bin zur Tatenlosigkeit verdammt!«

Bruder Edmond hatte die Gräber der Mitbrüder bereits mit Erde zugeschaufelt. Nun betete er vor dem Grab seines alten Freundes Adam, und der feuchtkalte Boden, auf dem er kniete, schien ihm wenig auszumachen. Heinrich und Chlodwig betrachteten den betenden Mönch aus der Ferne. Als Adam schließlich ein Kreuzzeichen schlug und sich schwerfällig erhob, befahl Heinrich seinem Hund, sich nicht von der Stelle zu rühren, und näherte sich dem alten Gärtner.
Edmond sah ihn kommen. »Gott mit Euch!«, sagte er leise.
»Gott mit Euch, Bruder!« Heinrich merkte, wie schwer es ihm fiel, den Namen des Allmächtigen in seinen Mund zu nehmen.
Edmond deutete auf das Grab seines ermordeten Freundes. »Sei getreu bis in den Tod, so will ich dir die Krone des Lebens geben. – So steht es in der Offenbarung. Adam hätte dieser Spruch sicherlich gefallen. Er war ein sehr be-

lesener Mann.« Nun sah er Heinrich mit seinen müden Augen an. »Adam hat Gott treu gedient, bis zu seinem Tod«, erklärte er. »Gott wird ihm die Krone des Lebens aufsetzen.«

Heinrich nickte. »Suum cuique, Bruder. Jedem das Seine.«

»Wenn es tatsächlich stimmt, dass Adam ermordet wurde, so wird sein Mörder dereinst in der Hölle schmoren.«

»Ihr zweifelt noch immer daran?«

»Ich zweifle an allem, außer an Gott. Zweifel ist der Weisheit Anfang, hätte Adam gesagt.«

»Ein interessantes Zitat. Von wem stammt es?«

Edmonds faltiges Gesicht verzog sich zu einem schmalen Lächeln. »Das dürft Ihr mich nicht fragen. Im Gegensatz zu Adam habe ich nie viel gelesen. Und wenn ich nach meinem Tod in das himmlische Paradies gelangen sollte, so werde ich meinen alten Freund disputierend bei den Kirchenvätern finden. Ich dagegen werde mich den himmlischen Gärten widmen.«

»Glaubt Ihr, dass es solche gibt?«

Edmond sah ihn an, als habe er mit seiner Frage ein Sakrileg begangen. »Ich glaube es inbrünstig. Was für Adam die Bücher waren, das ist für mich die Natur. Warum, glaubt Ihr, hat Gott all die schönen Pflanzen geschaffen, all die Herrlichkeiten, die uns umgeben?«

»Wahrscheinlich, damit wir uns daran erfreuen können.«

Edmonds Blick wurde wieder mild. »Ja, damit wir uns daran erfreuen können«, stimmte er zu. »Und warum sollte Gott uns die Freuden, die er uns auf Erden billigt, im Himmel vorenthalten? Nennt mir einen Grund, warum es im Himmelreich keinen Rosenstock geben sollte.«

Heinrich hob schmunzelnd seine Schultern. »Ihr habt Recht, Bruder. Und woher sollten die weißen Lilien kommen, die der Herr in seiner Güte mitunter seinen Schäflein zukommen lässt?«
»Spottet nicht über Dinge, die unseren Verstand übersteigen.«
»Verzeiht mir, Bruder.«
Edmond winkte ab. »Schon gut. Es gibt nichts zu verzeihen. Ich bin ein alter Mann, der am Ende seines Lebens steht. Alte Männer faseln gern. Und träumen ein letztes Mal von großen irdischen Dingen.«
»Und wovon träumt Ihr?«
Die trüben Augen des Mönches begannen zu glänzen. »Von einem großen Klostergarten mit bunten Beeten und Meeren von Blumen«, erwiderte er versunken. »Von kühlen Laubengängen, weißen Heckenrosen und üppigen Obstbäumen.«
Heinrich musste dem alten Gärtner Recht geben. Etwas mehr Farbenpracht würde dem unfertigen Klostergelände zweifelsohne gut tun. »Schwarzenbroich ist noch jung«, tröstete er ihn. »Sicherlich wird der Prior Euch eines Tages mit solcherlei Aufgaben betrauen.«
Edmond schüttelte traurig den Kopf. »Nein, das wird er nicht. Prior Anselm ist ein frommer, gottesfürchtiger Mann. Aber sein Glaube hängt sich nicht an Äußerlichkeiten auf. Gemüse- und Kräutergärten, allenfalls ein paar Maiglöckchen für den Marienaltar – das muss reichen für den Dienst an den Himmlischen. Das Gotteslob muss für ihn aus dem Herzen kommen, nicht aus irgendwelchen Blüten. Selbst den Blumenschmuck für die Särge habe ich aus dem kargen Herbstwald holen müssen.« Er seufzte.

»Ihr solltet das Kloster der Prämonstratenser in Wenau sehen«, fuhr er fort. »Das ganze Jahr hindurch eine wahre Blumenpracht. Eine Augenweide, ein Wunder. Die Brüder lassen dort alles wachsen, was man sich denken kann. Manchmal ertappe ich mich dabei, wie ich ihren Gärtner beneide.«

»Ihr wart schon einmal dort?«

»Ja, früher. Ich holte dort für Adam Bücher ab. Inzwischen bin ich zu alt für solche Fußmärsche. Ich werde wohl nie mehr dort hinkommen, und auf meinem Grab werden einst allenfalls ein paar Gräser gedeihen.«

»Aber die himmlischen Gärten werden erfreut sein über den neuen Gärtner.«

Beide schmunzelten sich zu. »Ja, vielleicht«, erwiderte Edmond.

Die Klosterglocke beendete ihr Zwiegespräch. »Die Glocke ruft zur Non«, erklärte der Mönch. »Bitte entschuldigt mich.«

»Natürlich, Bruder.« Heinrich sah ihm nach, bis er im Klostergebäude verschwunden war. Nachdenklich verschränkte er seine Arme. Nach einer Weile spürte er Chlodwigs Schnauze an seinem Bein.

»Was willst du?«

Der Hund gähnte herzhaft.

»Langeweile, wie?«

Just in diesem Augenblick schwirrte ein dunkles Etwas an ihnen vorüber. Zunächst glaubte Heinrich an ein riesiges Insekt, doch dann erkannte er, was sich dort wenige Schritte rücklings von ihm in den Erdboden gebohrt hatte: Es war der Bolzen einer Armbrust! Sofort war er putzmunter. Uralte antrainierte Reflexe erwachten in ihm. »In

Deckung!«, zischte er seinem sichtlich verwirrten Hund zu. Mit zwei riesigen Sätzen verschwand er hinter der Balustrade eines Geräteschuppens. Chlodwig, der sich aus all dem offenbar keinen Reim machen konnte, folgte ihm watschelnd.
»Beeil dich, du Schnecke!«, rief Heinrich flehentlich. Seine Befürchtung allerdings erfüllte sich nicht: Kein weiterer Bolzen wurde auf sie abgeschossen! Heinrich zerrte den herantrottenden Hund hinter die hölzerne Deckung. »So viel zu deiner Langeweile, Chlodwig.«
Nach einem Moment der Totenstille traute er sich, über die Brüstung zu äugen. Er konnte nichts Verdächtiges ausmachen. Aber eines war klar: Der Bolzen war vom Klostergebäude abgeschossen worden!

21

Richmond Dreyling lehnte sich spähend aus dem Fenster. »Diese Verrückten haben sich überall postiert«, fluchte er und schloss die hölzernen Verschläge.

Mathäus hielt es nicht mehr auf seinem Hocker. »Etwas muss passieren«, grummelte er. Nachdenklich betrachtete er seine Geliebte, die die Situation gelassen nahm und sich ausschließlich um die rotfleckige Maria kümmerte. Die Kleine lag in ihrem Bett und schien die Aufmerksamkeit, die ihr von Jutta zuteil wurde, sichtlich zu genießen.

»Lass doch einen dieser Möchtegern-Grafen von der Burg herkommen«, schlug sein Vater vor. »Dann sollen sie diesen Trotteln mal gefälligst den Marsch blasen.«

Mathäus schüttelte den Kopf. »Das gäbe womöglich ein blutiges Gemetzel. Die Angst der Bauern vor der Schwarzen Pest ist größer als ihr Respekt vor ihren Lehnsherren. Ich sehe nur eine Möglichkeit, ihren Dickkopf weich zu klopfen.« Er schritt zur Tür und öffnete sie. »He, ihr!«, brüllte er nach draußen. »Würde einer von euch die Güte besitzen, zur Burg zu gehen und mir den Diener Dietrich herzuholen?«

Die Männer vor dem Haus warfen sich unsichere Blicke zu. Niemand machte Anstalten, der Bitte des Dorfherrn nachzukommen.

»Also, wird's bald?«, kläffte Mathäus. »Sonst zieh ich euch allen die Hammelbeine lang, sobald ich hier rauskomme!«

Nach kurzer Beratschlagung machte sich einer der Knechte

auf den Weg. »Wird erledigt, Herr«, rief Rudolf, der Bauer, lammfromm. Den Männern war die Situation offenbar selbst peinlich. Schließlich war der Dorfherr ein in der Herrschaft sehr geachteter Mann. Doch es war in der Tat so, wie Mathäus behauptet hatte: Ihre Furcht vor der Krankheit war größer als der Respekt vor der Obrigkeit.
Wütend warf Mathäus die Tür hinter sich zu. Aus der Schublade eines kleinen Bords kramte er ein Schnitzmesser hervor. Dann schnappte er sich den Lindenklotz, der immer noch in einer dunklen Stubenecke seiner Verwandlung harrte. Mit diesen Utensilien ließ er sich an den Tisch nieder.
Dreyling schüttelte fassungslos den Kopf. »Was denn? Draußen will uns eine Horde aufgebrachter Bauern ein paar Mistgabeln in die Hintern bohren, und du schnitzt Heilige Jungfrauen?«
»Hast du eine bessere Idee?«, brummte Mathäus.
»Allerdings.«
»Und welche?«
»Ich werde jetzt hinausgehen. Wollen doch mal sehen, ob diese Tölpel wirklich den Mut besitzen, mich umzubringen.«
»Nein, das wirst du nicht tun, Vater.«
»Und warum nicht?«
»Weil ich es nicht will!« Mathäus' Faust fuhr krachend auf den Tisch. »Hörst du, Vater? Ich will es nicht! Dies ist mein Haus, und ich werde die Dinge auf meine Weise regeln. Hast du das verstanden?«
Dreyling lachte hell auf. »Was unterstehst du dich? Ich bin dein Vater!«
Mathäus starrte auf den Holzklotz vor seinen Augen. »Ja,

du bist mein Vater«, sagte er schließlich leise. »Und ich möchte nicht, dass dir irgendetwas zustößt. Ich möchte dich nicht auch noch verlieren.«
Mit dieser Erwiderung hatte Dreyling nicht gerechnet. Er versuchte, sich seine Rührung nicht anmerken zu lassen. Juttas Hand, die ihn sanft an der Schulter berührte, ließ ihn herumfahren. »Warum vertraut Ihr Eurem Sohn nicht einfach, Herr Dreyling?«, fragte sie mild und sah ihn offen an.
Dreyling erwiderte ihren Blick eine ganze Zeit lang. Dann schluckte er schwer und wandte sich ab. Bedächtig ließ er sich neben seinem Sohn nieder, der stumm an seiner Heiligenfigur schnitzte.
»Ich werde Dietrich, den Diener, mit einem Auftrag nach Düren schicken«, erklärte Mathäus nach einer endlosen Weile, als habe er sich dazu durchgerungen, den Vater über seine Absichten zu informieren.
Dreyling nickte nur. Er stellte keine weiteren Fragen. Draußen rief jemand den Namen des Dorfherrn.
»Das ist er.« Mathäus erhob sich und eilte zur Tür.
»Bitte, bleibt, wo Ihr seid, Herr!«, empfing man ihn zum wiederholten Male.
»Ja, ja, schon gut. Wo ist Dietrich?«
»Hier, Herr!« Der Diener wollte dem Dorfherrn entgegentreten, doch eine energische Bauernhand hielt ihn zurück.
»Ich würde gerne mit ihm reden!«, rief Mathäus unwirsch.
»Das könnt Ihr ja auch. Aber jeder bleibt, wo er ist!«
»Dann tretet gefälligst einige Schritte zurück. Das, was ich Dietrich zu sagen habe, ist streng vertraulich.«

Wieder beratschlagten die Männer. Schließlich zogen sie sich mit geschulterten Mistgabeln weit hinter den Dorfbach zurück, ohne freilich den Diener und den Dorfherrn aus den Augen zu lassen.
Mathäus nickte ihnen dankend zu. Dann wandte er sich an Dietrich, der seinen Blick verunsichert umherschweifen ließ. »Dietrich, ich brauche dich einmal mehr für einen wichtigen Auftrag!«, erklärte er mit gedämpfter Lautstärke.
»Ja, Herr?«
»Du musst nach Düren reiten. Hol Meister Cornelius, den Medicus, sofort hierher. Sag ihm, es handle sich um eine Angelegenheit von äußerster Dringlichkeit. Ich erwarte dich noch vor Einbruch der Dunkelheit mit ihm zurück. Hast du verstanden?«
»Ja, Herr. Obwohl ...« Er druckste verzweifelt herum.
»Obwohl was?«
»Nichts, Herr. Schon gut.«
»Dann fliege!«
Der Diener nickte und machte auf dem Absatz kehrt. Aber Mathäus' Stimme ließ ihn noch einmal innehalten.
»Dietrich, noch etwas!«
»Herr?«
»Willst du mir nicht endlich sagen, was dich bedrückt?«
Der Diener japste nach Luft wie ein Fisch auf dem Trockenen. »Ich ... ich dachte, der Auftrag eilt«, stammelte er.
»Trotzdem würde es mich freuen, wenn du mich einweihst«, erwiderte Mathäus, den eine seltsame Vorahnung befiel. »Vielleicht kann ich dir ja helfen?«
»Ach, es ist nur ...«
»Liebeskummer?«, half Mathäus ihm auf die Sprünge.

»Na ja, so etwas Ähnliches.«
»Ist deine Liebste fortgelaufen?«
Dietrich sah sich verstohlen nach allen Seiten um. »Ja, Herr.«
»Und eigentlich wolltest du ihr jetzt hinterher, nicht wahr?«
»Ja, Herr. Aber natürlich sehe ich ein, dass Euer Auftrag Vorrang hat. Ich würde es mir niemals verzeihen, Euch jetzt im Stich zu lassen.«
Mathäus dankte ihm mit einem freundlichen Lächeln. »Weißt du, warum sie es getan hat?« Ein unbestimmter Instinkt befahl ihm, nicht lockerzulassen.
Dietrich dämpfte seine Stimme so sehr, dass Mathäus Mühe hatte, ihn zu verstehen. »Roswitha konnte die Schikanen des Herrn Konrad nicht mehr ertragen«, erklärte er mit gesenktem Blick.
»Welche Schikanen?«
Dietrich rieb sich am Kinn. »Nun, im vergangenen Sommer hat Herr Konrad sie zusammen mit einer anderen Magd in ein Verlies sperren lassen. Und Schläge gab's obendrein.«
»Was hatten die beiden denn angestellt?«
»Angeblich hatten sie Herrn Konrads Wein probiert.«
Jetzt erinnerte sich Mathäus an diese Lappalie. Damals hatte er dringend eine freie Kerkerzelle für einen Verdächtigen benötigt. Nur mit Mühe hatte er Konrad überreden können, die beiden Mägde aus der Zelle zu entlassen. Noch während er seine Gedanken zurückschweifen ließ, kam es über ihn wie eine Erleuchtung. Natürlich, schoss es durch seinen Kopf. Alles passt zusammen! Ein triumphierendes Glücksgefühl stieg in ihm hoch, gleich-

zeitig jedoch empfand er Mitleid mit dem Diener, der ihm inzwischen so ans Herz gewachsen war.

»Roswitha war es!« Er sagte es mit einer Bestimmtheit, die keine andere Lösung mehr zuließ. »Roswitha, deine Freundin, hat Herrn Konrad eins übergebrannt!«

Dietrichs gesenkter Kopf war Antwort genug.

»Als sie merkte, dass ich eingehend nach dem Täter suchte, wurde die Sache für sie brenzlig. Deshalb ist sie abgehauen«, fuhr Mathäus fort. »Wo ist sie hin?«

Dietrich sah erschrocken auf. »Ihr wollt sie verfolgen lassen, Herr?«

»Mach dir keine Sorgen, Junge. Ich werde die Sache regeln, sobald ich hier rauskomme. Du musst mir nur vertrauen. Aber sag mir, wo sie hin ist.«

»In Monschau wohnt eine ihrer Cousinen. Dort wollte sie Unterschlupf suchen.«

»Gut. Und nun reite nach Düren. Ich erwarte dich so bald wie möglich zurück.«

Dietrich, der neue Zuversicht schöpfte, nickte eifrig und verschwand. Sogleich rückte die Front der Mistgabelträger wieder vor. Mathäus schenkte ihnen einen weiteren zornigen Blick und kehrte in die Stube zurück.

»Und?«, fragte Dreyling.

»Die Dinge beginnen ihren Lauf zu nehmen«, erwiderte Mathäus.

Heinrich hatte beschlossen, über den Anschlag Stillschweigen zu bewahren. Es hätte wenig Sinn gemacht, Prior Anselm darüber zu informieren. Was hätte dieser schon tun können? Freiwillig melden würde sich der Mordbrenner ohnehin nicht. Inzwischen fragte sich Hein-

rich, ob hinter dem Anschlag tatsächlich eine Tötungsabsicht gesteckt hatte. Vielleicht hatte ihn ja nur jemand einschüchtern wollen? Ein geübter Armbrustschütze hätte sein Ziel aus dieser Distanz wohl kaum verfehlt.
Der Abschuss des Bolzens war wahrscheinlich von einer Fensteröffnung des ersten Stocks aus erfolgt. Dieses Fenster befand sich auf dem Korridor, der den Zellen der Mönche gegenüberlag. Heinrich hatte den mutmaßlichen Ort der Tat aufgesucht und akribisch untersucht. Aufschlussreiche Spuren hatte er dort allerdings nicht gefunden.
Im Kreuzgang begegnete ihm Prior Anselm, dessen Schwermütigkeit inzwischen vollends einer nervösen Gereiztheit gewichen war. »Noch kein Erfolg bei der Mördersuche, Herr Heinrich?«, fragte er bissig.
»Nein, Pater. Noch nicht.«
»Vielleicht sollten wir die ganze Sache endlich auf sich beruhen lassen, findet Ihr nicht? Schließlich sind wir Menschen, keine Götter: Homines sumus, non dei! Der Allmächtige in Seiner unendlichen Weisheit wird am Jüngsten Tag über den Mörder richten. Und sollte dieser tatsächlich in den Mauern dieses Klosters weilen, so entkommt er diesem Gericht dennoch nicht.«
»Sagt Ihr das auch dem Generalprior?«
Die Erwähnung seines Oberen ließ Anselm merklich zusammenzucken. Doch schnell gewann er seine Fassung wieder. »Was schert Euch das?«, erwiderte er kühl.
»Pater, ich bin sicher, dass ich Euch den Mörder bald präsentieren kann.«
»Ach wirklich? Und was, bitte schön, bestärkt Euch in dieser Zuversicht?«

»Einige Dinge, die ich im Augenblick noch besser für mich behalte.« Heinrich sah den Prior beschwörend an. »Lasst mir noch Zeit bis morgen, Pater. Ich möchte nicht, dass Ihr Eurem Nekrologium weitere Namen hinzufügen müsst.«

»Ihr redet wie dieser Dorfherr. Geschehen ist allerdings wenig.«

Die beiden Novizen, die in diesem Augenblick um die Ecke bogen, kamen dem Prior gerade recht, um seinem Ingrimm weiteren Ausdruck zu verleihen. »Was ist mit deiner Kutte geschehen?«, fauchte er Reiner an. »Glaubst du, dass der Herrgott Freude an einem Diener hat, dessen Gewand über und über mit Flecken besudelt ist?«

Reiner schaute an sich herab. »Nein, Frater«, erwiderte er kleinlaut.

Auch Karsil entging dem Zorn des Priors nicht. »Und du? Hast du schon mal deine verdreckten Fingernägel betrachtet?«

Der Novize warf einen verstohlenen Blick darauf.

»Willst du mit diesen Händen etwa beten?«

»Nein, Frater.«

»Zur Vesper will ich euch frisch gewandet und frisch gewaschen sehen, verstanden?«

»Ja, Frater«, erwiderten die Novizen wie aus einem Munde, bevor sie eiligst davonhuschten.

Anselm seufzte laut. Dann wurde er sich der Gegenwart Heinrichs wieder bewusst. »Ich gebe Euch Zeit bis morgen«, sagte er tief durchatmend, als habe er einen tief greifenden Entschluss gefasst. »Dann werde ich diese Angelegenheit dem Generalprior in die Hände geben. Der Herr will es offenbar nicht anders. Es wird Zeit, dass der normale Alltag wieder Einkehr in diese Mauern hält.« Mit einem letzten argwöhnischen Blick aus seinen eingefallenen Augen ließ er Heinrich stehen und verschwand im Klostergebäude.

22

Ich will nicht länger im Bett liegen«, quäkte die kleine Maria. »Ich will spielen!« Ihr immer noch leicht fremdländischer Akzent mit den rollenden R's verlieh ihrer Stimme einen drolligen Klang.

»Aber du willst doch bald wieder gesund werden?«, sprach Jutta ihr zu.

»Ich will spielen!«, beharrte das Kind.

Dreyling beobachtete die beiden vom Tisch aus. Er hatte seine verschränkten Arme auf den Tisch abgestützt und schien von einer tiefen Nachdenklichkeit befallen. Neben ihm saß sein Sohn, der mit herausgestülpter Zungenspitze an dem sakralen Lindenklotz herumschnitzte. Ab und zu flogen ein paar Holzschnitzel über den Tisch und verfingen sich in Dreylings Gewand, doch der Alte schien es nicht zu bemerken.

»Lass das Kind ruhig ein wenig spielen, Jutta«, sagte er schließlich, vergaß hierbei diesmal nicht, ein gutmütiges Lächeln in sein bärtiges Gesicht zu zaubern.

Jutta sah zu ihm herüber. Auch Mathäus hielt in seiner Tätigkeit inne.

Dreyling rieb sich verlegen ein Ohrläppchen. »Ich wollte Euch nicht wieder belehren«, sprach er wie zur Entschuldigung. »Aber da ich weiß, dass die Fleckenkrankheit nicht zu einer sonderlichen Beeinträchtigung des Wohlbefindens führt, solltet Ihr die Kleine ruhig ein wenig durch die Stube hüpfen lassen.«

»Meint Ihr wirklich?«, wunderte sich Jutta.

»Sicher. Mein kleiner Mathäus hat sich seinerzeit auch nicht davon abhalten lassen, die Hühner mit ihren eigenen Eiern zu bewerfen.«
»Lass doch bitte diese alten Geschichten«, winkte Mathäus mürrisch ab.
Maria aber hatte Dreylings Worte durchaus registriert. Seine Empfehlung war wie eine Aufforderung für sie. Sie griff nach der Holzpuppe, die die Bettruhe bislang brav mit ihr geteilt hatte, und hüpfte mit kaum für möglich gehaltenem Schwung aus dem Bett. Jutta zwinkerte ihrem Geliebten lächelnd zu und spreizte ratlos die Hände.
Dreyling betrachtete die Kleine, die, ihre Puppe fest an die Brust gedrückt, vor ihm erschienen war und ihre putzigen Zähnchen präsentierte, als wolle sie sich bei ihm für die wiedergewonnene Freiheit bedanken.
»Na, wie heißt denn deine Puppe?«, wollte Dreyling wissen.
»Hein!«, antwortete Maria, wobei sie verlegen ihren Oberkörper hin und her drehte.
»Hein?« Dreyling hob verwundert eine Augenbraue.
»Sie ist ein großer Verehrer von ihm«, erklärte Mathäus schulterzuckend.
»Ach so. Na ja, warum auch nicht. Aber vielleicht solltest du ihr dann besser das zugehörige Mondkalb schnitzen, anstatt dich mit der Heiligen Jungfrau herumzuquälen.«
»Hein ist krank!«, sagte Maria ernst.
»Was, der auch?« Dreyling nahm an der Besorgnis der Kleinen teil und betrachtete die Holzpuppe eingehend. »Was hat er denn?«

»Lauter rote Flecken«, erklärte Maria.
»Oh, tatsächlich. Jetzt seh ich's auch. Dann sollten wir Hein schleunigst ins Bett bringen.« Er nahm die Kleine bei der Schulter und führte sie zum Bett, das sie eben erst verlassen hatte. Dort saß immer noch Jutta und sah den beiden entgegen. Ihr Gesicht verriet Staunen.
»Würdest du dich bitte vom Bett erheben, Jutta?« Dreyling machte eine gebietende Handbewegung. »Wie du siehst, haben wir hier einen Patienten, der das Bett dringend benötigt.«
»Wie? Sicher.« Jutta sprang hoch.
»Danke sehr.« Dreyling schlug die Decke zurück, und Maria legte die Puppe sanft auf das Kissen.
»Jetzt musst du ihn zudecken«, sagte Dreyling.
Maria tat es. Sie zupfte so lange an der Decke herum, bis nur noch Heins Kopf zu sehen war. Wieder sah sie mit drolliger Ernsthaftigkeit zu Dreyling hoch. »Hein hat Fieber«, erklärte sie.
»Wirklich? Dann müssen wir ihn erfrischen. Jutta, bitte sei so nett und hol uns eine Schüssel Wasser und ein Tuch.«
»Wie? Oh, natürlich. Sofort.« Sie schritt zum Herd, um kurz darauf mit dem Gewünschten zurückzukommen.
Dreyling nickte ihr wohlwollend zu und nahm die Sachen entgegen. Das Tuch tauchte er in die Schüssel, wrang es aus, reichte es der Kleinen. »Hier, damit musst du Heins Gesicht betupfen«, ordnete er an.
Maria tat, wie ihr geheißen. »Armer, armer Hein«, summte sie leise.
»Von wegen armer Hein«, meinte Mathäus, der die unfer-

tige Jungfrau inzwischen von sich geschoben hatte und schmunzelnd zum Bett herübersah. »Wenn Hein wüsste, dass er gerade von seiner kleinen Freundin gewaschen wird, hätte er sicherlich seine helle Freude.«
Eine ganze Weile beobachteten die Erwachsenen die Kleine bei ihrer inbrünstigen Pflege. Plötzlich vernahmen sie draußen hastiges Hufgetrampel. Pferde schnaubten.
Mathäus sprang auf. »Da sind sie!«
»Wer?«, fragte Dreyling.
»Dietrich und Meister Cornelius!«

Wie ein blasser Stern zwängte die Sonne sich durch die Wolkenbänder und tauchte den feuchten Herbstwald in ein erhabenes buntes Licht. Obwohl kaum ein Windhauch in der kühlen Luft lag, knarrten die Äste eines morschen Eichbaums leise vor sich hin. Irgendwo, hinter ein paar wilden Holundersträuchern, bellte ein Fuchs.
Chlodwig spitzte die Ohren.
»Lass ihn«, winkte Heinrich ab. Er betrachtete die Gemäuer des Klosters, denen die Sonne einen matten Glanz verlieh. Seine Gedanken kreisten unaufhörlich um die These, die er aufgestellt, nein, die ihn regelrecht heimgesucht hatte. Er hatte sich zu diesem Spaziergang entschlossen, um seinem Denken die kühle Frische des herbstlichen Spätnachmittags zugute kommen zu lassen. Sein Hund begleitete ihn gelangweilt.
Plötzlich, aus heiterem Himmel und ohne dass er etwas dagegen hätte tun können, überfiel ihn wieder die Erinnerung an jenen unheilvollen Sommertag. Dieser lag nun mehr als elf Jahre zurück, doch das Bild vor seinen Augen war so klar, als wäre alles eben erst geschehen.

Sein rechter Arm, der Schwertarm, zuckte nervös. Mit diesem hatte er das Mädchen, das ihn im Nachhinein so sehr an die kleine Maria erinnerte, getötet. Eine einzige Bewegung seines Armes hatte sein Leben verändert. Nicht nur sein Leben, die ganze Welt hatte sich verändert seitdem. Zumindest glaubte er das in solchen Augenblicken.

Chlodwig spürte, wie das Gemüt seines Herrn sich zu verfinstern begann. Er kannte diese Anfälle von Schwermut, und er wusste, was dagegen zu tun war. Mit seiner riesigen schwarzen Schnauze stupste er Heinrich an, so dass dieser beinahe das Gleichgewicht verlor. Das reichte aus, um ihn der Vergangenheit zu entreißen.

»Hast ja Recht, Chlodwig. Wir haben einen Mörder zu entlarven!«

Sie hörten die Klosterglocke, die die Mönche zur Vesper rief. »Nun gehen sie in die Kirche, um ihren Herrn zu preisen«, murmelte Heinrich tonlos. Da kam ihm ein Gedanke. Er stützte sein Kinn und sah zu seinem Hund herab. »Vielleicht sollte ich diese Gelegenheit nutzen, um mich in den Zellen der Brüder ein wenig umzusehen. Was hältst du davon?«

Ein unbeteiligtes Schmatzen war die Antwort.

»Also gut, du wartest hier. Bin gleich wieder da.« Mit diesen Worten verschwand Heinrich eilig, denn er wusste, dass er für sein Vorhaben nicht viel Zeit haben würde.

Chlodwig blieb zurück und wunderte sich über die plötzliche Hast seines Herrn. Doch der hatte ihm schließlich befohlen, hier zu bleiben, also setzte er sich auf sein Hinterteil und äugte durch die Gegend. Wieder bellte in der Ferne ein Fuchs. Einen Augenblick lang war der Hund versucht, ihn aufzustöbern, aber die Trägheit obsiegte. Chlodwig ließ seine Pranken wie zwei Harken nach vorne rutschen, bis er vollends auf dem feuchten Waldboden lag. Nochmals inspizierte er mit halbherzigen Blicken die Gegend um sich herum. Dann bettete er seine Schnauze auf eine Pfote, blinzelte einige Male mit den Augen und wurde allmählich von einem sanften Schlaf eingeholt.

Die Schritte seines Herrn rissen ihn schließlich aus seinem Schlummer. Sofort sprang er hoch.

»Was sagst du nun, Chlodwig?« Heinrich war hörbar außer Puste. »In keiner Zelle etwas Verdächtiges gefunden – außer in einer!«

Die Dogge schaute zu ihm hoch und wedelte mit dem Schwanz.

»In einer Truhe, in der die Mönche ihre wenigen privaten Habseligkeiten aufbewahren, fand ich ein Hufeisen! Erinnerst du dich? Die Nacht, in der Bruder Adam starb? Der Novize hörte den Teufel, der ja bekanntlich einen Pferdefuß besitzt, laut und vernehmlich über den Flur stolzieren!

Aber das ist noch nicht alles. Außerdem befand sich in jener Truhe ein Paar lederner Handschuhstulpen von jener Art, wie Armbrustschützen sie verwenden! Und sicherlich brennst du darauf zu erfahren, in wessen Truhe ich diese Dinge fand.«

Chlodwig schüttelte sich den Dreck vom Leib und gähnte herzhaft, wobei er seine lange, gebogene Zunge präsentierte.

»Nun, ich will dich nicht zu sehr auf die Folter spannen«, fuhr Heinrich fort, obwohl es offensichtlich war, dass er eigentlich zu sich selbst sprach. »Ich fand diese Dinge in Bruder Engelberts Zelle!« Er ließ diese Worte eine Weile wirken und betrachtete nachsinnend das Klostergebäude. »Glaubst du, dass der Subprior und Novizenmeister ein Mörder ist?«

23

Platz da, ihr Trottel!« Meister Cornelius wühlte sich eine Bresche durch die Bauernschar, die das Haus des Dorfherrn belagerte. Dietrich folgte ihm mit zaghaften Schritten. Das Gesicht des Medicus war so zornesrot wie das Blütenblatt einer Rose.
Die Bauern machten den beiden nur widerstrebend Platz, doch niemand traute sich offensichtlich, sie aufzuhalten. Schließlich, als sie ihr Ziel schon fast erreicht hatten, stellte sich ihnen der junge Eberhard breitbeinig in den Weg. Er trug einen Dreschflegel, den er drohend an seiner Handfläche rieb.
»Platz da!«, bellte Meister Cornelius.
Eberhard rührte sich nicht. »Ihr könnt da nicht rein«, sagte er ruhig.
»So? Und warum nicht?«
»Weil in diesem Haus der Schwarze Tod lauert.«
Meister Cornelius brummte wütend. »Ich will dir mal was sagen, Grünschnabel.« Er trat dem Burschen entgegen und sah ihm direkt in die Augen. »Dies ist bereits das zweite Mal in dieser Woche, dass man mich in dieses gottverlassene Nest rufen lässt. Beim ersten Mal durfte ich eine Beule am Kopf eures Burgherrn kühlen. Diesmal werde ich sogar an meiner Arbeit behindert, weil man offenbar nicht will, dass ich mir ein krankes Kind anschaue. Seid ihr eigentlich von allen guten Geistern verlassen?«
»Das Kind hat die Pest!«
»Weißt du das sicher?«

Eberhard warf den anderen einen hilflosen Blick zu. Doch die blieben stumm.
»Bist du ein Medicus, Grünschnabel?«, hakte Meister Cornelius nach.
»Nein«, kam es zögerlich zurück.
»Na also. Dann schwing endlich deinen Hintern beiseite und lass mich durch. Ob das Kind da drinnen wirklich die Pest hat, werde ich euch gleich sagen.« Er schob den jungen Bauern, der sich nicht länger sträubte, einfach beiseite und schritt zusammen mit Dietrich zur Haustür, wo Mathäus sie bereits erwartete.
»Gott sei Dank, dass Ihr da seid, Meister Cornelius.«
Der Medicus machte eine mürrische Handbewegung. »Papperlapapp! Zeigt mir jetzt die kleine Patientin, ich habe nicht viel Zeit. In Düren warten eine Menge Patienten auf mich.«
Mathäus führte ihn händeringend in die Stube. »Es tut mir wirklich Leid, dass ich Eure Zeit stehle, Meister. Aber glaubt mir, die Umstände …«
»Schon gut, schon gut«, brummte der Medicus. Sie hatten das Bett erreicht, auf dem die kleine Maria wie eine thronende Königin saß. Jutta und Dreyling standen daneben und sahen den Arzt erwartungsvoll an.
»Sieht aus wie die Fleckenkrankheit«, murmelte Cornelius.
»Ist ja mein Reden«, flüsterte Dreyling und stieß Jutta triumphierend an.
Der Medicus kniete sich ächzend nieder und nahm das Gesicht der Kleinen, die ihn trotzig anstarrte, in beide Hände. »Zunge raus!«, befahl er.
Maria kam der Aufforderung liebend gerne nach.

»Du kannst die Zunge jetzt wieder reintun«, brummte der Medicus nach einer Weile. Er war dazu übergegangen, das Kind von oben bis unten abzutasten. Endlich stemmte er sich wieder auf die Beine. Mathäus half ihm dabei.

»Wie ich schon sagte: Es ist die Fleckenkrankheit! Mit der Pest hat das Ganze nicht das Geringste zu tun«, meinte der Medicus säuerlich.

»Wir sind Euch ja so dankbar, Meister.« Mathäus zückte seinen Geldbeutel und entlohnte den Medicus großzügig.

»Man ist ja kein Unmensch«, sagte dieser ein wenig besänftigt.

»Aber einen Gefallen müsst Ihr uns noch erweisen.« Dreyling deutete mit dem Daumen Richtung Haustür. »Sagt den Bauern da draußen, was Sache ist. Mir wollten sie leider nicht glauben.«

»Die können was erleben«, erwiderte der Medicus mit neu aufkeimendem Unmut. Mathäus, Dreyling und Dietrich folgten ihm nach draußen. Sofort verstummte das Palaver der Bauern und Knechte. Verunsicherte Blicke richteten sich auf die drei Männer vor der Haustür.

»Ihr Hornochsen!«, brüllte Cornelius, so dass einige der Gescholtenen sogleich die Blicke senkten. »Das Kind hat ebenso wenig die Pest am Leib wie ihr Grips im Schädel habt. Lasst die Leute gefälligst wieder ihres Weges gehen. Und das eine sage ich euch: Das war das letzte Mal, dass ich mich wegen einer Lappalie in dieses Nest begeben habe, prägt euch das ein.« Mit rauschendem Gewand stolzierte er durch die Reihen der Männer hindurch, die ihm eiligst eine Gasse frei machten. Mit ein paar weiteren dahergemurmelten Flüchen bestieg er sein Pferd und war kurz darauf verschwunden.

Das vorhin noch so entschlossene Heer der Bauern und Knechte hatte sich längst in ein Häuflein Elend verwandelt. Die Bäuerinnen im Hintergrund, allen voran Kunigunde, hatten sich längst aus dem Staub gemacht.
Bauer Rudolf machte sich zum Wortführer seiner Genossen, zumindest versuchte er es. »Es ... es tut uns wirklich Leid«, stammelte er unbeholfen. Die anderen nickten beschämt.
»Verzieht euch!« Mathäus ließ dumpfen Zorn in seiner Stimme mitschwingen. Die Männer sollten durchaus spüren, dass sie diesmal zu weit gegangen waren. »Habt ihr nicht gehört? Ihr sollt euch verziehen! Oder habt ihr zu Hause nichts zu tun?«
Murmelnd löste sich der Haufen auf.
Mathäus seufzte erleichtert, fasste seinen Vater und Dietrich an der Schulter und schob sie in das Haus zurück.
»Böse Männer?«, wollte die kleine Maria wissen.
Mathäus schüttelte den Kopf. »Nein, nicht böse, Kleines. Nur etwas starrsinnig!«
»Was ist starrsinnig?«
»Starrsinnig? Nun ...« Mathäus wiegte sein Kinn. »Starrsinnig ist jemand, der ...«
»Jemand, der so ist wie ich!«, erklärte Dreyling zur Überraschung aller mit lauter Stimme. »Zumindest war ich starrsinnig«, fügte er leiser hinzu.
Mathäus sah ihn an wie einen Geist. »Was meinst du?«
Der Vater verschränkte die Arme hinter seinem Rücken und schritt durch die Stube. Vor dem Fenster blieb er schließlich stehen. Er öffnete den Verschlag und sah nachsinnend hinaus. »Ich habe endlich begriffen, dass du hier glücklich bist, mein Sohn.«

Mathäus schluckte. »Trotz halsstarriger Bauern?«, fragte er mit einem ungläubigen Lächeln.
Dreyling schien die Frage seines Sohnes nicht vernommen zu haben. Noch immer starrte er aus dem Fenster. »Und vor allem habe ich begriffen, dass es einen bedeutsamen Grund für dich gibt, hier zu bleiben. Eine Frau wie deine Jutta ist das Beste, was einem Mann passieren kann.« Er drehte sich langsam um und suchte den Blick der jungen Frau, die ihm verlegen zulächelte. Dann wandte er sich wieder an seinen Sohn. »Du wärst ein Idiot, wenn du sie nicht heiraten würdest.«
Maria gefiel das Wort, das ihr da zu Ohren gekommen war. »Idiot, Idiot«, schnaubte sie vergnügt, erntete jedoch ein unwilliges Kopfschütteln seitens ihrer jungen Pflegemutter. Dreyling war mit seinen Ausführungen noch nicht am Ende. Seine Augen hatten einen fahlen Glanz angenommen. »Ich habe gemerkt, dass ihr füreinander geschaffen seid«, sprach er weiter. »Eure Liebe ist nahezu spürbar. Ihr vertraut euch blind, ihr …«
»Schon gut, Vater«, fiel Mathäus ihm ins Wort. Er befürchtete, die Sentimentalitäten seines Vaters könnten ins Uferlose driften, außerdem war es ihm peinlich, dass in Gegenwart des Dieners solch rührselige Worte fielen. Trotzdem bedachte er den Vater mit einem dankbaren Blick. Dann, um das Thema zu wechseln, packte er Dietrich an der Schulter und fragte ihn: »Und du? Wirst du nun deiner Roswitha folgen?«
Der Diener nickte ernst. »Gleich morgen früh reite ich los, Herr.«
»Bist du dir bewusst, dass dies ein endgültiger Abschied von Burg Merode sein wird?«

»Ja, Herr. Und ich möchte Euch bitten, niemandem über meinen Verbleib Auskunft zu geben.«
Der Dorfherr atmete tief durch. »Keine Sorge, Dietrich. Dein Geheimnis ist bei mir gut aufgehoben. Aber du wirst mir fehlen.«
Dietrich senkte den Kopf. »Es gibt auch noch andere schnelle Reiter auf Burg Merode«, sagte er leise.
»Du hast mich nicht verstanden, Junge. Ich werde nicht nur den Reiter Dietrich vermissen, sondern vor allem den Menschen. Aber sei's drum!« Mit einem stillen Seufzer wandte er sich an Jutta und seinen Vater. »Auch mich treibt's jetzt weiter«, erklärte er. »Zunächst einmal habe ich Frau Elisabeth von Grafschaft eine wichtige Mitteilung zu machen. Anschließend werde ich im Galopp nach Kloster Schwarzenbroich reiten. Betet, dass Heinrich inzwischen nicht selbst ein Opfer des Mordbrenners geworden ist.«
Jutta nickte verständnisvoll. »Wann wirst du zurück sein?«
»Frühestens morgen. Es wird bald dunkel, deshalb werde ich in jedem Fall im Gästehaus des Klosters übernachten. Wartet nicht auf mich.«
Jutta reckte sich zu ihm hoch und küsste ihn auf den Mund. »Bitte, sei vorsichtig«, hauchte sie.
Er versprach es ihr. Dann sah er seinen Vater an. »Bis morgen, Vater. So Gott will«, sagte er.
Dreyling schüttelte den Kopf. »Morgen früh reise ich ab«, erklärte er versonnen.
»Du reist ab?« Mathäus griff fassungslos nach dem Arm des Vaters, als wolle er ihn zur Vernunft bringen. »In Jülich wütet die Pest, du bleibst bei mir!«
Dreyling ließ sich nicht beirren. »Ich reite nicht zurück nach Jülich, Junge. Dort müsste ich unentwegt an deine

Mutter denken. Ich werde meinen Bruder, deinen Onkel Robert, in Münstereifel aufsuchen. Wie du weißt, besitzt auch er einen Weinhandel. Robert ist nicht mehr der Jüngste, vielleicht kann er ja tatkräftige brüderliche Hilfe gebrauchen.«

»Aber …«

»Kein aber. Das Dorfleben hier ist nichts für mich. Ich brauche Betriebsamkeit um mich herum. Morgen früh reite ich los. Und euch wünsche ich alles Glück der Welt.«

Er griff nach der Hand seines Sohnes und drückte sie fest. »Nur eine Bedingung stelle ich euch«, fuhr er mit heiserer Stimme fort.

»Welche, Vater?«

»Lasst mich rufen, wenn ihr vor den Traualtar tretet.«

»Sicher, Vater. Du wirst es rechtzeitig erfahren.« Mathäus spürte den Kloß, der seinen Hals blockierte. Nacheinander umarmte er seinen Vater, seine Geliebte, Maria und Dietrich. Dann verließ er mit großen Schritten die Wohnstube und begab sich zum Stall, wo er Julius zu satteln begann. Er merkte bald, dass man ihn von der Stalltür aus beobachtete, war jedoch in dem Glauben, dass es sich hierbei um seinen Vater handelte, der ihm gefolgt sei. »Vater, mach es mir nicht so schwer«, bat er ihn, ohne sich umzublicken. Es war ihm längst bewusst geworden, wie sehr er seinen Vater in Wirklichkeit liebte.

»Wir sind nicht Euer Vater«, kam es etwas schüchtern zurück.

Mathäus fuhr herum. Die Horde der Bauern und Knechte hatte sich neu formiert und blockierte den Ausgang. Doch diesmal trugen sie weder Mistgabeln noch andere tückische Gerätschaften. In ihrer Mitte befand sich ein

Handkarren, randvoll mit allerlei Lebensmitteln. Mathäus erkannte Eier, Zwiebeln, Gemüse und Gebäck. Ein paar der Bauern hielten zusätzlich Bierkrüge in ihren Händen. Die Männer scharrten verlegen mit ihren Füßen.
»Wir wollten uns bei Euch entschuldigen, Herr Mathäus«, sprach Bauer Rudolf kleinlaut.
»Aus diesem Grund haben wir Euch ein paar kleine Aufmerksamkeiten mitgebracht«, ergänzte sein Sohn, der junge Eberhard, nicht minder beschämt.
Mathäus' letzter Rest von Zorn auf die Belagerer war mit einem Male wie weggeflogen.
»Der Kuchen ist von mir«, piepste eine weitere Stimme, die jedoch eindeutig von einer Frau stammte. Der Dorfherr lugte über die Köpfe der Bauern und erkannte die dicke Kunigunde. Er unterdrückte ein Schmunzeln und versuchte ernst zu bleiben.
»Ich nehme eure Entschuldigung an«, erklärte er schließlich feierlich. »Doch nehmt eure Geschenke wieder mit. Ich brauche sie wirklich nicht.«
»Aber Herr …«
Mathäus unterbrach den Einwand mit einer Handbewegung, die keinen Widerspruch duldete. »Macht euren Familien eine Freude damit. Wer weiß, was der Winter uns bringen wird. Und jetzt geht!«
Stumm gehorchte die Meute. Mathäus aber schwang sich in den Sattel und machte sich auf den Weg zur Burg Merode.

Elisabeths Augen schossen Blitze. »Sie ist geflüchtet?«, fauchte sie den Dorfherrn an.
»Ja, Frau Elisabeth.«

Die Herrin von Merode suchte den Blick ihres Gatten. Der lag noch immer unter dem Baldachin seines Bettes und ließ sich von einer Zofe den Kopfverband wechseln. Dennoch entging ihm nichts. »Woher wisst Ihr denn, dass sie es war?«, rief er herüber.
»Von ihrem Geliebten«, erwiderte Mathäus knapp.
Elisabeth trat einen Schritt vor. »Und würdet Ihr uns auch gütigst sagen, wer ihr Geliebter ist?«
»Nein. Seine Information war vertraulich. Außerdem gehört er zu Rikalts Dienerschaft.«
Konrad lachte hämisch auf. »Und warum habt Ihr diese verbrecherische Magd nicht verfolgen lassen?«
»Weil ich der Dorfherr von Merode bin und nicht Euer Häscher.«
Elisabeths Gesicht wurde zu einer starren Maske des Zorns. Mit Mühe beherrschte sie sich. »Sicherlich hat ihr Geliebter Euch aber gesagt, wohin sie geflüchtet ist, nicht wahr?«
»Ja, das hat er.«
»Dann lasst Euch nicht jedes Wort aus der Nase ziehen. Ihr seid verpflichtet, uns dies mitzuteilen. Wenn Ihr selber schon nicht in der Lage seid, sie wieder einzufangen, dann werden wir halt andere Leute schicken.«
»Das ist Euer gutes Recht, Frau Elisabeth. Jedem die Strafe, die ihm gebührt.«
»Also?«
»Sie ist auf dem Weg nach Aachen.«
Elisabeth klatschte sogleich dreimal laut in die Hände, woraufhin ein junger Page das Zimmer betrat. »Schick mir den Rittmeister her!«, befahl sie herrisch. Der Page nickte und entfernte sich.

Elisabeth wandte sich ab und ließ den Dorfherrn stehen. Sie beugte sich zu ihrem Gatten herab und prüfte den Sitz des neu angelegten Verbandes. Mit einer unwirschen Handbewegung entließ sie die Zofe. Mathäus war sich sicher, dass Konrads Kopfverband in Wirklichkeit längst überflüssig war, doch Konrad inszenierte seine Verletzung weiterhin wie ein Drama. Dabei schien es ihm durchaus klar zu sein, dass der Dorfherr seine Schauspielerei durchschaute. Dies jedoch schien seinen Spaß an der Sache keineswegs zu mindern. Er warf Mathäus mal leidende, mal spöttische Blicke zu. Der Dorfherr beschloss, eine Miene aufzusetzen, die keinerlei Deutungen zuließ.
Nach einer Weile betrat ein kleiner, aber sehniger Mann das Schlafzimmer. Seine Kleidung ließ keinen Zweifel daran, dass es sich hierbei um den herbeigerufenen Rittmeister handelte.
»Herr? Herrin? Ihr habt mich rufen lassen?«
»Ja«, erwiderte Elisabeth barsch. »Nehmt Euch zwei Männer und reitet Richtung Aachen, sofort. Sucht nach Roswitha, der Magd, und bringt sie in Fesseln hierher.«
»Aber es wird gleich dunkel«, gab der Rittmeister zu bedenken.
»Na und? Fürchtet Ihr Euch etwa vor der Dunkelheit?«
»Nein, aber …« Der Mann schluckte verwirrt. »Aber in Aachen wütet die Pest, Herrin.«
»Ja, das habe ich auch gehört«, meinte Mathäus unschuldsvoll.
Elisabeth warf ihm einen zornigen Blick zu. Natürlich war auch sie längst über das Voranschreiten der Seuche informiert. »Und Ihr seid sicher, dass Roswitha nach Aachen geflüchtet ist?«, fragte sie lauernd.

Mathäus zuckte die Achseln. »Jedenfalls ist Aachen zurzeit ein sicherer Ort für eine Flüchtende. Hier braucht sie keine Verfolger zu fürchten.«
»Auf dass die Pest sie holt«, zischte Elisabeth hasserfüllt und verließ fluchtartig das Zimmer. Der Rittmeister sah ihr verunsichert hinterher.
»Ich glaube, Euer Auftrag hat sich somit erledigt«, flüsterte Mathäus ihm zu. Der Rittmeister nickte und verneigte sich vor Konrad, der sich mittlerweile auf die Kante seines Bettes gehievt hatte. Dann entfernte er sich ebenfalls.
Konrad sah dem zurückgebliebenen Dorfherrn tief in die Augen. Er hat den Blick einer Schlange, dachte Mathäus. Nach ein paar endlosen Augenblicken schließlich erlöste ihn Konrad von seinem Schlangenblick. Gelangweilt starrte er nun auf einen edelsteinbesetzten Ring an seinem Finger. »Wisst Ihr, was Ihr seid, Mathäus?«, fragte er mit einer quälenden Saumseligkeit.
»Nein, Herr. Was denn?«
»Ein gerissener Hund! Das seid Ihr!«

Friedrich, der Kastellan, half ihm aufs Pferd. »Und wann kann ich damit rechnen, dass diese verdammten Laienmönche endlich wieder in ihr Kloster zurückkehren?«, fragte er flehentlich.
»Wieso? Freut Ihr Euch nicht über ein paar tatkräftige Hände?«
Der Kastellan lachte hohl. »Von wegen tatkräftige Hände. Zuerst haben sie sich mit den Stallburschen geprügelt. Daraufhin habe ich sie mit anderen Aufgaben betraut. Aber überall flogen die Fetzen. In der Küche zum Beispiel sieht

es aus wie auf einem Schlachtfeld. Die tatkräftigen Hände, die Ihr mir da geschickt habt, zerstören mehr, als dass sie schaffen.«

Mathäus seufzte leise. Er ärgerte sich, dass er über dieses Problem nicht vorher nachgedacht hatte. Es hätte ihm klar sein müssen, dass es Schwierigkeiten geben würde, wenn eine Schar unzufriedener Männer in die Alltagswelt der Burgbediensteten eindrang. »Gut. Schickt sie gleich morgen früh wieder nach Schwarzenbroich«, ordnete er nach kurzem Überlegen an. Er hoffte darauf, dass Heinrich dem Mörder bereits auf die Spur gekommen war.

»Gott sei's gelobt«, atmete Friedrich auf.

Mathäus schnalzte mit der Zunge, und Julius trabte los. Auf der Zugbrücke kam dem Dorfherrn eine Schar Reiter entgegen. Er erkante Paulus, Harper und drei weitere Männer. Offensichtlich kamen sie von einem Jagdausflug zurück. Auf Paulus' Arm hockte ein prächtiger Falke, dessen Kopf von einer roten Haube bedeckt war. Die Männer zügelten ihre Pferde, als sie den Dorfherrn erreichten.

»Und? Habt Ihr den Attentäter endlich gefunden?«, höhnte Paulus. Harper kicherte kindisch.

»Ja«, antwortete Mathäus knapp.

»Wirklich? Wer war's denn?«

»Ich bin sicher, Eure Schnüffler werden Euch schon bald darüber informieren.« Er trieb sein Pferd an und achtete nicht auf das aufbrausende Gelächter. Erst jetzt erkannte er, dass es sich bei den anderen Reitern nicht ausschließlich um Männer handelte. Noch einmal, wie im Reflex, zügelte er sein Pferd.

Beatrix trug ebenfalls ein Pirschgewand, wie die anderen

Reiter. Sie wich seinem Blick nicht aus, wie es sich für eine züchtige Edeldame geziemt hätte. Auch saß sie nicht im üblichen Damensitz auf ihrem Pferd.
Anders, als bei den vorherigen Begegnungen spürte Mathäus diesmal nicht jenes unsägliche Herzklopfen. Er fühlte sich vom Bann dieser Frau befreit und hätte nicht sagen können, warum dies so war. Jetzt war es nur noch Mitleid, das er für Harpers Gattin empfand. Mitleid erwartete Beatrix allerdings auch von ihm, das machte ihr Blick unmissverständlich deutlich.
»Geht es Euch gut?«, fragte Mathäus. Die fragenden Blicke der anderen störten ihn nicht.
»Danke«, erwiderte Beatrix förmlich. »Morgen reiten wir nach Mausbach zurück.«
»Na, gefällt Euch mein Weib?«, rief Harper, was wiederum für raues Gelächter sorgte. »Wahrscheinlich hat er noch nie in seinem Leben eine solche Frau gesehen«, gackerte er, um seine Verärgerung über die Dreistheit des Dorfherrn nicht zu zeigen.
Mathäus ignorierte ihn. »Gott mit Euch«, flüsterte er Beatrix zu.
Beatrix schenkte ihm ein letztes, schwaches Lächeln. »Gott mit Euch, Mathäus.« Dann setzten sich ihre Pferde wieder in Bewegung.
Es begann bereits zu dämmern. Auf dem Hahndorn suhlten sich ein paar Schweine im Dreck. Kinder bewarfen eine flügellahme Krähe mit Steinen. Gedankenschwer galoppierte Mathäus in den Wald, Richtung Schwarzenbroich.

24

Mit dem letzten Tageslicht hatte Mathäus das Kloster erreicht und sein Pferd in den Stall geführt. Jetzt stand er vor dem Portal der Klosterkirche, lauschte den frommen Gesängen, die wohlklingend nach draußen drangen. Die Kreuzherren hatten sich zur Komplet versammelt.

Mathäus, der von einer eigenartigen Nervosität befallen war, gab sich einen Ruck und betrat leise den Kirchenraum. In der letzten Reihe sah er seinen Freund Heinrich sitzen. Sein Anblick erleichterte ihn, hatte er sich doch ernsthafte Sorgen um ihn gemacht. Zugleich aber wunderte er sich über seine Anwesenheit in der Kirche, denn Heinrichs bohrende Gotteszweifel waren ihm durchaus bekannt. Doch er sah noch jemanden, dessen Gegenwart ihn überraschte: Norbert von Kerpen, der heruntergekommene Ritter und sein Lebensretter, hatte sich ebenfalls zum Gebet hier eingefunden. Er hatte einen Platz in der Mitte des Kirchenschiffs eingenommen, abseits von den Mönchen, beteiligte sich jedoch an deren Gesang mit einer Inbrunst, als wäre er der heiligste Mensch auf dieser Welt.

Weiterhin stellte Mathäus erleichtert fest, dass die Anzahl der Mönche nicht weiter geschrumpft war. Der Mordbrenner hatte also nicht mehr zugeschlagen, und die kranken Ordensmänner, Notker, Walraf sowie der junge Novize, waren wieder genesen.

Mathäus trat an seinen Freund heran, der ihn längst hatte

kommen hören. »Dass ich das noch erleben darf«, flüsterte der Dorfherr. »Mein gottloser Freund Heinrich in einem Gotteshaus.« Er setzte sich neben ihn.
Heinrich schmunzelte ihm zu. »Der Mönchsgesang inspiriert mich eben.«
»Und? Kennst du den Täter?«
»Wir alle kennen ihn.«
»Wer ist es?«
Heinrich beugte sich zum Ohr des Freundes und flüsterte einen Namen.
Mathäus' Augen weiteten sich. »Bist du sicher?«
»So ziemlich. Ich werde dir nachher alles erklären.«
»Beim Allmächtigen! Das erklärt seine Reaktion, als ich ...« In diesem Augenblick verstummte der Gesang der Mönche, und Mathäus zog es vor, nicht weiterzusprechen, zumal ihn der vorwurfsvolle Blick des Priors traf.
Pater Anselm begann ein Gebet zu sprechen, und die Mönche intonierten einen Kehrvers. Der Geräuschpegel ließ nun wieder eine gedämpfte Unterhaltung zu.
»Hast du handfeste Beweise gegen ihn?«, fragte Mathäus seinen Freund.
»Nein. Die Zeugen sind bereits tot. Wir müssen ihm eben eine Falle stellen.«
»Und wie?«
»Das frage ich mich auch schon die ganze Zeit. Aber ich denke, wir werden bald eine Lösung finden.«
Prior Anselm erteilte den Schlusssegen. Er machte eine Verbeugung vor dem Allerheiligsten und machte dann ein paar raumgreifende Schritte in die Richtung der beiden Männer auf der letzten Bank. »Schön, dass Ihr Euch auch noch mal blicken lasst, Herr Mathäus«, sagte er spöttisch.

»Es ging leider nicht anders, Pater.«
»So? Aber immerhin habt Ihr ja einen Vertreter geschickt, diesen undurchsichtigen Menschen, der nicht einmal in der Lage ist, ein Kreuzzeichen zu schlagen.« Seine Worte hallten durch den Kirchenraum. Sowohl Norbert von Kerpen als auch die Mönche verharrten auf ihren Plätzen und sahen zu ihnen herüber. Niemand wollte den sich anbahnenden Disput versäumen.
»Ich denke, die religiösen Gepflogenheiten des Herrn Heinrich stehen hier nicht zur Debatte, Pater«, kommentierte Mathäus die Bemerkung des Priors mit gedämpfter Stimme. Dies jedoch schien für Anselm nur ein weiterer Anreiz zu sein, seine Stimme zu erheben.
»Ihr irrt! Inzwischen steht Eure gesamte Anwesenheit hier zur Debatte. Leider habt Ihr mir noch keinen Mörder präsentieren können. Aber dafür habt Ihr unser Klosterleben auf den Kopf gestellt.«
»Morgen, Pater, kehren Eure Laienbrüder zurück«, versuchte Mathäus ihn zu beschwichtigen.
»Und morgen präsentieren wir Euch auch den Mörder«, fügte Heinrich hinzu. »So wie ich es Euch versprochen habe.«
Prior Anselm zog die Stirn kraus. »Das hört sich ja an, als würdet Ihr ihn bereits kennen.«
»Das stimmt, Pater.«
»Und warum sagt Ihr mir dann nicht hier und jetzt, wer es ist, und bereitet diesem Alptraum endlich ein Ende?«
»Weil Herr Mathäus und ich noch einmal alles bereden müssen, damit letzte Zweifel ausgeräumt werden.«
Der Prior hob einen Finger. »Morgen früh!«, sagte er ultimativ und huschte davon. Seine Mitbrüder folgten ihm

eilends, wobei sie die beiden Männer auf der letzten Bank mit recht unterschiedlichen Blicken bedachten. Walraf und Notker schienen wie immer erbost zu sein, obwohl Mathäus in ihren Augen diesmal auch einen Funken Angst zu erkennen glaubte. Edmonds Blick verhieß Unbehagen, als wisse er immer noch nicht, was er von den Geschehnissen der vergangenen Tage halten sollte. Die Novizen schauten eher neugierig drein, während Engelbert sie überhaupt nicht beachtete, sondern würdevoll an ihnen vorüberschritt.

»Ihr kennt den Mörder?«, meldete sich nun auch Norbert zu Wort. Seine dunkle Stimme dröhnte durch die Kirche. »Beim Arsch des Teufels, wer ist es?«

»Morgen früh werdet auch Ihr es wissen«, erwiderte Mathäus leise.

Die Nacht hatte sich wie eine dunkle Glocke über den Wald gestülpt. Am Firmament funkelten nur wenige Sterne, und die Kronen der halb kahlen Bäume rauschten im Wind. Auf einer Lichtung ragten die Mauern des Klosters Schwarzenbroich in die Nacht hinein, das Sternenlicht verlieh ihnen schemenhafte Umrisse. In den Zellen der Mönche waren die Lichter bereits seit Stunden erloschen, und auch aus den Fenstern des Gästehauses drang kein Kerzenschein mehr nach draußen. Selbst die Mondsichel war hinter einem dunklen Wolkenband verschwunden. Alles schien in einen Tiefschlaf versunken.

Der dunkel gewandete Mönch, der plötzlich über den Klosterhof huschte, strafte diesen Eindruck Lügen. Er bewegte sich schnell, aber lautlos, wie eine Katze. Auf der Kutte, die er trug, prangte das rotweiße Kreuz der Kreuz-

herren, und es war offensichtlich, dass er unter dieser Kutte einen Gegenstand verbarg. Das Gesicht des Mönches war durch den Schatten seiner Kapuze nahezu unkenntlich.
Er erreichte das Gästehaus und sah sich um. Weit und breit war keine Menschenseele zu erblicken. Und niemand würde sein Vorhaben vereiteln. Er öffnete die Haustür des Gästehauses mit einem kleinen Stück Draht, den er mit einer geübten Bewegung in das Schloss bohrte. Auch dies geschah lautlos. Schon stand er im Korridor, wo seine Augen sich erst einmal an die Dunkelheit gewöhnen mussten. Er holte langsam den verborgenen Gegenstand unter seiner Kutte hervor. Eine Armbrust! In einem Köcher, der nun ebenfalls am Gürtel des Mönches zum Vorschein kam, steckten drei Bolzen. Mehr würde er nicht brauchen.
Er trat an die Tür, hinter der die beiden Schnüffler den Schlaf der Gerechten schliefen. Es sollte ihr letzter Schlaf werden. Ihr letzter und ewiger Schlaf! Um den Hund brauchte der Mönch sich keine Gedanken mehr zu machen. Sicherlich hatte dieses Monstrum das vergiftete Stück Fleisch, das er im Zimmer unter dem Tisch ausgelegt hatte, längst gefunden und gierig verschlungen. Auch er würde das Tageslicht nicht mehr erblicken.
Der Mönch atmete tief durch und griff mit seiner behandschuhten Hand nach dem Türgriff. Mit unendlicher Langsamkeit drückte er ihn nach unten. Als der Griff nicht mehr nachgab, ging der Mönch dazu über, leichten Druck gegen die Tür auszuüben. Durch einen engen Spalt drang fahles Licht nach außen, das durch das glimmende Holzkohlebecken verursacht wurde. Der Spalt wurde langsam

größer. Plötzlich begannen die Angeln der Tür leise zu quietschen. Der Mönch unterdrückte einen Fluch und hielt in seiner Bewegung inne. Er ärgerte sich, dieses Quietschen nicht früher schon bemerkt zu haben. Ein wenig Schmierwachs hätte dieses Problem schnell behoben. Nun hieß es, die Luft anzuhalten.

Drinnen regte sich nichts. Der Mönch vernahm es mit Erleichterung. Dennoch wartete er ein paar Augenblicke ab, bevor er mit dem Öffnen der Tür fortfuhr. Mehrmals musste er sein Tun unterbrechen, weil dieses unsägliche Quietschen nicht verstummen wollte. Doch die beiden Männer schienen einen gesunden Schlaf zu besitzen. Und der Köter hatte sicher längst seinen Geist ausgehaucht.

Endlich war der Spalt so breit, dass der Mönch den Raum betreten konnte. Alles war so, wie er es vermutet hatte. Einer der Männer lag auf dem Bett, der andere hatte sich ein Nachtlager auf dem Fußboden bereitet. Zwischen ihnen lag zusammengerollt dieses schwarze Monstrum. Wäre der Hund noch am Leben gewesen, so hätte er sicher längst Alarm geschlagen.

Das schwache Licht des Holzkohlebeckens reichte aus für das Vorhaben des Mönches. Er betrachtete die beiden Männer, die sich in ihre Decken eingewickelt hatten. Ihre Konturen waren leicht zu erkennen. Ein gezielter Schuss in den Hals würde so gut wie keine Geräusche verursachen, die Männer würden nicht einmal spüren, dass der Tod über sie gekommen war.

Der Mönch zückte den ersten Bolzen, spannte ihn in den Bügel. Er drückte den Schaft an seine Schulter, zielte auf den Mann im Bett und drückte ab …

Der Bolzen traf unerbittlich sein Ziel. Das Todesgeräusch

war lauter, als der Mönch angenommen hatte, es klang, fast so, als würde man einen Kohlkopf spalten. Deshalb beeilte er sich, den zweiten Bolzen einzuspannen. Hierbei ließ er den noch lebenden Mann nicht aus den Augen, doch der blieb weiterhin reglos. Trotzdem war Eile angesagt.

Auch der zweite Bolzen verfehlte sein Ziel nicht.

Erleichtert ließ der Mönch seine Waffe sinken. Es war vollbracht. Niemand würde ihm jemals auf die Schliche kommen. Zwei Bolzen hatten ausgereicht, die lästigen Schnüffler aus der Welt zu schaffen. Und den dritten Bolzen hatte er sich sparen können, weil dieser dämliche Hund tatsächlich den vergifteten Köder geschluckt hatte – womit nicht unbedingt zu rechnen gewesen war, wie er sich im Nachhinein eingestehen musste. Doch nun war es vorbei. Die Aktion war reibungsloser verlaufen als geplant.

Nun galt es für den Mönch, wieder leise und unbemerkt in seine Zelle zurückzukehren. Mit einer katzenhaften Bewegung drehte er sich um und verließ den Raum, in dem er gerade zwei Menschen umgebracht hatte. Zumindest glaubte er das.

Auf dem Flur empfing ihn blakendes Fackellicht. Erschrocken blickte er sich um. Auf der Treppe erschienen zwei Schatten.

»Nicht die Kutte macht den Mönch! Willkommen im Kreis der Lebenden, Karsil. Oder wie immer Euer richtiger Name auch lauten mag.«

Es war Heinrichs Stimme. Zu seinem Entsetzen erkannte der Angesprochene nun, dass die riesige Dogge den Fluchtweg nach draußen blockierte und ihn mit ge-

fletschten Zähnen anstarrte. Einen Moment lag schien er ratlos, doch dann gewann er seine Fassung zurück und riss mit einer lässigen Bewegung die Kapuze vom Kopf.
»Ihr seid sehr gerissen, Herr Heinrich«, bemerkte er, indem er mit dem Kinn auf den Raum deutete, den er eben erst verlassen hatte.
»Nicht doch«, winkte Heinrich ab, »Chlodwig nimmt nie etwas von Fremden an. Und die Idee mit den Attrappen stammt von meinem Freund Mathäus.«
»Man braucht nicht viel dazu«, erklärte dieser, »Decken, Kissen, Kohlköpfe, etwas Handfertigkeit – und ein wenig Vertrauen in die Lichtverhältnisse.«
»Eigentlich kein neuer Trick«, meinte Karsil mit einem dünnen Lächeln. »Umso ärgerlicher, dass gerade ich darauf hereingefallen bin.«
»Gerade Ihr!«, nickte Heinrich zustimmend. »Gerade Ihr, der Ihr ein berufsmäßiger Mörder seid, nicht wahr?«
Karsil schien verblüfft über diese Behauptung. »Ich ein berufsmäßiger Mörder? Woher wollt Ihr das wissen?«
»Nun, Ihr versteht Euch nicht nur vortrefflich aufs Armbrustschießen, sondern auch auf Giftmischerei und Brandstiftung. Außerdem habt Ihr eine bewundernswerte Begabung, Euch mit dem Antlitz der Jugend zu schmücken. In Wirklichkeit seid Ihr sehr viel älter, als Ihr Euch gebt, ist es nicht so? Dies ist ein Talent, das Meuchelmörder oftmals an den Tag legen müssen, da es eben zu ihrem Handwerk gehört.«
Karsil verzog gequält seine Mundwinkel. Er war auf frischer Tat ertappt worden, was nutzte ihm jetzt ein Leugnen? »Ihr habt Recht, töten ist mein Handwerk«, erklärte er dünkelhaft. »Ich töte, wenn man mich dafür bezahlt

oder wenn es mir zweckmäßig erscheint. Ich gehöre zu den Besten meines Berufsstandes. Und gerne verrate ich Euch, wer mein namhaftestes Opfer war.«

Heinrich und Mathäus zuckten die Achseln.

»Nun, es war kein Geringerer als der gute Kaiser Ludwig, den man den Baiern nannte.«

»Das glaubt Ihr ja selbst nicht«, entgegnete Mathäus.

»Es heißt, dass Kaiser Ludwig bei der Bärenjagd der Schlag traf«, fügte Heinrich zweifelnd hinzu.

Karsil schüttelte den Kopf. »So sollte es auch aussehen. In Wirklichkeit hatte ich ihm am Abend zuvor ein Pulver in den Wein gerührt, denn ich war sein Mundschenk.« Er weidete sich am Entsetzen der beiden Männer. »Nach seinem Tod kamen natürlich Gerüchte auf, und ich musste fliehen. Noch heute hat der alte Baier viele Freunde im Reich, deshalb sah ich mich gezwungen, für einige Zeit unterzutauchen. Und wo könnte man das besser als in einem Kloster am Arsch der Welt, wo niemand nach einem Kaisermörder unter den Novizen sucht?«

»Wer war Euer Auftraggeber?«, wollte Heinrich wissen.

»Glaubt Ihr allen Ernstes, ich würde Euch dies verraten?« Er grinste hämisch. »Habt Ihr schon einmal etwas von einem Ehrenkodex gehört?«

»Warum erzählt Ihr uns dann überhaupt diese Geschichte?«

»Weil der Tod mir ohnehin gewiss ist. Und ich könnte es nicht ertragen, als Anonymus zur Hölle zu fahren. Ihr tragt eine große Verantwortung gegenüber der Historie.« Er lachte schallend.

Mathäus lief es kalt über den Rücken. »Ein Verrückter«, raunte er Heinrich zu.

Karsil hob die Augenbrauen. »Mag sein, dass ich verrückt bin. Vor allem, weil ich Euch maßlos unterschätzt habe. Aber vielleicht klärt Ihr mich ja über meine Fehler auf, die letztlich zu meiner Entlarvung führten.«

»Der größte Fehler«, sagte Heinrich ernst, »war der, dass Ihr uns heute Nacht umbringen wolltet.«

»Niemals hätten wir Euch die ganzen Verbrechen, die Ihr in den vergangenen Tagen verübt habt, nachweisen können«, fügte Mathäus hinzu.

Wieder erschien jenes schmale Lächeln auf das Antlitz des Novizen. »Und dennoch werde ich das Gefühl nicht los, dass Ihr mit keinem anderen als mir gerechnet habt.«

»Ich will Euch eine Geschichte erzählen, Karsil!« Heinrich setzte sich auf eine der Treppenstufen und faltete die Hände. »Es ist ein offenes Geheimnis, dass Mönche, die abgeschieden von den Freuden der Welt leben, oft zärtliche Gefühle füreinander empfinden. Doch nicht nur unter Mönchen ist diese Form der Zuneigung verbreitet, sondern auch bei anderen Männern, meinetwegen bei Stallburschen – oder falschen Novizen. So kommt es, dass Odo, der Stallbursche, und Karsil, der werdende Mönch, ein inniges, geheimes Verhältnis pflegen. Es ist Odo, der schon bald Reue empfindet, schließlich weiß er, dass man Männern, die auf diese Weise lieben, das ewige Höllenfeuer prophezeit. Er möchte deshalb das Verhältnis mit dem Novizen beenden. Also kommt es eines Abends zu einer Aussprache im Heuschuppen. Doch diese Aussprache artet aus zu einem Streit. Vielleicht hat Odo damit gedroht, ihr Verhältnis öffentlich bekannt zu machen, jedenfalls gibt es Handgreiflichkeiten, in deren Folge Odo stürzt und ein Öllicht umwirft. Möglich, dass er bei diesem

Sturz mit dem Kopf gegen einen Balken stößt und deshalb ohnmächtig wird. Möglich aber auch, dass Ihr, Karsil, ein wenig dabei nachgeholfen habt. Odo kommt in den Flammen um, und er war keineswegs betrunken, wie später gemutmaßt wurde.«

»Weiter«, drängte Karsil. »Nur weiter.«

»Später spricht Euch der alte Adam auf dieses Unglück an. Entsetzt stellt Ihr fest, dass der Sakristan Zeuge dieses Vorfalls gewesen sein muss. Natürlich streitet Ihr alles ab, doch Euer Entschluss, den Alten umzubringen, steht felsenfest. Deshalb inszeniert Ihr das Schauspiel mit der weißen Lilie, die Ihr Adam heimlich auf seinen Platz in der Kirche legt, wohl ahnend, dass er dort sein Gewissen durch das Zwiegespräch mit Gott zu erforschen gedenkt. Zwar besitzt Ihr keinen Schlüssel für das Gotteshaus, doch dass es Euch nicht schwer fällt, geschlossene Pforten zu öffnen, habt Ihr eben noch einmal eindrucksvoll bewiesen.

Die weiße Lilie verlagert Adams Denken vom Diesseits ins Jenseits. Er ist einer vom alten Schlag und er glaubt an die Botschaft der weißen Lilie. Was scheren ihn nun die Sünden anderer? Eines Abends sucht Ihr ihn im Dunkel seiner Zelle auf und erwürgt ihn mit seinem Kopfkissen. Der alte Adam wehrt sich nicht, er glaubt, Ihr seid der Tod, der ihn heimsucht, um die Botschaft der Lilie zu erfüllen. Doch Ihr habt vergessen, nach Eurer Tat in den Mund des Toten zu schauen, wo sich ein winziger Rest des Kissens befindet. Dieses Relikt lässt den herbeigerufenen Dorfherrn von Merode zu der Überzeugung gelangen, dass hier ein Mord geschehen ist.«

»Alles mag so geschehen sein, wie Ihr es sagt«, warf Karsil

ein, »aber ich sehe immer noch keine Spur, die zu mir führt – abgesehen von jenem billigen Trick, ein Schloss zu öffnen, den jeder kleine Gauner beherrscht.«
Heinrich hob beide Hände. »Geduld, Geduld«, sprach er. »Alles zu seiner Zeit.« Mit einem stummen Blick gab er seinem Freund zu verstehen, wachsam zu bleiben. Er konnte sich nur schwerlich vorstellen, dass Karsil es unversucht lassen würde, sich dieser misslichen Lage gewaltsam zu entziehen.
Mathäus nickte unmerklich: Er hatte die Botschaft verstanden.
»Odo ist nicht der Einzige, dem Ihr zugetan wart«, fuhr Heinrich fort. »Auch Bruder Theodor hat Eure Gunst – und umgekehrt. Theodor aber scheint die Zusammenhänge zu ahnen. Er spricht Euch darauf an. Wieder bestreitet Ihr alles. Und es ist sonnenklar, dass auch Bruder Theodor sterben muss. Natürlich wisst Ihr, dass der junge Mönch sich nicht widerstandslos in seinem Bett töten lassen wird, selbst wenn Ihr ihm vorher zehn weiße Lilien zukommen ließet. Also streut Ihr ihm in einem unbeobachteten Moment Gift – nämlich Bilsenkraut! – ins Essen. Um eine Pilzvergiftung vorzutäuschen, würzt Ihr auch das Essen Eurer Mitbrüder Notker und Walraf mit diesem Teufelszeug, allerdings in geringeren Mengen. Und um über jeden Verdacht erhaben zu sein, vergiftet Ihr Euch sogar selbst. Damit nicht genug, auch den beharrlichen Dorfherrn versucht Ihr auf diese Weise endlich loszuwerden.«
»Ich erinnere mich noch genau an Euer erstauntes Gesicht, als Ihr im Krankensaal wach wurdet und mich frisch und lebendig vor Euch sitzen saht«, bemerkte Mathäus mit verhohlenem Zorn.

»Zu diesem Zeitpunkt hat das große Inferno bereits stattgefunden, für das Ihr ebenfalls verantwortlich seid. Die Baracke der Laienbrüder ist bis auf die Grundmauern niedergebrannt, wie durch ein Wunder kommt dabei lediglich einer von ihnen um sein Leben. Und warum das Ganze? Ihr wolltet Informanten beseitigen, die einen Ermittler – wer immer das nach Mathäus' Tod auch gewesen wäre – auf heiße Spuren hätten führen können. Die Laienbrüder wussten schließlich über einiges Bescheid.«

»Lange Zeit war ich in dem festen Glauben, der Täter sei bei der Befragung im Kapitelsaal anwesend gewesen«, sagte Mathäus. »Auf einen Novizen, die Prior Anselm bewusst von der Sitzung ausgeschlossen hatte, wäre ich nicht im Traum gekommen. Mein Freund Heinrich forderte mich heute Abend eindringlich auf, mir alle Details jener Befragung in Erinnerung zu rufen. Dabei machte ich nachträglich eine interessante Feststellung: Der Prior hatte Euch beauftragt, ihm mitzuteilen, wenn die Stundenkerze die nächste Kerbe erreicht hätte. Als ich von meiner Absicht berichtete, die Laienbrüder am nächsten Tag befragen zu wollen, wart Ihr durchaus anwesend. Anschließend befahl Euch der Prior, mich ins Gästehaus zu geleiten.«

»Sonst noch was?«, fragte Karsil mit gedehnter Stimme.

»Ja, so einiges«, gab Heinrich seufzend zurück.

»Ich bin ganz Ohr.«

»Da wäre zum Beispiel die weiße Lilie. Ihr habt sie von einem Besuch bei den Prämonstratensern in Wenau mitgebracht. Dort habt Ihr im vergangenen Sommer für Bruder Theodor ein Buch abgeholt. Die Kommentierung der Weisheiten Salomos, Ihr erinnert Euch?«

Der Novize schwieg.
»Ihr hättet sie selbst studieren sollen, die Weisheiten, vielleicht hätte Euch dies von Eurem mörderischen Tun abgehalten. Übrigens gedeihen Lilien nur im Sommer.«
»Was Ihr nicht sagt. Aber warum sollte ich ausgerechnet in Wenau in Besitz der weißen Lilie gelangt sein?«
»Weil die Prämonstratenser, im Gegensatz zu den Kreuzherren auf Schwarzenbroich, einen prächtigen Blumengarten hegen und pflegen, für den sie allerorten bekannt sind. In dieser Gegend indessen wachsen derartige Lilien nicht.«
»Ich sehe, Ihr habt an alles gedacht. Weiter!«
»Die Idee, Bruder Engelbert einen Huf und ein Paar Handschuhstulpen in die Truhe zu legen, war nur insofern gut, als dass Ihr wusstet, dass ich meine neugierige Nase dort hineinstecken würde. Glaubwürdig war das aber nicht sonderlich. Dafür habt Ihr dieses Märchen vom Teufel, der in Adams Todesnacht über den Korridor wandelte, ein wenig spät verbreitet, findet Ihr nicht?«
»Schon möglich. Seid Ihr fertig?«
»Nein. Nach Benutzung der Armbrust, mit der Ihr mich hattet einschüchtern wollen, hättet Ihr besser Eure Fingernägel gesäubert. Ist es nicht einleuchtend, dass man eine solche Waffe nicht in der kargen Zelle eines Novizen versteckt, wo man sie sicherlich schnell finden würde? Also verbuddelt man sie irgendwo. Das ist die beste Lösung.«
»Ich hätte Euch umbringen sollen«, knirschte der Novize.
»Beide!«
Mathäus spreizte in einem Anflug von unendlicher Genugtuung die Hände. »Dafür ist es nun zu spät, Karsil.«

»Vielleicht auch nicht«, zischte der Novize. Mit einer ansatzlosen Bewegung zog er den verbliebenen Bolzen aus seinem Köcher und spannte ihn in den Bügel. Dies geschah mit einer Schnelligkeit, die die beiden Männer auf der Treppe erstarren ließ. »Einen von euch Bastarden werde ich mit in die Hölle nehmen!«, schrie der Schütze. Heinrich gewann als Erster seine Fassung zurück. »Chlodwig, fass ihn!«, rief er geistesgegenwärtig. Doch schon schwirrte der Bolzen heran. Heinrich griff nach dem Wams seines Freundes und riss ihn mit einer nahezu brutalen Bewegung nach unten. Keinen Moment zu früh: Der Bolzen zischte an ihnen vorbei und traf krachend auf die weiß gekalkte Wand hinter ihnen, wo ein faustgroßes Loch entstand.

Karsil stieß einen gotteslästerlichen Fluch aus. Wie ein gehetztes Tier blickte er um sich, sah den riesigen Schatten, der auf ihn zustürmte. Chlodwigs Zähne schienen im flackernden Licht zu leuchten, gleich denen eines Ungeheuers. Zu seinem Entsetzen erkannte Karsil, dass der dämonenhafte Hund zum Sprung ansetzte. Er taumelte nach hinten, stolperte. Seine Armbrust polterte zu Boden, und in dem Moment, wo er Chlodwigs heißen Atem in seinem Gesicht spürte, schlug er mit seinem Hinterkopf gegen eine der steinernen Treppenstufen …

Heinrichs Befehl ließ Chlodwig innehalten. Fassungslos starrten Mathäus und Heinrich auf Karsils leblosen Körper, dessen schreckensweite Augen bereits die Pforten der Hölle zu erblicken schienen.

»Bei den Möpsen einer Elfe, was ist hier eigentlich los?«, trompetete plötzlich eine dunkle Stimme. Norbert von Kerpen stand, mit einem weißen Schlafgewand bekleidet, auf der obersten Stufe der Treppe und blinzelte schlaftrunken nach unten. Hinter ihm reckte sich der neugierige Lockenkopf einer Gespielin.

»Was los ist?« Mathäus presste eine Hand auf sein noch immer rasendes Herz, als wolle er es auf diese Weise besänftigen. »Einem Mörder hat es soeben das Genick gebrochen!«

25

Prior Anselm, den Mathäus nach der Prim selbst herbeigerufen hatte, schüttelte entgeistert den Kopf. Er weigerte sich, den Blick von dem toten Novizen, der immer noch in grotesker Verrenkung auf der steinernen Treppe lag, abzuwenden. Stumm lauschte er Heinrichs Bericht. Als dieser schließlich geendet hatte, wandte er der Leiche seinen Rücken zu.

»Es tut mir Leid, ihr Herren«, stammelte Anselm kraftlos.

»Was tut Euch Leid, Pater?«

»Euch nicht vertraut zu haben.«

Mathäus griff nach seiner Hand. »Schon gut, Pater. Der Mörder hat uns allen die Gedanken vergiftet. Auch ich hegte Misstrauen gegen Euch und Eure Mitbrüder. Jetzt ist mir klar, dass Ihr in Wahrheit fromme und gottesfürchtige Diener Gottes seid.«

Anselm lächelte schwach. »Manchmal wünschte ich, dass meine Visionen Wirklichkeit würden«, erklärte er. »Warum fürchten wir uns bloß vor dem Jüngsten Gericht? Würde es uns in Gottes ewigem Reich nicht besser ergehen? Und hier, auf Erden? Homo hominis ursus! Ist es nicht so?«

Heinrich räusperte sich. »Lupus, Pater.«

»Wie?«

»Es muss heißen: Homo hominis lupus! Der Mensch ist des Menschen Wolf! Nicht sein Bär!«

»Ach so, richtig!« Anselm seufzte niedergeschlagen. Dann verließ er das Gästehaus mit kleinen Schritten. Sowohl die beiden Männer als auch Chlodwig folgten dem sinnierenden Mönch langsam bis zum Hof. »Jedenfalls bin ich mittlerweile zu der Überzeugung gelangt, dass der Tag des Jüngsten Gerichts noch fern ist. Der Teufel hat noch nicht genug schwarze Seelen gesammelt, die Menschheit noch nicht genug gelitten. Und die Mauern dieses Klosters müssen erst noch zu Ruinen werden.« Er blieb stehen und machte eine ausholende Bewegung mit beiden Armen. »Ja, ich sehe trostlose Ruinen in der Stille des Waldes.«

»Bis dahin aber werden noch einige Jahrhunderte vergehen, Pater«, tröstete Mathäus den Prior. »Ihr habt die ehrenvolle Aufgabe, dieses Kloster zu einer Blüte zu führen. Und Ihr steht erst am Anfang. In einigen Jahren wird der Konvent ein paar Dutzend Köpfe zählen.«

»Glaubt Ihr wirklich?«

»Ich bin fest davon überzeugt. Manch einer würde Euch um diese Aufgabe beneiden.«

Prior Anselm deutete eine respektvolle Verbeugung an. »Ich danke Euch für Eure netten Worte. Ihr habt sicherlich Recht, mit dem was Ihr sagt. Es kann nicht Gottes Wille sein, dass ich in Lethargie versinke. Es ist meine heilige Pflicht, Ihm bei der Errichtung Seines irdischen Reiches zu helfen.« Seine Brust mit dem rotweißen Kreuz hob sich unter einem schweren Atemzug. »Bei aller Dankbarkeit, die ich Euch gegenüber empfinde, möchte ich Euch nun dennoch bitten, uns zu verlassen. Der weltliche Arm wird hier nicht mehr benötigt. Wir müssen unser gesamtes Augenmerk wieder auf die geistlichen Aufgaben richten, für die wir unsere Gelübde abgelegt haben.«

Mathäus und Heinrich nickten verständnisvoll. »Sicher,

Pater«, sagte der Dorfherr. »Unsere Bündel sind bereits geschnürt.«
Kurze Zeit später führten sie ihre Pferde aus dem Stall. Prior Anselm wartete auf sie, um sie zu verabschieden. Seine eingefallenen Augen waren von einem feuchten Film überzogen. Die Männer reichten sich die Hände. »Gott mit euch«, verabschiedete sie Anselm mit zitternder Stimme. Heinrich und Mathäus bestiegen ihre Pferde, hoben grüßend ihre Hände und verließen im Glanz der aufgehenden Herbstsonne das Klostergelände. Chlodwig folgte ihnen bellend, offensichtlich froh, diesen seltsamen Ort hinter sich lassen zu können.
Auf der Anhöhe vor dem Gedenkstein, wo einst der Apostel Matthias Herrn Werner von Merode erschienen war, machten sie noch einmal Halt und warfen einen letzten Blick auf das Kloster, in dem sie dem Tod nur knapp entronnen waren.
»Glaubst du wirklich, dass Karsil ein Kaisermörder war?«, fragte Mathäus seinen Freund nachdenklich.
Heinrich hob seine Schultern. »Wer weiß? Vielleicht wollte sich der falsche Novize auch nur ein wenig wichtig machen, als er sah, dass er sein Spiel verloren hatte. Jedenfalls schlage ich vor, diese merkwürdige Geschichte einfach für uns zu behalten.«
»Einverstanden.«
Sie setzten ihren Weg fort. Beide Männer schienen in Grübeleien versunken. Als sie einen Reiter sahen, der in Windeseile auf sie zugaloppierte, zügelten sie erneut ihre Pferde. Heinrich spähte durch den morgendlichen Dunst.
»Hat rote Haare, der Knabe.«
»Dietrich!«, rief Mathäus erstaunt.

Er hatte Recht. Der Diener brachte seinen Gaul unmittelbar vor den beiden Männern zum Stehen. Seine Mundwinkel umspielte ein schelmisches Grinsen.
»Ich dachte, du befändest dich längst auf dem Weg zu deiner Roswitha nach Monschau«, begrüßte ihn der Dorfherr.
»Hatte ich eigentlich auch vor«, entgegnete Dietrich. »Bis ich diese Nachricht unter meinem Kopfkissen fand. Zum Glück kann der gute Dietrich lesen.« Er zückte einen Fetzen Pergament aus seinem Wams und reichte ihn Mathäus.
Mathäus versuchte das Pergament zu glätten. »Folge mir nicht. Ich liebe dich nicht. Roswitha«, las er laut. Vielleicht wollte die Gute es ihm bloß etwas einfacher machen, überlegte er. Stirnrunzelnd reichte er die Nachricht an den Diener zurück. »Das ist natürlich tragisch!«
Dietrich machte nicht gerade den Eindruck, als sei er niedergeschmettert. »Was soll's? So sind halt die Frauen. Wer weiß schon, was in ihren Köpfen vorgeht. Jedenfalls freue ich mich, wieder zu Euren Diensten sein zu können.«
»Ich freue mich natürlich auch, Dietrich. Auch wenn mir die Sache mit Roswitha sehr Leid tut. Aber bist du nur hergekommen, um mir das zu sagen?«
Der Diener hob unbekümmert die Schultern. Die Verschlossenheit, die ihn in den letzten Tagen geprägt hatte, war wie weggeblasen. »Na ja, ich dachte, ich könnte vielleicht ein paar Botenritte für Euch erledigen.«
»Heute nicht mehr, Dietrich. Die Angelegenheit auf Kloster Schwarzenbroich ist erledigt. Wir sollten nun nach Merode reiten und den fetten Leo aus seinem Bett trommeln, damit er uns ein deftiges Frühstück bereitet. Was meint ihr dazu?«

Dietrichs Augen blitzten begeistert, doch Heinrich schüttelte den Kopf. »Ich werde nicht mit euch kommen«, sagte er entschlossen. »Ich muss weiter!«

»Ach, scheiß drauf, Hein.«

»Nein!« Heinrichs Blick gab Mathäus zu verstehen, dass es keinen Zweck haben würde, ihn weiter zu bereden. »Du kennst das Feuer in meiner Seele. Es lodert wieder! Auch wenn du mich für verrückt hältst.«

»Wie könnte ich meinen besten Freund für verrückt halten? Gib mir nur dein Versprechen, dass du wiederkommst.«

»Sicher, Mätthes. Irgendwann …«

»Nichts von irgendwann. Weihnachten möchte ich dich bei mir sehen, kapiert?«

»Weihnachten?« Heinrich lächelte traurig. »Die Geburt des Erlösers?«

»Ja, verdammt. Ich möchte Weihnachten mit den Menschen verbringen, die mir am meisten bedeuten. Und dazu gehörst nun mal du. Es ist mir scheißegal, ob du an einen Erlöser glaubst oder nicht. Also, wirst du kommen?«

»Das werde ich wohl müssen«, seufzte Heinrich, »wenn ich meinen letzten verbliebenen Freund nicht verprellen will.« Er sah zu seinem Hund hinab. »Hast du gehört, Chlodwig? In zwei Monaten sind wir wieder zu Gast bei deinem Gönner.« Chlodwig setzte sich auf sein Hinterteil und begann zu heulen wie ein Wolf.

»Du mich auch, Mondkalb«, brummte Mathäus.

»Und jetzt sollten wir es kurz machen.« Heinrich hob eine Hand zum Gruß, bedachte Dietrich mit einem freundlichen Nicken und sah Mathäus tief in die Augen. »Pass gut auf dich auf, Mätthes. Und auf deine bezaubernde Jutta.

Und grüß mir vor allem meine beste Freundin, die kleine Maria!«
»Gott mit dir, Hein!«, erwiderte Mathäus mit belegter Stimme. Er wollte seinem Freund noch einmal für alles danken, doch die Stimme versagte ihm.
Heinrich wendete sein Pferd. Die Dogge erhob sich freudig und folgte ihrem Herrn schwanzwedelnd. Mathäus und Dietrich sahen ihnen hinterher, bis sie hinter einer Wegbiegung verschwunden waren.